Título original: *Brown Eyed Girl*
Traducción: Ana Isabel Domínguez Palomo y María del Mar Rodríguez Barrena
1.ª edición: mayo, 2016

© Lisa Kleypas, 2015
© Ediciones B, S. A., 2016
    para el sello B de Bolsillo
    Consell de Cent, 425-427 - 08009 Barcelona (España)
    www.edicionesb.com

Printed in Spain
ISBN: 978-84-9070-251-2
DL B 4601-2016

Impreso por NOVOPRINT
             Energía, 53
             08740 Sant Andreu de la Barca - Barcelona

La chica de los ojos color café

LISA KLEYPAS

1

Como experta organizadora de bodas, me sabía preparada para cualquier tipo de emergencia que pudiera suceder durante el gran día.

Salvo para los escorpiones. Esa era nueva.

Lo delató su característico movimiento mientras se apresuraba a atravesar la zona embaldosada cercana a la piscina. En mi opinión, no había en toda la creación una criatura más siniestra que un escorpión. Normalmente, el veneno no era mortal, pero tras sufrir una picadura, se deseaba estar muerto al menos durante los primeros minutos.

La regla número uno para lidiar con emergencias era: «No dejarse llevar por el pánico.» Sin embargo, mientras el escorpión se acercaba a mí con sus pinzas delanteras y la cola en alto, se me olvidó la regla número uno y solté un chillido. Hecha un manojo de nervios, empecé a rebuscar en mi bolso, que pesaba tanto que cada vez que lo dejaba en el asiento del coche sonaba el aviso de que el pasajero debía ponerse el cinturón de seguridad. Rocé con la mano pañuelos de papel, bolígrafos, vendas, una botella de agua Evian, productos capilares, un bote de desodorante, desinfectante para las manos, crema corporal, kits de maquillaje y manicura, pinzas de depilar, un kit de costura, pegamento, auriculares, pastillas para la tos, una barrita de chocolate, medicamentos básicos de los que se podían adquirir sin receta, tijeras, una lima de uñas, un cepillo, varios cierres de pendientes, gomas elásticas, tampones, quitamanchas, un rodillo para quitar las pelusas, alfileres, una cuchilla de afeitar, cinta de doble cara y bastoncillos de algodón.

Lo más pesado que encontré fue una pistola de silicona, que fue lo que le arrojé al escorpión. La pistola rebotó sobre el suelo sin hacerle el menor daño mientras el escorpión se apresuraba a defender su territorio. Saqué un bote de laca y avancé con precaución, aunque decidida.

—Eso no va a funcionar —escuché que alguien me decía en voz baja y con sorna—. A menos que quieras darle volumen y brillo.

Sorprendida, alcé la vista al mismo tiempo que un desconocido pasaba a mi lado. Un hombre alto y moreno, vestido con vaqueros y una camiseta de manga corta que de tanto lavarla estaba prácticamente aniquilada.

—Yo me encargo —añadió.

Retrocedí unos pasos, al tiempo que devolvía la laca al bolso.

—Yo... pensé que podría asfixiarlo con la laca.

—Pues no. Un escorpión es capaz de contener el aliento durante una semana.

—¿En serio?

—Sí, señora.

El desconocido aplastó el escorpión con la suela de la bota y lo remató con un movimiento del tacón. No había nada que un tejano matara más concienzudamente que un escorpión... o una colilla. Tras arrojar de una patada el exoesqueleto a la tierra de un arriate cercano, se volvió hacia mí y me miró en silencio un buen rato. Ese escrutinio tan masculino aceleró un poco más mi ritmo cardíaco. Me descubrí contemplando unos ojos castaños como la melaza. Era un hombre que llamaba la atención por sus rasgos faciales, su nariz recta y su mentón afilado. La barba de varios días que lucía parecía lo bastante áspera como para lijar la pintura de un coche. Era corpulento, de huesos fuertes pero atlético. Los músculos de sus brazos y de su torso estaban tan definidos como si debajo de la desgastada camiseta estuviera esculpido en piedra. Un hombre de apariencia sospechosa, tal vez un poco peligroso.

El tipo de hombre que hacía que se te olvidara respirar.

Sus botas y el desgastado bajo de sus vaqueros estaban manchados de barro seco que comenzaba a desprenderse. Debía de haber estado caminando por el arroyo que discurría a lo largo de las mil seiscientas hectáreas del Rancho Stardust. Vestido así, era imposible que fuera uno de los invitados, la mayoría de los cuales poseía fortunas de nueve o diez cifras.

Mientras su mirada me recorría, supe exactamente lo que estaba viendo: una mujer voluptuosa al filo de la treintena, pelirroja y con gafas de montura grande. Mi ropa era cómoda, holgada y sencilla. Mi hermana pequeña, Sofía, describía mi uniforme habitual compuesto por tops sueltos y pantalones anchos con cinturilla elástica como «No pases de los 21». Si mi apariencia era un repelente para los hombres, algo muy habitual, mejor para mí. No tenía el menor interés en llamar su atención.

—Se supone que los escorpiones no merodean durante el día —comenté con voz titubeante.

—Este año el deshielo se ha adelantado y la primavera ha sido seca. Salen en busca de humedad. Las piscinas los atraen. —El desconocido tenía un acento particular y parecía arrastrar las palabras como si las estuviera cocinando a fuego lento.

Nuestras miradas se separaron cuando él se agachó para coger la pistola de silicona. Mientras me la daba, nuestros dedos se rozaron brevemente y sentí una descarga en la parte inferior del torso. Capté su olor a jabón, a polvo y a hierba.

—Sería mejor que te cambiaras —me aconsejó al tiempo que miraba mis zapatos, planos y con los dedos al descubierto—. ¿Tienes botas? ¿Calzado deportivo?

—Me temo que no —contesté—. Tendré que arriesgarme. —Me percaté de la cámara que el desconocido había dejado sobre una de las mesas del patio, una Nikon profesional cuyo objetivo tenía un ribete rojo—. ¿Eres fotógrafo profesional? —le pregunté.

—Sí, señora.

Debía de ser uno de los fotógrafos secundarios contratados por el fotógrafo oficial, George Gantz. Le tendí la mano.

—Soy Avery Crosslin —dije con tono amistoso, pero profesional—. La organizadora de la boda.

Él me dio un apretón, cálido y firme, y el contacto me provocó un ramalazo de placer.

—Joe Travis. —Su mirada se clavó de nuevo en la mía y, por algún motivo desconocido, el contacto se prolongó unos segundos más de lo necesario.

Sentí una incómoda oleada de calor en la cara. Cuando por fin me soltó la mano, fue un alivio.

—¿Te ha dado George la lista con las fotografías previstas y el horario? —le pregunté, intentando parecer profesional.

Su expresión se tornó inescrutable al escuchar la pregunta.

—No te preocupes —dije—, tenemos copias de sobra. Ve a la casa principal y pregúntale a mi asistente, Steven. Seguramente esté en la cocina, con el personal del servicio de catering. —Busqué una tarjeta en mi bolso—. Si tienes algún problema, aquí está mi número de teléfono.

Joe cogió la tarjeta.

—Gracias, pero en realidad no soy...

—Los invitados ocuparán sus asientos a las seis y media —me apresuré a informarle—. La ceremonia comenzará a las siete y acabará a las siete y media con la suelta de palomas. Hay que hacer algunas fotos de los novios antes del atardecer, que tendrá lugar a las 7.41.

—¿Eso también lo has programado? —Sus ojos me miraron con un brillo guasón.

Le lancé una mirada de advertencia.

—Deberías arreglarte un poco antes de que los invitados aparezcan. —Metí la mano en el bolso y saqué una cuchilla desechable—. Toma. Pregúntale a Steven por un lugar donde puedas afeitarte y...

—Para el carro, preciosa. Tengo mi propia cuchilla. —Esbozó una sonrisa—. ¿Siempre hablas tan rápido?

Fruncí el ceño mientras guardaba la cuchilla en el bolso.

—Tengo que trabajar... Y te sugiero que hagas lo mismo.

—No trabajo para George. Soy fotógrafo comercial y *freelance*. No hago bodas.

—Entonces, ¿qué haces aquí? —quise saber.

—Soy un invitado. Amigo del novio.

Atónita, lo miré con los ojos desorbitados. El espantoso rubor del bochorno me cubrió de la cabeza a los pies.

—Lo siento —logré decir—. Al ver tu cámara pensé que...

—No te preocupes.

No había nada que detestara más que hacer el ridículo. Nada. En mi negocio, era fundamental mantener una apariencia competente para conseguir una buena clientela, sobre todo si se buscaba una clientela de clase alta como era mi intención. Sin embargo, el mismo día de la boda más importante y costosa que mi equipo y yo habíamos organizado, ese hombre iba a decirles a sus amigos, todos forrados de pasta, que lo había confundido con un fotógrafo. Se reirían a mis espaldas. Se burlarían de mí. Me despreciarían.

Ansiosa por poner toda la distancia posible entre nosotros, murmuré:

—Si me disculpas... —Me volví y me alejé lo más rápido que pude sin correr.

—Oye —escuché que decía Joe, que me alcanzó con un par de zancadas. Había agarrado la cámara y se había puesto el asa al hombro—. Espera. No hace falta que te pongas nerviosa.

—No estoy nerviosa —le aseguré mientras me apresuraba hacia un pabellón con suelo de piedra y techo de madera—. Estoy ocupada.

Él se mantuvo a mi lado en todo momento, sin el menor esfuerzo.

—Espera un momento. Vamos a empezar de cero.

—Señor Travis... —repliqué, pero me detuve en seco al comprender exactamente quién era—. ¡Dios mío! —exclamé horrorizada y con los ojos cerrados—. Es uno de esos Travis, ¿verdad?

Joe se colocó frente a mí, con una mirada curiosa.

—Depende de lo que quieras decir con «esos».

—Dinero del petróleo, aviones privados, yates, mansiones. «Esos» Travis.

—No tengo una mansión. Tengo una casa que necesita muchas reformas en Sixth Ward.

—Pero es uno de ellos —insistí—. Su padre es Churchill Travis, ¿verdad?

Su expresión se tornó sombría.

—Era.

Recordé demasiado tarde que unos seis meses antes el patriarca de los Travis había muerto tras sufrir un infarto. La prensa le había dado una amplia cobertura a la noticia, y había detallado su vida y sus logros. Churchill había amasado su vasta fortuna asumiendo riesgos e invirtiendo su capital en cualquier empresa relacionada con la energía. Fue una figura visible en la década de los ochenta y de los noventa, y aparecía con asiduidad en la televisión como invitado en programas dedicados al mundo de las finanzas. Él, y sus herederos, eran el equivalente a la realeza en Tejas.

—Yo... siento mucho lo de su padre —dije con torpeza.

—Gracias.

Se produjo un silencio incómodo. Sentía su mirada deslizándose sobre mí, tan real como el calor del sol.

—Mire, señor Travis... —añadí, siguiendo con el trato formal.

—Joe.

—Joe —repetí—. Estoy muy preocupada. Esta boda es un evento muy complicado. Ahora mismo me estoy encargando de organizar el lugar donde se llevará a cabo la ceremonia, de la decoración de la carpa de setecientos metros cuadrados donde tendrá lugar el banquete, una cena formal para cuatrocientos invitados, amenizada por una orquesta en directo y seguida por una fiesta que se prolongará hasta la madrugada. Así que siento mucho el malentendido, pero...

—No hace falta que te disculpes —me interrumpió con amabilidad—. Debería haberlo dicho antes, pero es difícil lograr hablar a tu lado. —Sus labios esbozaron una sonrisilla—. Lo que significa que o bien debo hablar más rápido o tú tienes que hablar más despacio.

Pese a lo tensa que estaba, estuve tentada de devolverle la sonrisa.

—Que no te incomode el apellido Travis —prosiguió él—. Te aseguro que, entre nuestros conocidos, nadie se siente impresionado por nosotros. —Me observó un instante—. ¿Adónde vas exactamente?

—Al pabellón —contesté, señalando con la cabeza hacia la estructura de madera situada más allá de la pis cina.

—Déjame acompañarte. —Al ver que yo titubeaba, añadió—: Por si te cruzas con otro escorpión. O con cualquier otra alimaña. Una tarántula, algún lagarto... yo me encargo de despejarte el camino.

Pensé con sorna que ese hombre era capaz de engatusar a una serpiente para que le diera sus cascabeles.

—Tampoco es para tanto —repliqué.

—Me necesitas —afirmó él con seguridad, mientras se colocaba mejor el asa de la cámara en el hombro.

Juntos caminamos hasta el lugar donde se celebraría la ceremonia, para lo cual tuvimos que atravesar un pequeño robledal. La carpa blanca donde tendría lugar el banquete y la fiesta posterior estaba emplazada en un prado verde esmeralda, y se asemejaba a una nube gigantesca que hubiera flotado hasta la tierra para descansar. Era mejor no pensar en la gran cantidad de agua que se había empleado para mantener semejante oasis después de que el césped fuera colocado unos días antes. Y pensar que todas esas briznas de hierba serían arrancadas al día siguiente...

El rancho Stardust era una propiedad que contaba con la casa principal, varias casas para invitados, edificios de diversa índole, un pajar y una pista de carreras. Mi equipo se había encargado de alquilar el rancho, una propiedad privada, mientras los dueños disfrutaban de un crucero de dos semanas. La pareja había accedido con la condición de que todo recuperara su aspecto original tras la boda.

—¿Cuánto tiempo llevas dedicándote a esto? —me preguntó Joe.

—¿A organizar bodas? Mi hermana Sofía y yo creamos la empresa hace unos tres años. Antes de eso, trabajaba en Nueva York, en el negocio del diseño de vestidos de novia.

—Debes de ser buena si han contratado tus servicios para la boda de Sloane Kendrick. Judy y Roy solo se conformarían con lo mejor de lo mejor.

Los Kendrick poseían una cadena de tiendas de empeño con establecimientos que se extendían desde Lubbock hasta Galveston. Roy Kendrick, un antiguo jinete de rodeos con la cara curtida, había soltado un millón de dólares para la boda de su única hija. Si mi equipo era capaz de salir airoso, a saber cuántos clientes millonarios conseguiríamos después de la boda.

—Gracias —dije—. Formamos un buen equipo. Mi hermana es muy creativa.

—¿Y tú?

—Yo me encargo de la parte administrativa del negocio. Y soy la coordinadora general. Soy la responsable de que todos los detalles queden perfectos.

Acabábamos de llegar al pabellón, donde tres empleados de la empresa de alquiler de mobiliario estaban colocando las sillas blancas. Rebusqué en mi bolso en busca del metro. Con un par de movimientos, extendí la cinta metálica entre los cordones que delimitaban el espacio donde debían disponerse las sillas.

—El pasillo debe medir un metro ochenta de ancho —les recordé a los empleados—. Moved ese cordón.

—Tiene metro ochenta —protestó uno de ellos.

—Mide un metro y setenta y siete centímetros.

El hombre me miró con cara de sufrimiento.

—¿No es suficiente?

—Metro ochenta —insistí al tiempo que soltaba la cinta metálica, que se enrolló con un chasquido.

—¿Qué haces cuando no trabajas? —me preguntó Joe, que estaba detrás de mí.

Me volví para mirarlo.

—Siempre estoy trabajando.

—¿Siempre? —me preguntó con escepticismo.

—Estoy segura de que me relajaré un poco cuando el negocio esté más asentado, pero de momento... —Me encogí de hombros. Los días no tenían suficientes horas para todo lo que debía hacer. Mensajes de correo electrónico, llamadas de teléfono, planes y preparativos.

—Todo el mundo necesita algún pasatiempo.

—¿Cuál es el tuyo?

—Pescar, cuando tengo la oportunidad. Cazar, dependiendo de la estación. De vez en cuando hago fotografía benéfica.

—¿A qué te refieres?

—Hago fotografías para una protectora de animales. Una buena foto en la página web ayuda a que se adopte antes a un perro. —Joe hizo una pausa—. A lo mejor te gustaría...

—Lo siento, discúlpame. —Acababa de escuchar el tono de mi móvil en las profundidades del bolso. Los acordes de la marcha nupcial. Cuando lo cogí, vi que era mi hermana quien me llamaba.

—No paro de llamar al hombre encargado de las palomas, pero no me contesta —me dijo Sofía en cuanto acepté la llamada—. No ha dicho nada sobre el recipiente que queremos para la suelta.

—¿Le has dejado algún mensaje? —le pregunté.

—Cinco. ¿Y si ha pasado algo? ¿Y si está enfermo?

—No está enfermo —le aseguré.

—A lo mejor ha pillado la gripe aviar por culpa de las palomas.

—Las palomas no transmiten la gripe aviar.

—¿Estás segura?

—Llámalo de nuevo dentro de un par de horas —le dije para calmarla—. Solo son las siete. A lo mejor no se ha levantado todavía.

—¿Y si no aparece?

—Estará aquí —afirmé—. Sofía, es demasiado temprano para dejarse llevar por los nervios.

—¿Cuándo podré hacerlo?

—No podrás —contesté—. Yo soy la única que puedo sufrir un ataque de nervios. Si no sabes nada de él antes de las diez, dímelo.

—Vale.

Devolví el móvil al bolso y miré a Joe con gesto interrogante.

—¿Qué estabas diciendo sobre la protectora de animales?

Él me miró en silencio. Tenía los pulgares metidos en los bolsillos de los vaqueros y apoyaba casi todo su peso en una pierna, una postura relajada pero firme. En la vida había visto a un tío tan sexy.

—Podrías acompañarme la próxima vez que vaya —me invitó—. No me importaría compartir mi pasatiempo hasta que encuentres uno propio.

Tardé un poco en responder. Mis pensamientos habían echado a volar como una bandada de pájaros. Tenía la impresión de que me estaba invitando a salir. Como si fuera una... ¿cita?

—Gracias —logré decir al final—, pero tengo una agenda muy apretada.

—Sal conmigo algún día —insistió él—. A tomarnos una copa o a almorzar.

Era muy raro dejarme muda, pero solo atiné a mirarlo en silencio, pasmada.

—Vamos a hacer una cosa —siguió, con un tono de voz persuasivo y dulce—. Iremos una mañana a Fredericksburg, antes del amanecer, y tendremos la carretera para nosotros solos. Compraremos café y una bolsa de kolaches por el camino. Te enseñaré un prado cuajadito de altramuces en flor y pensarás que el cielo se ha caído sobre Tejas. Buscaremos un árbol que tenga una buena sombra y veremos el amanecer. ¿Qué te parece?

Me parecía el tipo de plan ideado para otra mujer, para una mujer acostumbrada a recibir la atención de los hombres guapos. Por un instante, me permití imaginármelo. Me imaginé tumbada en el suelo a su lado, en un prado cuajado de flores azules. Estaba a punto de aceptar cualquier cosa que me propusiera. Pero no podía correr ese riesgo, ni en ese momento, ni nunca. Un hombre como Joe Travis habría destrozado tantos corazones que uno más no significaría nada para él.

—No estoy disponible —le solté.

—¿Estás casada?

—No.

—¿Comprometida?

—No.

—¿Vives con alguien?

Negué con la cabeza.

Joe guardó silencio un instante y me miró como si yo fuera un misterio que tuviera que desentrañar.

—Nos vemos luego —dijo al final—. Mientras tanto... voy a pensar en el modo de arrancarte un sí.

2

Un poco desconcertada por el encuentro con Joe Travis, me fui a la casa principal y encontré a mi hermana en el despacho. Sofía era guapa, con el pelo oscuro y los ojos verdosos. Tenía un cuerpo voluptuoso como yo, pero vestía con desparpajo, ya que no le importaba lucir sus curvas.

—El encargado de las palomas ha llamado —dijo Sofía con voz triunfal—. La presencia de los pájaros está confirmada. —Me miró con preocupación—. Te veo muy colorada. ¿Estás deshidratada? —Me dio una botella de agua—. Toma.

—Acabo de conocer a alguien —dije tras beber unos sorbos.

—¿A quién? ¿Qué ha pasado?

Sofía y yo éramos hermanastras que habíamos crecido separadas. Ella había pasado la infancia con su madre en San Antonio mientras yo vivía con la mía en Dallas. Aunque era consciente de la existencia de Sofía, no la conocí hasta que las dos fuimos adultas.

El árbol genealógico de la familia Crosslin tenía unas cuantas ramas de más, gracias a los cinco matrimonios fallidos de nuestro padre, Eli, y a sus prolíficas aventuras.

Eli, un hombre apuesto de pelo rubio y sonrisa deslumbrante, había perseguido a las mujeres de forma compulsiva. Le encantaba el subidón emocional y sexual de una conquista. Sin embargo, en cuanto dicho subidón desaparecía, le resultaba imposible aclimatarse a la vida cotidiana con una mujer. De hecho, tampoco había mantenido un trabajo durante más de dos o tres años.

Tuvo más hijos además de Sofía y de mí, hermanastros e incontables cuñados y cuñadas. Eli nos abandonó a todos en algún momento. Tras alguna que otra llamada o visita, desaparecía durante largos períodos de tiempo, a veces durante dos años. Y después reaparecía brevemente, rebosante de magnetismo y emociones, rebosante de historias interesantes y de promesas que yo sabía muy bien que no debía creer.

La primera vez que vi a Sofía fue justo después de que Eli sufriera un ataque al corazón, una dolencia inesperada en un hombre de su edad con tan buen estado físico. Volé desde Nueva York y me encontré con una chica desconocida esperando en su habitación del hospital. Antes de que pudiera presentarse siquiera, supe que se trataba de una de las hijas de Eli. Aunque el pelo negro y la lustrosa piel morena se las debía a su madre hispana, sus perfectas y perfiladas facciones las había heredado sin lugar a dudas de nuestro padre.

Se presentó con una sonrisa cauta aunque amigable.

—Soy Sofía.

—Avery.

Extendí la mano para estrechársela con cierta incomodidad, pero ella se adelantó y me abrazó, un abrazo que yo devolví mientras pensaba «Es mi hermana» al tiempo que experimentaba un ramalazo de emoción que no esperaba. Miré por encima de su hombro a Eli, tumbado en la cama del hospital y conectado a un montón de máquinas, y fui incapaz de soltarla. Pero a Sofía le dio igual, porque ella no era de las que le ponía fin a un abrazo.

De entre toda la inmensa descendencia de Eli y de todas sus ex mujeres, solo Sofía y yo fuimos al hospital. Aunque no los culpé por su ausencia: yo ni siquiera sabía por qué estaba allí. Eli nunca me leyó cuentos a la hora de acostarme ni me curó las heridas provocadas por las caídas ni hizo ninguna de esas cosas que se supone que hacen los padres. Tal era su egocentrismo que fue incapaz de prestarles atención a sus hijos. Además, el dolor y la rabia de las mujeres a las que había abandonado dificultaban la tarea de mantener el contacto con sus hijos en el caso de que quisiera mantenerlo. El método habitual de Eli para cortar una relación o un matrimonio era mantener una aventura de escape y ser infiel hasta que lo pillaran y le dieran la patada. Mi madre nunca se lo perdonó.

Sin embargo, mi madre había repetido el patrón al liarse con hombres infieles, mentirosos y muertos de hambre que proclamaban lo que eran a los cuatro vientos. Además de mantener un sinfín de aventuras, se casó y se divorció dos veces más. El amor le había brindado tan poca felicidad que era un milagro que siguiera buscándolo.

Según ella, la culpa era de mi padre, el hombre que la había iniciado en el camino de la perdición. Sin embargo, a medida que me iba haciendo mayor, me pregunté si el motivo de que mi madre lo odiara tanto se debía a que se parecían demasiado. Me resultaba muy irónico que fuera una secretaria temporal que iba de oficina en oficina, de jefe en jefe. Cuando le ofrecieron un puesto permanente en una de las empresas, lo rechazó. Se volvería demasiado monótono, adujo, tener que hacer siempre lo mismo todos los días, tener que ver a las mismas personas. Yo tenía dieciséis años por aquel entonces y tenía la lengua demasiado larga como para evitar decir que, con esa actitud, seguramente habría sido imposible que hubiera seguido casada con Eli. El comentario provocó una discusión que casi me dejó de patitas en la calle. Mi madre se enfadó tanto por lo que le dije que supe que había dado en el blanco.

A juzgar por lo que había observado, los amores más rutilantes son los que se quemaban más rápido. No podían sobrevivir pasada la novedad, cuando ya acababa la emoción y había que emparejar calcetines tras sacarlos de la secadora o pasar la aspiradora para quitar los pelos del perro del sofá u organizar el desorden doméstico. Decidí que no quería saber nada de esa clase de amor, no le veía beneficios. Tal como pasaba con un chute de heroína, el subidón nunca duraba lo bastante, pero el bajón te dejaba vacío y anhelante.

En cuanto a mi padre, todas las mujeres a las que supuestamente había querido, incluidas aquellas con las que se había casado, solo fueron una parada en el camino hacia otra persona. Fue un viajero solitario toda su vida, y así fue como terminó. El administrador del bloque de apartamentos en el que vivía encontró a Eli inconsciente en el suelo de su salón, después de no acudir a la reunión para renovar el contrato de alquiler.

Eli fue llevado al hospital en ambulancia, pero nunca recuperó la conciencia.

—Mi madre no va a venir —le dije a Sofía mientras esperábamos sentadas en la habitación del hospital.

—La mía tampoco.

Nos miramos con expresiones compresivas. No hizo falta preguntar por qué nadie más había ido a despedirse. Cuando un hombre abandonaba a su familia, el dolor que le provocaba seguía sacando lo peor de cada uno incluso mucho después de que se hubiera marchado.

—¿Por qué has venido? —me atreví a preguntar.

Mientras Sofía sopesaba la respuesta, el silencio estuvo marcado por los pitidos del monitor y el sonido constante del ventilador mecánico.

—Mi familia es mexicana —contestó al final—. Para nosotros, todo gira alrededor de estar unidos y de las tradiciones. Yo siempre he querido pertenecer a la familia, pero siempre he sabido que soy distinta. Todos mis primos tienen padre, mientras que el mío era un misterio. Mi madre siempre se ha negado a hablar de él. —Desvió la mirada hacia la cama donde nuestro padre yacía en mitad de un entramado de cables y de tubitos que lo mantenían hidratado, lo alimentaban, lo ayudaban a respirar y drenaban sus fluidos—. Solo lo he visto una vez, una ocasión en la que fue a verme cuando era pequeña. Mi madre no le permitió hablar conmigo, pero yo corrí tras él cuando volvía a su coche. Tenía en las manos unos globos que me había llevado. —Esbozó una sonrisa distante—. Me pareció el hombre más guapo del mundo. Me ató las cintas de los globos a la muñeca para que no se me escaparan. Cuando se fue, intenté meter los globos en casa, pero mi madre me dijo que tenía que deshacerme de ellos. Así que desaté las cintas y los dejé volar, y pedí un deseo mientras los veía alejarse.

—Deseaste volver a verlo algún día —dije en voz baja.

Sofía asintió con la cabeza.

—Por eso he venido. ¿Y tú?

—He venido porque creía que no habría nadie más. Y si alguien tenía que cuidar de Eli, no quería que fuese un desconocido.

Sofía me cubrió una mano con la suya, con un gesto muy natural, como si nos conociéramos de toda la vida.

—Pues ahora estamos las dos —se limitó a decir.

Eli murió al día siguiente. Pero si bien lo perdimos a él, Sofía y yo nos encontramos la una a la otra.

Por aquel entonces yo trabajaba en una tienda de vestidos de novias, pero mi futuro laboral estaba estancado. Sofía trabajaba como niñera en San Antonio y organizaba fiestas infantiles en su tiempo libre. Hablamos de montar un negocio de organización de bodas juntas. En ese momento, algo más de tres años después, nuestra empresa con sede en Houston iba mejor de lo que nos habíamos imaginado. Cada pequeño éxito cimentaba el siguiente, de modo que habíamos contratado a tres trabajadores y teníamos a una chica en prácticas. Con la boda Kendrick, estábamos a punto de conseguir el impulso que necesitábamos para despegar.

Siempre y cuando no metiéramos la pata.

—¿Por qué no le dijiste que sí? —preguntó Sofía después de que le contara mi encuentro con Joe Travis.

—Porque no me he tragado ni por asomo que le interesase. —Hice una pausa—. Vamos, no me mires así. Sabes que esa clase de tío busca mujeres florero.

Yo era voluptuosa desde la adolescencia. Iba andando a todas partes, subía por las escaleras cuando era posible e iba a clases de baile dos veces a la semana. Comía de forma saludable y consumía una cantidad de ensalada suficiente para atragantar a una vaca marina. Pero daba igual cuánto ejercicio o cuántas dietas hiciera, nada me haría bajar de una talla 40. Sofía me animaba con frecuencia a comprarme ropa más ajustada, pero yo siempre le replicaba que lo haría más adelante, cuando tuviera la talla correcta.

—Ya tienes la talla correcta —contestaba Sofía.

Una parte de mí sabía que no debería permitir que la báscula se interpusiera en mi felicidad. Algunos días ganaba yo, pero casi siempre ganaba la báscula.

—Mi abuela suele decir: «Solo las ollas conocen los hervores de su caldo.»

—¿Y qué tiene que ver la sopa con esto? —repliqué. Siempre que Sofía me soltaba alguna perla de sabiduría de su abuela, contenía una analogía culinaria.

—Viene a decir que solo él sabe lo que se cuece en su cabeza —explicó Sofía—. A lo mejor Joe Travis es de esos a los que les gusta una mujer con curvas. Los hombres que conocí en San Antonio siempre iban a por mujeres con grandes posaderas. —Se dio unas palmaditas en el trasero para enfatizar sus palabras y se acercó a su portátil.

—¿Qué haces? —pregunté.

—Voy a buscarlo en Google.

—¿Ahora?

—Se tarda un minuto.

—No tienes un minuto... ¡Se supone que estás trabajando!

Sofía pasó de mí y comenzó a teclear con dos dedos.

—Me da igual lo que encuentres sobre él —le aseguré—. Porque da la casualidad de que estoy muy ocupada con ese asuntillo que tenemos que organizar... ¿Qué era? Ah, sí, una boda.

—Está cañón —dijo Sofía con la vista clavada en la pan talla—. Y su hermano también.

Había pinchado en un artículo del *Houston Chronicle* que tenía una foto en el encabezado de tres hombres, todos vestidos con trajes impecables. Uno de ellos era Joe, mucho más joven y más desgarbado de lo que era en la actualidad. Seguro que había ganado por lo menos quince kilos de músculo desde que le hicieran esa foto. El pie de foto identificaba a los otros dos hombres como Jack, hermano de Joe, y Churchill, su padre. Los hijos eran más altos que el padre, pero llevaban su sello: el pelo oscuro y la mirada intensa, así como el fuerte mentón.

Fruncí el ceño mientras leía el artículo que acompañaba la foto.

Houston, Tejas (AP). Tras la explosión de su yate privado, dos de los hijos del magnate de Houston, Churchill Travis, estuvieron en el agua entre los restos incendiados de la embarcación durante unas cuatro horas mientras esperaban a ser rescatados. Tras un grandísimo despliegue de medios efectuado por la Guardia Costera, los hermanos, Jack y Joseph, fueron localizados en las aguas del golfo de Galveston. Joseph Travis fue trasladado en helicóptero directamente a la planta de traumatología del Hospital Garner, donde fue operado de urgencia. Según el portavoz del hospital, se encuentra en estado crítico pero estable. Aunque no se han hecho públicos los detalles de la operación, una fuente cercana a la familia confirmó que Travis sufría hemorragia interna así como...

—¡Oye! —protesté cuando Sofía pinchó en otro enlace—, que seguía leyendo.

—Creía que no te interesaba —replicó ella con sorna—. Mira esto.

Había encontrado una página web llamada «Los 10 solteros de oro de Houston». El artículo iba acompañado de una fotografía robada a Joe mientras jugaba al fútbol americano en una playa con unos amigos. Su cuerpo era delgado y fuerte, musculoso sin parecer exagerado. El vello de su pecho se iba reduciendo hasta convertirse en una línea oscura que se perdía por la cinturilla de sus pantalones cortos. Era la viva estampa de la virilidad y estaba para comérselo.

—Metro ochenta y cinco —dijo Sofía, que leyó su perfil—. Veintinueve años. Licenciado por la Universidad de Tejas. Es Leo. Fotógrafo.

—Un tópico —dije con desdén.

—¿Ser fotógrafo es un tópico?

—Para un tío normal no. Pero para un niño rico es un trabajo para regalarse el ego.

—¿A quién le importa? A ver si tiene página web.

—Sofía, ya es hora de dejar de babear por este tío y de ponernos a trabajar.

La voz de mi ayudante, Steven Cavanaugh, se unió a la conversación cuando entró en el despacho. Era un hombre apuesto de veintepocos años, de ojos azules y pelo rubio, y constitución delgada.

—¿Babear por quién? —preguntó.

Sofía le contestó antes de que yo pudiera hablar.

—Joe Travis —respondió—. Uno de esos Travis. Avery acaba de conocerlo.

Steven me miró con expresión interesada.

—El año pasado hicieron un reportaje sobre él en *CultureMap*. Ganó un Key Art por el cartel de la película esa.

—¿Qué película?

—Era un documental sobre soldados y perros en el ejército. —Steven nos miró con sorna al ver nuestras expresiones pasmadas—. Se me olvidaba que solo veis telenovelas. Joe Travis fue a Afganistán con el equipo de rodaje en calidad de fotógrafo. Usaron una de sus fotos como cartel del documental. —Sonrió al ver mi cara—. Deberías leer el periódico más a menudo, Avery. De vez en cuando viene bien.

—Para eso te tengo a ti —repliqué.

A la mente compartimentada de Steven no se le escapaba ni una. Envidiaba su capacidad de recordar casi todos los detalles, como a qué universidad había asistido el hijo de alguien, el nombre de su perro o si acababan de celebrar un cumpleaños.

Entre sus otros muchos talentos, Steven era diseñador de interiores, especialista en diseño gráfico y técnico sanitario de emergencias. Lo contratamos justo después de montar Celebraciones y Eventos Crosslin y se había convertido en un elemento tan esencial que no me imaginaba trabajar sin él.

—La ha invitado a salir —le dijo Sofía a Steven.

Tras lanzarme una mirada hosca, Steven preguntó:

—¿Qué le has contestado? —Al ver que yo no respondía, se volvió hacia Sofía—. No me digas que le ha dado largas.

—Le ha dado largas —confirmó Sofía.

—Por supuesto. —Steven hablaba con voz seca—. Avery nunca perdería el tiempo con un tío rico y famoso cuyo nombre podría abrir cualquier puerta en Houston.

—Dejadlo ya —les solté—. Tenemos que trabajar.

—Antes quiero hablar contigo. —Steven miró a Sofía—. Hazme un favor y comprueba que hayan empezado a montar las mesas de la recepción.

—No me des órdenes.

—No te estaba dando órdenes, te lo estaba pidiendo por favor.

—Pues no ha sonado así.

—Por favor —repitió Steven con sequedad—. Te lo pido por favor, Sofía, ve a la carpa de la recepción y comprueba si han empezado a montar las mesas.

Sofía se marchó con el ceño fruncido.

Meneé la cabeza, exasperada. Sofía y Steven se llevaban como el perro y el gato, se ofendían fácilmente y tardaban en perdonarse, algo que no les pasaba con ninguna otra persona.

No habían empezado así. Cuando contratamos a Steven, Sofía y él se hicieron amigos enseguida. Era tan sofisticado, se acicalaba tanto y tenía un ingenio tan afilado que Sofía y yo supusimos al punto que era gay. Pasaron tres meses antes de que nos diéramos cuenta de que no lo era.

—No, soy hetero —anunció con un tono que no dejaba lugar a dudas.

—Pero... me has acompañado a comprar ropa —le recordó Sofía.

—Porque me lo pediste.

—Te dejé entrar en el probador —siguió Sofía, cada vez más airada—. Me probé un vestido delante de ti. ¡Y no dijiste ni pío!

—Te di las gracias.

—¡Deberías haberme dicho que no eres gay!

—No soy gay.

—Ya es demasiado tarde —protestó Sofía.

Desde ese momento, a mi sonriente hermana le costaba la misma vida comportarse con un mínimo de corrección delante de Steven. Y él respondía del mismo modo, y sus dardos verbales siempre daban en el blanco. Solo mi habitual intervención evitaba que el conflicto se convirtiera en una guerra abierta.

Una vez que Sofía se fue, Steven cerró la puerta del despacho para que tuviéramos intimidad. Se apoyó en la puerta y cruzó los brazos por delante del pecho mientras me miraba con una expresión inescrutable.

—¿En serio? —preguntó a la postre—. ¿De verdad eres tan insegura?

—¿No puedo negarme cuando un hombre me invita a salir?

—¿Cuándo fue la última vez que accediste? ¿Cuándo saliste a tomarte un café o una copa, o cuándo mantuviste una conversación con un hombre que no estuviera relacionada con el trabajo?

—Eso no es asunto tuyo.

—Como empleado tuyo... tienes razón, no es asunto mío. Pero ahora mismo te hablo como amigo. Tienes veintisiete años, eres atractiva y estás llena de vitalidad, y que yo sepa no has estado con nadie en más de tres años. Por tu bien, ya sea con este tío o con otro, tienes que volver al terreno de juego.

—No es mi tipo.

—Es rico, soltero y un Travis —puntualizó Steven con sorna—. Es el tipo de cualquiera.

Al acabar el día, tenía la sensación de haber recorrido mil kilómetros sin moverme de la carpa donde se celebraría la recepción, el pabellón donde tendría lugar la ceremonia y la casa principal. Aunque parecía que todo estaba saliendo a pedir de boca, sabía que no debía sucumbir a la falsa sensación de seguridad. Los problemas de última hora siempre hacían acto de presencia, incluso en las ceremonias planificadas con meticulosidad.

Los miembros del equipo de producción trabajaban a la par para ocuparse de cualquier problema que surgiera. Tank Mirecki, un manitas corpulento, era un hacha de la carpintería y de las reparaciones electrónicas y mecánicas. Ree-Ann Davis, una descarada rubia con experiencia en la gestión hotelera, era la encargada de lidiar con la novia y con las damas de honor. Nuestra chica en prácticas, Val Yudina, una morena que se estaba tomando un año sabático antes de empezar en Rice, se encargaba de la familia del novio.

Usaba un auricular y un micrófono en la solapa para mantenerme en contacto permanente con Sofía y con Steven. Al principio, Sofía y yo nos sentimos tontas por emplear los términos estándar en la comunicación por radio, pero Steven insistió aduciendo que ni de coña toleraría escuchar nuestras voces por el auricular sin algunas reglas. Pronto nos dimos cuenta de que tenía razón, porque de lo contrario nos habríamos pisado al hablar constantemente.

Una hora antes de que estuviera previsto que los invitados se sentaran a las mesas, entré en la carpa donde se celebraría el banquete. El suelo del interior estaba cubierto con casi doscientos cincuenta metros de tarima de amaranto, una madera muy rara. Parecía sacado de un cuento de hadas. Habían metido en la carpa doce arces de seis metros de alto, que pesaban una tonelada cada uno, para crear un espeso bosque, con luciérnagas LED que parpadeaban entre las hojas. De la hilera de arañas de bronce colgaban multitud de sartas de cuentas de cristal sin pulir, en racimos. El centro de las mesas estaba adornado con musgo, conformando un camino de mesa orgánico. El lugar que ocuparía cada invitado contaba con un regalo especial por parte de los novios, consistente en un tarrito de cristal de miel escocesa.

En el exterior, una hilera de unidades de aire acondicionado Portapac de diez toneladas funcionaba sin parar, a fin de rebajar la temperatura interior a unos maravillosos veinte grados. Inspiré hondo, deleitándome con la frescura mientras repasaba mi lista de pendientes.

—Sofía —dije a través del micro—, ¿ha llegado ya el gaitero? Cambio.

—Afirmativo —contestó mi hermana—. Acabo de llevarlo a la casa principal. Hay una estancia entre la cocina y la despensa donde puede afinar el instrumento. Cambio.

—Roger. Steven, soy Avery. Tengo que cambiarme de ropa. ¿Puedes encargarte de las cosas durante cinco minutos? Cambio.

—Avery, negativo, tenemos un problema con la suelta de palomas. Cambio.

Fruncí el ceño.

—Entendido, ¿qué pasa? Cambio.

—Hay un halcón en el hueco de un roble junto al pabellón de la boda. El encargado de las palomas dice que no puede soltar los pájaros con un depredador cerca. Cambio.

—Dile que le pagaremos más si se come alguna. Cambio.

Sofía empezó a hablar.

—Avery, no podemos permitir que un halcón cace y mate una paloma delante de los invitados. Cambio.

—Estamos en un rancho del sur de Tejas —repliqué—. Tendremos suerte si la mitad de los invitados no empieza a dispararles a las palomas. Cambio.

—Va contra las leyes estatales y federales capturar, herir o matar un halcón —señaló Steven—. ¿Qué se te ocurre para solucionarlo? Cambio.

—¿Es ilegal espantar al bicho ese? Cambio.

—No creo. Cambio.

—Pues díselo a Tank a ver qué se le ocurre. Cambio y corto.

—Avery, atención —interrumpió Sofía con urgencia. Tras una pausa, añadió—: Estoy con Val. Dice que al novio le han entrado dudas. Cambio.

—¿Estás de coña? —pregunté, pasmada—. Cambio.

A lo largo de todo el compromiso y de la organización de la boda, el novio, Charlie Amspacher, había sido una roca. Un buen tío. Alguna que otra pareja me había dado motivos para preguntarme si llegarían al altar, pero Charlie y Sloane parecían enamorados de verdad.

—No —contestó Sofía—. Charlie acaba de decirle a Val que quiere cancelarlo todo. Cambio.

3

«Cambio.» La palabra se repetía en mi cabeza una y otra vez.

Un millón de dólares desperdiciado.

Nuestra empresa en la cuerda floja.

Y Sloane Kendrick hecha polvo.

Sentí el equivalente a unas cien inyecciones de adrenalina.

—¡Esta boda no se cancela! —exclamé con voz asesina—. Yo me encargo de todo. Dile a Val que no le permita a Charlie hablar con nadie hasta que yo llegue. ¡Que lo ponga en cuarentena! ¿Has entendido? Cambio.

—Recibido. Cambio.

—Corto y cierro.

Atravesé a toda prisa la distancia que me separaba de la casa de invitados, donde la familia del novio se estaba preparando para la ceremonia. Hice todo lo posible para no echar a correr. Tan pronto como entré en la casa, me limpié el sudor de la cara con un puñado de pañuelos de papel. En el salón situado en la planta baja se escuchaban risas, varias conversaciones y el tintineo de las copas de cristal.

Val se acercó a mí de inmediato. Llevaba un traje de falda y chaqueta de color gris claro, y se había recogido las trenzas en un moño bajo. Las emergencias de última hora jamás la alteraban. De hecho, siempre parecía relajada en ese tipo de situaciones. No obstante, cuando la miré a los ojos reconocí las señales del pánico. Los cubitos de hielo del vaso que tenía en la mano chocaban contra el cristal. El problema del novio era un asunto serio.

—Avery —susurró—, gracias a Dios que has llegado. Charlie está intentando cancelar la boda.

—¿Sabes por qué?

—Estoy segura de que el padrino tiene algo que ver.

—¿Wyatt Vandale?

—Ajá. Lleva toda la mañana diciéndole cosas como que el matrimonio es una trampa, que Sloane acabará convertida en una máquina gorda de hacer bebés, y que Charlie debería asegurarse de no cometer un error. No puedo sacarlo del salón de la primera planta de ninguna manera. Está pegado a Charlie y no hay quien lo separe de él.

Me reproché amargamente no haber previsto algo semejante. El mejor amigo de Charlie, Wyatt, era un chico malcriado a quien el dinero de su familia le había permitido retrasar la madurez todo lo posible. Era vulgar e insoportable, y jamás desaprovechaba una oportunidad para denigrar a las mujeres. Sloane lo detestaba, pero me había dicho que, puesto que llevaba toda la vida siendo amigo de Charlie, debían tolerarlo. Cada vez que se quejaba de la ruindad de su amigo, Charlie le decía que Wyatt era un buen tío, pero que tenía problemas para expresarse. El problema en realidad era que Wyatt se expresaba demasiado bien.

Val me entregó el vaso lleno con un líquido ambarino y cubitos.

—Es para Charlie. Estoy al tanto de la regla que impide el consumo de alcohol, pero te lo digo en serio: ha llegado el momento de saltársela.

Acepté el vaso.

—De acuerdo. Se lo llevaré. Charlie y yo vamos a tener una conversación de agárrate y no te menees. No permitas que nos interrumpan.

—¿Y qué pasa con Wyatt?

—Me libraré de él. —Le entregué el auricular y el micrófono—. Mantente en contacto con Sofía y Steven.

—¿Les digo que vamos a empezar tarde?

—Vamos a empezar a la hora exacta —contesté con seriedad—. Si no lo hacemos, perderemos la luz ideal para la ceremonia y también tendremos que cancelar la suelta de palomas. Esos pájaros tienen que volar de vuelta a Clearlake, y no podrán hacerlo en la oscuridad.

Val asintió con la cabeza y se puso el auricular, tras lo cual se colocó el micrófono. Mientras tanto, yo subí la escalera camino del salón y llamé a la puerta, que estaba entreabierta.

—Charlie —dije con toda la serenidad que pude fingir—, ¿puedo entrar? Soy Avery.

—Mira quién ha venido —replicó Wyatt al tiempo que yo entraba en la estancia. Llevaba el esmoquin arrugado y se había quitado la pajarita negra. Su actitud ufana y chulesca delataba lo seguro que estaba de haber arruinado el gran día de Sloane Kendrick—. ¿Qué te había dicho, Charlie? Ahora va a intentar hacerte cambiar de opinión. —Me lanzó una mirada triunfal—. Demasiado tarde. Ha tomado una decisión.

Miré al novio, que estaba blanco como la pared y despatarrado en un diván. No parecía el mismo de siempre.

—Wyatt —dije—, necesito quedarme a solas un momento con Charlie.

—Que se quede —me contradijo el susodicho—. Él me apoya.

«Sí, claro», estuve a punto de soltar. «Acaba de pegarte una puñalada trapera, mira qué apoyo más estupendo.» Sin embargo, murmuré:

—Wyatt necesita arreglarse para la ceremonia.

El padrino me sonrió.

—¿No te has enterado? La boda se ha cancelado.

—Eso no es decisión tuya —le recordé.

—¿Y a ti qué más te da? —replicó Wyatt—. Van a pagarte de todas formas.

—Me preocupo por Sloane y Charlie. Y por la gente que ha trabajado tanto para que este día sea especial para ellos.

—Bueno, pues yo conozco a este tío desde que empezamos el colegio. Y no voy a dejar que lo mangonees solo porque Sloane Kendrick ha decidido que ha llegado el momento de ponerle la soga al cuello.

Me acerqué a Charlie y le entregué el vaso. Él lo aceptó, agradecido.

Saqué el móvil.

—Wyatt —dije como si tal cosa, mientras ojeaba mi lista de contactos—, tus opiniones son irrelevantes. Esta boda no tiene nada que ver contigo. Me gustaría que te marcharas, por favor.

Wyatt soltó una carcajada.

—¿Quién va a obligarme a hacerlo?

Tras encontrar el número de Ray Kendrick, pulsé la

llamada automática. El padre de Sloane, un antiguo jinete de rodeos, era el tipo de hombre que, pese a las costillas fracturadas y a las magulladuras, estaba dispuesto a subirse a lomos de un animal salvaje de casi mil kilos de peso para montarlo y disfrutar de algo similar a ser golpeado repetidamente en la entrepierna con un bate de béisbol.

Ray contestó.

—Kendrick.

—Soy Avery —dije—. Estoy en la puerta de al lado, con Charlie. Tenemos un problema con su amigo Wyatt.

Ray, que dejó bien claro durante la cena del ensayo de la boda que el comportamiento de Wyatt no le gustaba ni un pelo, preguntó:

—¿Ese hijo de su madre está intentando armar gresca?

—Efectivamente —contesté—. Y creo que debería ser usted quien le explicara cómo debe comportarse durante el gran día de Sloane.

—Encantado de hacerlo, preciosa —replicó Ray con mal disimulado entusiasmo. Tal como había supuesto, se frotaba las manos por poder hacer otra cosa que no fuera ponerse el esmoquin y charlar de cosas triviales—. Ahora mismo voy para hablar con él.

—Gracias, Ray.

Charlie escuchó el nombre mientras yo cortaba la llamada y abrió los ojos de par en par.

—Mierda. ¿Acabas de llamar al padre de Sloane?

Le lancé una mirada gélida a Wyatt.

—En tu lugar, yo saldría corriendo de aquí —le advertí—. De lo contrario, dentro de unos minutos tendremos que recoger tus pedazos del suelo.

—¡Zorra! —Wyatt salió hecho una furia de la estancia, mirándome con cara de pocos amigos.

Una vez que salió, eché el pestillo y me volví hacia Charlie, que se había bebido el licor de un trago.

Era incapaz de mirarme.

—Wyatt solo quiere lo mejor para mí —murmuró.

—¿Saboteando tu boda? —Tras acercar una otomana, me senté frente a él y me aseguré de no mirar el reloj y de no pensar en que debía cambiarme de ropa—. Charlie, te he visto con Sloane desde el día del compromiso hasta hoy. Creo que la quieres. Pero el problema es que nada de lo que haya dicho Wyatt habría importado si no hubiera algo gordo de fondo. Así que dime qué está pasando.

Charlie enfrentó mi mirada e hizo un gesto impotente mientras decía:

—Si piensas en el número de parejas que se divorcia, llegas a la conclusión de que es una locura intentarlo siquiera. La probabilidad es de un cincuenta por ciento. ¿Qué hombre en su sano juicio lo intentaría con esa cifra?

—Estás hablando de las probabilidades sin tener en cuenta otros factores —le recordé—. Esas no son las probabilidades de éxito en vuestro caso. —Al ver que me miraba con extrañeza, añadí—: La gente se casa por muchas razones equivocadas: por capricho, por miedo de estar solo, por un embarazo no deseado. ¿Sloane y tú lo hacéis por alguno de esos motivos?

—No.

—En ese caso, quita a toda esa gente de la ecuación y verás cómo la probabilidad de ser feliz aumenta.

Charlie se frotó la frente con una mano temblorosa.

—Tengo que decirle a Sloane que necesito más tiempo para pensar esto a fondo.

—¿Más tiempo? —repetí, asombrada—. La boda empieza dentro de tres cuartos de hora.

—No voy a cancelar la boda. Solo quiero posponerla.

Lo miré con incredulidad.

—Posponerla no es una opción, Charlie. Sloane lleva meses planeando y soñando con esta boda, y su familia se ha gastado una fortuna. Si la cancelas en el último minuto, no tendrás otra oportunidad.

—Estamos hablando del resto de mi vida —replicó él, cada vez más alterado—. No quiero cometer un error.

—¡Por el amor de Dios! —solté—. ¿Crees que Sloane no está dudando? Esta boda también es un acto de confianza por su parte. ¡Ella también está corriendo un riesgo! Pero está dispuesta a dar el paso porque te quiere. Y te lo va a demostrar en el altar. ¿De verdad me estás diciendo que vas a humillarla delante de todos vuestros conocidos y a convertirla en un hazmerreír? ¿Entiendes lo que supondrá para ella?

—No tienes ni idea de lo que se siente. Tú no estás casada. —Al verme la cara, guardó silencio y me preguntó con voz titubeante—: ¿Estás casada?

La furia me abandonó al instante. Mientras se planeaba y coordinaba una boda, sobre todo de esa magnitud, era fácil olvidarse de lo aterrador que resultaba el proceso para las dos personas que se jugaban más durante el mismo.

Tras quitarme las gafas, las limpié con un pañuelo de papel que saqué del bolso.

—No, jamás me he casado —contesté—. Me dejaron plantada en el altar el día de mi boda. Lo que seguramente me convierte en la persona menos apropiada con la que hablar en este momento.

—Joder —lo escuché murmurar—. Lo siento, Avery.

Me puse las gafas otra vez y arrugué el pañuelo de papel en un puño.

Charlie se enfrentaba a una decisión que cambiaría su vida, y parecía un corderito a punto de ser degollado en el matadero. Debía ayudarlo a comprender las consecuencias de lo que estaba haciendo. Por su bien y, sobre todo, por el de Sloane.

Miré con deseo el vaso vacío que Charlie tenía en la mano, y pensé en lo mucho que me gustaría tomarme una copa. Me incliné hacia delante en la otomana y dije:

—Cancelar la boda no es lo mismo que cancelar un evento social, Charlie. Hacerlo lo cambiará todo. Y vas a hacerle daño a Sloane de una forma que ni imaginas.

Me miró con expresión alarmada y el ceño fruncido.

—Sí, bueno, se llevará una desilusión —dijo—, pero...

—La desilusión es lo menos importante de todo lo que va a sentir —lo interrumpí—. Y aunque Sloane te siga queriendo después de esto, dejará de confiar en ti. ¿Por qué iba a hacerlo, si tú no eres capaz de mantener tu promesa?

—Todavía no he hecho ninguna promesa —protestó Charlie.

—Le pediste que se casara contigo —le recordé—. Eso significa que prometiste que estarías esperándola en el altar.

A medida que se prolongaba el silencio, comprendí que tendría que hablarle a Charlie Amspacher del peor día de mi vida. El recuerdo era una herida que jamás se había cerrado del todo, y no estaba ansiosa de abrirla por el bien de un chico a quien en el fondo apenas conocía. Sin embargo, no se me ocurría otra manera de ayudarlo a ver la realidad.

—Mi boda debería haberse celebrado hace tres años y medio —dije—. En aquel entonces yo vivía en Nueva York, trabajando en la industria del diseño de vestidos de novia. Mi prometido, Brian, trabajaba en el sector de las finanzas, en Wall Street. Llevábamos dos años saliendo cuando decidimos irnos a vivir juntos, y tras otros dos años de convivencia empezamos a hablar de matrimonio. Planeé una boda sencilla y con poca gente. Incluso me encargué de que mi padre, que estaba enfermo, volara hasta Nueva York para que me acompañara al altar. Todo iba a ser perfecto. Pero la mañana de la boda, Brian salió del apartamento antes de que yo me levantara y me llamó después para decirme que no podía hacerlo. Que había cometido un error. Que me quería, pero no podía hacerlo. Que no estaba seguro de poder hacerlo algún día.

—Joder —susurró Charlie.

—La gente se equivoca cuando dice que el tiempo lo cura todo. No siempre es así. Yo no lo he superado aún. He tenido que aprender a vivir con ese dolor. Jamás seré capaz de confiar en una persona que me diga que me quiere. —Guardé silencio un instante para obligarme a añadir con absoluta sinceridad—: Tengo miedo de que me abandonen otra vez y siempre soy yo la primera en alejarse. Les he puesto fin a varias relaciones que iban bien solo porque prefiero estar sola a que me hagan daño. No me gusta en lo que me he convertido, pero esa soy yo ahora mismo.

Charlie me miró con preocupación y amabilidad. Parecía haberse recuperado, ya no estaba asustado.

—Me sorprende que sigas en el negocio de las bodas después de que te dejara plantada.

—Pensé en dejarlo —admití—. Pero en el fondo sigo

creyendo en el cuento de hadas. No para mí, pero sí para los demás.

—¿Para Sloane y para mí? —me preguntó, sin sonreír.

—Sí. ¿Por qué no?

Charlie jugueteó con el vaso vacío que tenía en las manos.

—Mis padres se divorciaron cuando yo tenía ocho años —confesó—. Pero siguieron usándonos a mi hermano y a mí para hacerse daño. Mentían, se daban puñaladas traperas, discutían y arruinaban todos los cumpleaños y las vacaciones. Por eso ni mi madre ni mi padre están en la lista de invitados. Sabía que si aparecían por aquí ocasionarían un sinfín de problemas. ¿Cómo se supone que voy a tener un buen matrimonio si no sé lo que es? —Me miró a los ojos—. No pido un cuento de hadas. Pero necesito estar seguro de que, si me caso, mi matrimonio no acabará convertido en un infierno.

—No puedo prometerte que jamás te divorciarás —dije—. No hay garantías en el matrimonio. Solo funcionará siempre y cuando Sloane y tú queráis que funcione. Mientras ambos estéis dispuestos a cumplir vuestras promesas. —Tomé una honda bocanada de aire—. A ver si lo he entendido bien, Charlie... No te estás echando atrás porque no quieras a Sloane, sino precisamente porque la quieres. Estás pensando en cancelar la boda porque no quieres correr el riesgo de que vuestro matrimonio fracase. ¿Es eso?

La cara de Charlie cambió.

—Pues sí —reconoció con asombro—. Eso... eso me hace parecer un idiota, ¿verdad?

—No, más bien pone en evidencia que estás un poco confundido —lo corregí—. Déjame preguntarte una cosa.

¿Sloane te ha dado algún motivo para que desconfíes de ella? ¿Hay algo en vuestra relación que no funcione?

—Joder, no. Ella es increíble. Cariñosa, lista... Soy el tío más afortunado del planeta.

Guardé silencio y dejé que asimilara sus palabras.

—El tío más afortunado del planeta —repitió en voz baja—. Joder, estoy a punto de cargarme lo mejor que me ha pasado en la vida. A la mierda con el miedo. A la mierda con el desastroso matrimonio de mis padres. Voy a hacerlo.

—Entonces... ¿la boda sigue en pie? —le pregunté con cautela.

—Sí.

—¿Estás seguro?

—Al cien por cien. —Charlie enfrentó mi mirada—. Gracias por contarme lo que has sufrido. Sé que no ha debido de ser fácil para ti.

—Si he podido ayudarte, me alegro de haberlo hecho. —Mientras nos poníamos en pie, descubrí que me temblaban las piernas.

Charlie me miró e hizo una mueca.

—No tenemos por qué mencionarle esto a nadie, ¿verdad?

—Soy como un abogado o un médico —le aseguré—. Nuestras conversaciones son confidenciales.

Charlie asintió y suspiró, aliviado.

—Me voy —le dije—. Mientras tanto, creo que deberías mantenerte alejado de Wyatt y de sus tonterías. Sé que es tu amigo, pero la verdad, es el peor padrino que he visto en la vida.

Charlie esbozó una sonrisa torcida.

—No te lo discuto.

Mientras me acompañaba hasta la puerta, pensé en el valor que demostraría Charlie cuando se comprometiera a hacer lo que más miedo le daba. Un valor que yo jamás tendría. Ningún hombre tendría jamás el poder de abandonarme como lo había hecho Brian. Como Charlie había estado a punto de abandonar a Sloane. Aliviada y exhausta, me agaché para recoger el bolso.

—Nos vemos dentro de un rato —se despidió Charlie mientras yo salía de la estancia y bajaba la escalera.

Supuse que debería sentirme como una hipócrita por haber animado a alguien a correr el riesgo de casarse cuando yo misma no tenía la menor intención de hacerlo. Sin embargo, el instinto me decía que Charlie y Sloane serían felices juntos o que, al menos, tenían muchas posibilidades de serlo.

Val me estaba esperando junto a la puerta principal.

—¿Y bien? —me preguntó, nerviosa.

—Seguimos adelante a toda mecha —contesté.

—¡Gracias a Dios! —Me entregó el auricular y el micrófono—. Supuse que lo tenías todo bajo control cuando vi a Wyatt intentando escabullirse. Ray Kendrick lo pilló justo en la puerta y lo levantó literalmente por el pescuezo como si fuera un perro con una rata.

—¿Y?

—El señor Kendrick lo ha llevado a algún sitio y nadie ha sabido nada de ellos desde entonces.

—¿Qué ha pasado con la suelta de palomas?

—Tank le ha pedido a Steven que lo ayude a buscar una tubería de plástico y un encendedor para barbacoas. Después, me dijo que necesitaba un bote de laca. —Hizo una pausa—. Y ha mandado a Ree-Ann en busca de unas pelotas de tenis.

—¿Pelotas de tenis? Pero ¿qué está...?

Me interrumpió un silbido ensordecedor seguido por un fuerte golpe. Ambas nos sobresaltamos y nos miramos con los ojos como platos. Otro impacto hizo que Val se tapara las orejas con las manos. ¡Bum! ¡Bum! A lo lejos se escuchaban vítores y gritos masculinos.

—Steven —dije de inmediato, hablando por el micrófono—. ¿Qué está pasando? Cambio.

—Tank dice que el halcón se ha ido. Cambio.

—¿Qué narices ha sido ese ruido? Cambio.

Cuando contestó, Steven lo hizo con un tono risueño.

—Tank ha usado un lanzagranadas y unas pelotas de tenis que han explotado. Ha usado la pólvora de unos cartuchos y... ya te lo cuento después. Los invitados están llegando para sentarse. Cambio y corto.

—¿Para sentarse? —repetí, mirando mi polvoriento y sudado atuendo—. ¿Ya?

Val me dio un empujón para hacerme salir.

—Tienes que cambiarte. Ve directa a la casa principal. ¡No te pares a hablar con nadie!

Corrí hasta la casa y entré a través de la cocina, que estaba atestada de empleados de la empresa de catering. De camino hacia la sala de manualidades, adyacente a la cocina, escuché una especie de chirrido que se desvaneció hasta convertirse en un gemido. Al entrar vi a Sofía sentada a una mesa alargada, junto a un hombre entrado en años que iba ataviado con un kilt. Ambos contemplaban un saco de cuadros con muchas flautas de color negro.

Sofía, que llevaba un vestido rosa de corpiño ceñido y falda de vuelo, me miró espantada.

—¿Todavía no te has cambiado?

—¿Qué pasa aquí? —le pregunté yo.

—La gaita se ha roto —contestó mi hermana—. No te preocupes. Les diré a unos cuantos miembros de la orquesta contratada para amenizar el banquete que interpreten algo durante la ceremonia...

—¿Qué quieres decir con que está rota?

—La bolsa tiene un agujero —fue la malhumorada respuesta del gaitero—. Les devolveré el dinero depositado como garantía tal cual acordamos en el contrato.

Negué vigorosamente con la cabeza. Judy, la madre de Sloane, estaba emocionada con la idea de que sonaran gaitas en la ceremonia. Sustituirlo sería una desilusión enorme para ella.

—No quiero que me devuelva el dinero. ¿Es que no tiene otra?

—No tengo más. Tenga en cuenta que cada una cuesta dos mil dólares.

Señalé con un dedo tembloroso la bolsa de cuadros que descansaba sobre la mesa.

—Pues arréglela.

—No hay tiempo ni tampoco tengo repuestos. La costura interior se ha abierto. Hay que sellarla con una cinta adhesiva especial y después someterla a un barrido de luz infrarroja para... ¡Señorita! ¿Qué está haciendo?

A esas alturas me había acercado a la mesa, había cogido la gaita y había sacado la bolsa interior con un decidido tirón. El instrumento gimió como un animal destripado. Metí la mano en el bolso y tras sacar el rollo de cinta americana, se lo lancé a Sofía, que lo atrapó en el aire.

—Pega la costura —le ordené sin más.

Pasando por alto los gritos de protesta del gaitero, corrí hasta el almacén donde el ama de llaves guardaba las provisiones, en uno de cuyos armarios yo había colgado un top negro y una falda de tubo a media pierna. El top se había escurrido de la percha y yacía en el polvoriento suelo. Tras levantarlo, comprobé horrorizada que tenía un par de manchas grasientas en la parte delantera.

Solté un taco y rebusqué en mi bolso las toallitas antibacterianas y la barrita quitamanchas. Intenté quitar las manchas, pero cuanto más frotaba sobre ella, peor se veía el top.

—¿Necesitas ayuda? —escuché que me preguntaba Sofía al cabo de unos minutos.

—Entra —le dije, con un deje frustrado en la voz.

Sofía entró en el almacén y contempló la escena sin dar crédito.

—Esto es chungo —comentó.

—La falda está bien —le aseguré—. Me la pondré con el top que llevo ahora.

—No puedes —me soltó Sofía sin más—. Llevas horas a pleno sol con ese top. Está asqueroso, y tienes manchas de sudor bajo los brazos.

—¿Y qué sugieres que haga? —repliqué, malhumorada.

—Ponte el top que me he quitado hace un rato. Me he pasado casi todo el día en el interior de la casa con el aire acondicionado y está impecable.

—No me entrará —protesté.

—Sí te entrará. Tenemos casi la misma talla y es drapeado. ¡Date prisa, Avery!

Tras soltar un taco, me quité los pantalones polvorientos y el top, y me aseé con unas cuantas toallitas húmedas. Con la ayuda de Sofía, me puse la falda negra y el top prestado: una blusa drapeada de tejido elástico con mangas francesas. Dado que mis curvas eran más generosas que las de Sofía, el escote de pico que en ella parecía recatado dejaba a la vista buena parte de mi canalillo.

—Se me ve todo —protesté, indignada, mientras tiraba del escote en un intento por unir la tela.

—Estás enseñando canalillo y pareces haber perdido diez kilos de golpe. —Me quitó las horquillas del pelo mientras hablaba.

—Oye, para ya.

—El recogido era un desastre. No hay tiempo para que te hagas otro. Déjate el pelo suelto.

—Voy a parecer una oveja recién salida de la secadora. —Intenté aplastar la incontrolable masa de rizos con las manos—. Y la blusa me está estrecha, es demasiado ceñida y...

—No estás acostumbrada a llevar ropa ajustada. Estás muy bien.

La miré con expresión torturada mientras cogía el auricular y el micrófono.

—¿Has hablado con Steven para ver cómo va todo?

—Sí. Todo está controlado. Los acomodadores están ayudando a los invitados a ocupar sus asientos y el encargado de las palomas está preparado. Sloane y las damas de honor están listas. En cuanto me lo digas, traeré al gaitero.

De forma milagrosa, la ceremonia empezó a tiempo. Y la boda se desarrolló incluso mejor de lo que Sofía o yo habríamos imaginado, fue perfecta. Las columnas del pabellón estaban cubiertas por gruesas guirnaldas formadas por abrojos, rosas y flores silvestres. El gaitero interpretó una melodía solemne pero muy emotiva para acompañar la entrada del cortejo nupcial.

Con su vestido de encaje, Sloane parecía una princesa mientras recorría la alfombra cubierta de pétalos de flores. Charlie sonreía de oreja a oreja mientras contemplaba a su novia. Nadie pondría en duda que era un hombre enamorado.

Dudaba mucho que alguien reparara en el gesto malhumorado del padrino.

Una vez que pronunciaron los votos, una bandada de palomas blancas alzó el vuelo y surcó el cielo azul con el horizonte salpicado de coral, creando un momento tan bonito que se produjo un suspiro colectivo.

—Aleluya —escuché decir a Sofía a través del auricular, lo que me hizo sonreír.

Mucho más tarde, mientras los invitados bailaban en la carpa donde se celebraba la fiesta posterior al banquete, me aparté hacia un rincón para hablar con Steven a través del micrófono y el auricular.

—Veo un problema potencial —susurré—. Cambio.

A veces teníamos que sacar de forma discreta a los invitados que habían bebido demasiado. La mejor manera de evitar problemas era atajarlos a tiempo.

—Lo veo —replicó Steven—. Le diré a Ree-Ann que se encargue. Cambio y corto.

Al ver que una mujer se acercaba a mí, me volví con una sonrisa. Era muy delgada y estaba elegantísima con un vestido bordado con pedrería. Su melena rubia lucía unas mechas perfectas de tono platino.

—¿En qué puedo ayudarla? —le pregunté.

—¿Es usted la organizadora de esta boda?

—Sí, junto con mi hermana. Soy Avery Crosslin.

La mujer bebió un sorbo de champán de su copa. En uno de los dedos llevaba una esmeralda del tamaño de un cenicero. Al percatarse de la dirección de mi mirada, que se había clavado en la piedra preciosa, dijo:

—Me la regaló mi marido cuando cumplí los cuarenta y cinco. Un quilate por cada año.

—Es increíble.

—Dicen que las esmeraldas conceden el poder de predecir el futuro.

—¿La suya lo hace? —le pregunté.

—Digamos que el futuro generalmente sucede tal como yo dispongo. —Bebió otro sorbito de champán—. La boda ha sido bonita —murmuró mientras sus ojos recorrían la carpa—. Elegante, pero no encorsetada. Imaginativa. Casi todas las bodas a las que he asistido este año han sido iguales. —Hizo una pausa—. La gente comenta que esta es la mejor boda a la que ha asistido en años. Pero, en realidad, ocupa el segundo puesto del ranking.

—¿Cuál es la primera? —quise saber.

—La que va a organizar para mi hija Bethany. Será la boda de la década. Asistirán el gobernador y un ex presidente. —Sus labios esbozaron una sonrisa ladina—. Soy Hollis Warner. Y su carrera acaba de despegar.

4

Mientras Hollis Warner se alejaba, escuché la voz de Steven por el auricular.

—Está casada con David Warner, que heredó un negocio de hostelería que convirtió en una cadena de casinos. Su fortuna es obscena incluso en Houston. Cambio.

—¿Pueden...?

—Después. Tienes compañía. Cambio y corto.

Parpadeé y cuando me volví, vi que se acercaba Joe Travis. Verlo hizo que el corazón me latiera a mil. Estaba para comérselo con un esmoquin clásico, y lo lucía con una elegancia innata. El cuello blanco de la camisa contrastaba muchísimo con el bronceado de su piel, un tono tan dorado que parecía haberse sumergido en el sol.

Me sonrió.

—Me gusta que lleves el pelo suelto.

Me llevé una mano al pelo para alisármelo con gesto incómodo.

—Es demasiado rizado.

—Por el amor de Dios —escuché que Steven decía por el auricular—. Cuando un hombre te halague, no discutas con él. Cierro.

—¿Puedes tomarte un descanso? —preguntó Joe.

—No debería... —comencé, pero escuché que Steven y Sofía hablaban a la vez.

—¡Sí, claro que debes!

—¡Dile que sí!

Me quité el auricular y el micro de un tirón.

—No suelo tomarme descansos en mitad de una recepción —le dije a Joe—. Tengo que estar atenta por si surge algún problema.

—Yo tengo un problema —se apresuró a replicar—. Necesito una pareja de baile.

—Hay seis damas de honor que estarían encantadas de bailar contigo —le recordé—. Por turnos o a la vez.

—Ninguna es pelirroja.

—¿Es un requisito?

—Digamos que es una preferencia. —Joe hizo ademán de cogerme la mano—. Vamos. Pueden apañárselas sin ti unos minutos.

Me puse colorada y titubeé.

—Mi bolso... —Miré el bulto que había debajo de una silla—. No puedo...

—Yo te lo cuido —dijo Sofía con voz cantarina. Había aparecido de la nada—. Ve a pasártelo bien.

—Joe Travis —dije—, te presento a mi hermana Sofía. Está soltera. A lo mejor deberías...

—Llévatela —le dijo Sofía al tiempo que intercambiaban una sonrisa.

Sofía pasó de la mirada asesina que le lancé mientras susurraba algo por el micro.

Joe me cogió la mano y tiró de mí para llevarme más allá de las mesas y de los árboles, hasta que llegamos a una zona algo apartada del otro lado de la carpa de recepción.

Le hizo un gesto a un camarero que llevaba champán helado.

—Se supone que tengo que encargarme de la celebración —dije—. Tengo que mantenerme alerta. Podría pasar cualquier cosa. Alguien podría tener un infarto. La carpa podría incendiarse.

Joe cogió dos de las copas de champán que llevaba el camarero y me dio una, quedándose la otra.

—Incluso el general Patton descansaba de vez en cuando —replicó—. Relájate, Avery.

—Lo intentaré. —Sujeté la flauta de cristal por el pie mientras el contenido burbujeaba en su interior.

—Por tus preciosos ojos de color café —dijo, a modo de brindis.

Me puse colorada.

—Gracias.

Brindamos y bebimos. El champán era seco y estaba delicioso, y las frías burbujas me hicieron cosquillas en la lengua.

No podía ver la pista de baile ya que me lo impedían los instrumentos de la orquesta, el altavoz y los árboles ornamentales. Sin embargo, me pareció atisbar la inconfundible melena rubio platino de Hollis Warner entre la multitud.

—¿Por casualidad conoces a Hollis Warner? —pregunté.

Joe asintió con la cabeza.

—Es amiga de la familia. Y el año pasado hice un reportaje fotográfico de su casa para una revista. ¿Por qué?

—Acabo de conocerla. Quería hablar de algunas ideas para la boda de su hija.

Joe me miró con expresión seria.

—¿Con quién se ha comprometido Bethany?

—No tengo ni idea.

—Bethany ha estado saliendo con mi primo Ryan, pero la última vez que lo vi mi primo pensaba cortar.

—Tal vez sus sentimientos fueran más profundos de lo que pensaba.

—Por lo que me dijo Ryan, no me parece probable.

—Si quisiera tener a Hollis como clienta, ¿qué me aconsejarías?

—Que te cuelgues del cuello una ristra de ajos. —Sonrió al verme la cara—. Pero si la tratas bien, será una buena clienta. Hollis podría gastarse en esa boda lo suficiente para comprar Ecuador. —Miró mi copa de champán—. ¿Quieres otra?

—No, gracias.

Apuró su copa, cogió la mía y las soltó en una mesa que había cerca.

—¿Por qué no fotografías bodas? —le pregunté cuando regresó a mi lado.

—Es lo más difícil que hay en fotografía, con la excepción de trabajar en zonas de guerra. —Esbozó una sonrisa irónica—. Cuando estaba empezando, conseguí un puesto como fotógrafo de plantilla para un periódico del Oeste de Tejas, *Ganadero Moderno*. No es fácil conseguir que un toro pose para una foto. Pero sigo prefiriendo hacer fotos de ganado a fotos de bodas.

Me eché a reír.

—¿Cuándo hiciste tu primera foto?

—Con diez años. Mi madre me llevaba a escondidas a clase todos los sábados y le decía a mi padre que estaba entrenando para entrar en el programa de fútbol americano de Pop Warner.

—¿No le gustaba la fotografía?

Joe negó con la cabeza.

—Tenía ideas muy claras acerca de en qué debían emplear el tiempo sus hijos. Fútbol americano, 4-H, actividades al aire libre y demás estaban bien. Pero el arte, la música... eso ya no tanto. Y creía que la fotografía estaba bien como pasatiempo, pero no como profesión para un hombre.

—Pero demostraste que se equivocaba —comenté.

Su sonrisa se tornó tristona.

—Tardé un poco. Estuvimos un par de años sin hablarnos mucho. —Hizo una pausa—. Después, me vi obligado a pasar unos cuantos meses con él y entonces fue cuando por fin hicimos las paces.

—Tuviste que quedarte con él, ¿fue cuando...? —Titubeé.

Inclinó la cabeza hacia mí.

—Sigue.

—¿Fue cuando tuviste el accidente? —Al ver su sonrisa interrogante, añadí con incomodidad—: Mi hermana te buscó en internet.

—Sí, fue después de eso. Cuando salí del hospital, no me quedó más remedio que quedarme con alguien mientras me recuperaba. Mi padre vivía solo en River Oaks, así que lo más lógico era que me fuera allí.

—¿Te cuesta hablar del accidente?

—En absoluto.

—¿Te molesta si te pregunto qué pasó?

—Estaba pescando con mi hermano Jack en el golfo. Volvíamos al puerto de Galveston, nos detuvimos junto a una red para recoger las algas y conseguimos pescar una lampuga. Mientras mi hermano recogía sedal, yo arranqué el motor para poder seguir al pez. Lo siguiente que recuerdo es estar en el agua, rodeado de restos y de fuego.

—¡Por Dios! ¿Qué provocó la explosión?

—Estamos casi seguros de que falló la ventilación de la sala de máquinas y de que se concentraron vapores cerca del motor.

—¡Qué horror! —exclamé—. Lo siento mucho.

—Sí. Esa lampuga tenía casi metro y medio. —Hizo una pausa y me miró la boca mientras yo sonreía.

—¿Qué clase de heridas...? —Dejé la pregunta en el aire—. Da igual, no es asunto mío.

—Lo llaman «compresión de la caja torácica», que es cuando la onda expansiva de una explosión lesiona el pecho y los pulmones. Durante un tiempo fui incapaz de inflar un globo.

—Pues ahora pareces muy sano —comenté.

—Como nuevo —me aseguró—. Y ahora que te compadeces de mí... baila conmigo.

Meneé la cabeza.

—No te compadezco tanto. —Sonreí a modo de disculpa y me expliqué—: Nunca bailo en las celebraciones que organizo. Es como si una camarera se sentase a la mesa que ha estado sirviendo.

—Tuvieron que operarme dos veces para contener la hemorragia interna mientras estuve ingresado —me informó Joe con seriedad—. Me pasé casi una semana sin poder comer ni hablar porque estaba conectado a un equipo de ventilación mecánica. —Me miró con expresión esperanzada—. ¿Me compadeces ahora lo bastante como para bailar conmigo?

Volví a negar con la cabeza.

—Además —continuó Joe—, el accidente sucedió el día de mi cumpleaños.

—De eso nada.

—Te digo que sí.

Miré al cielo.

—Qué triste. Es... —Hice una pausa mientras debatía contra mi sentido común—. Vale —dije sin pretenderlo—. Un baile.

—Sabía que lo del cumpleaños te convencería —dijo él, satisfecho.

—Uno rapidito. En un rincón, donde me vea la menos gente posible.

Joe me cogió la mano con fuerza. Me condujo a través de los relucientes árboles que adornaban la carpa, de vuelta al rincón en penumbra que había detrás de la orquesta. Sonaba una versión con tintes de jazz de *They can't take that away from me*. La voz de la cantante era dulce y algo ronca, electrizante.

Joe me hizo girar de modo que quedé delante de él y me tomó entre sus brazos con soltura, tras lo cual me puso una mano en la cintura. De modo que bailaríamos de verdad, no nos meceríamos sin más. Le coloqué la mano izquierda en el hombro con inseguridad. Joe comenzó a guiarme con elegancia, con movimientos tan firmes que no quedó lugar a dudas de quién mandaba. Cuando me levantó el brazo para hacerme girar, seguí sus indicaciones con tanta facilidad que no perdimos el compás. Escuché su ronca carcajada, complacido al descubrir una pareja tan experta.

—¿Qué más se te da bien? —me preguntó junto a la oreja—. Además de bailar y de organizar bodas.

—Eso es todo. —Al cabo de un momento, añadí—:

Soy capaz de hacer animales con globos. Y sé silbar con los dedos.

Sentí su sonrisa contra mi oreja.

Se me habían bajado las gafas por la nariz, de modo que me solté un momento para subírmelas por el puente. Me recordé que tenía que ir a que me ajustaran las patillas en cuanto volviera a Houston.

—¿Qué me dices de ti? —pregunté—. ¿Tienes algún talento oculto?

—Soy capaz de botar la pelota de baloncesto entre mis piernas. Y me sé el alfabeto fonético de la OTAN al completo.

—¿Te refieres a eso de Alfa, Beta, Charlie?

—A eso mismo.

—¿Cómo lo aprendiste?

—En los Boy Scouts, gané una insignia y todo.

—Deletrea mi nombre —le exigí para poner a prueba sus conocimientos.

—Alfa, Víctor, Eco, Romeo, Yanqui. —Me hizo girar de nuevo.

Daba la sensación de que el aire se había convertido en champán, porque cada respiración me provocaba un vértigo efervescente.

Se me bajaron las gafas de nuevo e hice ademán de subírmelas.

—Avery —dijo en voz baja—, deja que te las guarde. Me las meteré en el bolsillo hasta que terminemos.

—No veré tres en un burro.

—Pero yo sí.

Con cuidado, me quitó las gafas, las dobló y se las metió en el bolsillo de la chaqueta del esmoquin. La estancia se convirtió en una mancha en la que se mezclaban los brillos con las sombras. No entendía cómo había sucumbido tan fácilmente a su control. Allí estaba, medio ciega y expuesta, con el corazón más acelerado que las alas de un colibrí.

Joe me rodeó con los brazos. Me abrazó de la misma manera que antes, salvo que en ese momento estábamos más pegados y nuestros pasos se entrelazaban de forma íntima. Ya no seguía el ritmo que marcaba la orquesta, sino que impuso un ritmo lento y relajado.

Aspiré su aroma, una mezcla de sol y sal, y me sobresaltó el ansia de pegar los labios contra su cuello, de saborearlo.

—Eres miope —escuché que decía con cierta vacilación.

Asentí con la cabeza.

—Eres lo único que veo con claridad ahora mismo.

Joe me miró y nuestras narices casi se tocaron.

—Estupendo. —La palabra sonó áspera, como la lengua de un gato.

Me quedé sin aliento. Aparté la cara con toda intención. Tenía que romper el hechizo o haría algo de lo que me arrepentiría más tarde.

—Prepárate —escuché que me decía—. Voy a inclinarte.

Me aferré a él.

—No, me dejarás caer.

—No voy a dejarte caer. —Mis palabras parecían haberle hecho gracia.

Me tensé cuando sentí que me ponía una mano en el centro de la espalda.

—Lo digo en serio, Joe...

—Confía en mí.

—No creo que...

—Vamos allá.

Me inclinó hacia atrás, sujetándome con fuerza. Mi cabeza cayó hacia atrás y en lo alto vi las parpadeantes luciérnagas que salpicaban las ramas de los árboles. Jadeé cuando Joe me levantó con sorprendente facilidad.

—¡Uau! Eres fuerte.

—No tiene nada que ver con la fuerza. Todo depende de que sepas hacerlo. —Joe me abrazó de nuevo, más cerca que antes. En ese momento, estábamos pegados. El aire estaba cargado de algo que no había experimentado jamás, como un calor electrizante. Me mantuve en silencio, ya que habría sido incapaz de hablar aunque me hubiera ido la vida en ello. Cerré los ojos. Mis sentidos estaban muy ocupados absorbiéndolo, memorizando su duro cuerpo y la caricia de su aliento en mi oreja.

La canción terminó demasiado pronto con una floritura agridulce. Joe me abrazó con más fuerza.

—Todavía no —murmuró—. Una más.

—No debería.

—Sí que deberías. —Me mantuvo abrazada.

Comenzaron a sonar los acordes de otra canción. *What a wonderful world* era un clásico en las bodas. La había escuchado miles de veces, interpretada de todas las formas posibles. Sin embargo, de vez en cuando una antigua canción te atravesaba el corazón como si fuera la primera vez que la escuchabas.

Mientras bailábamos, intenté aferrarme a los segundos como si fueran un salvavidas, como si fueran peniques en un tarro de cristal. Pero perdí la noción enseguida y solo quedamos los dos, envueltos por la música y por una oscuridad maravillosa. Joe me cogió la mano y me instó a rodearle el cuello con un brazo. Al ver que no me resistía, hizo lo propio con el otro brazo.

No tenía ni idea de qué canción sonó a continuación. Permanecimos abrazados, balanceándonos, mientras yo le rodeaba el cuello con los brazos. Dejé que mis dedos se deslizaran por su nuca, donde tenía el pelo cortado a capas. Una sensación irreal se apoderó de mí, y mi imaginación voló en la dirección equivocada... Me pregunté cómo sería en la cama, cómo se movería, cómo respiraría y cómo se estremecería.

Inclinó la cabeza hasta que me acarició la mejilla con el mentón, y su piel áspera me resultó deliciosa.

—Tengo que trabajar —conseguí decir—. ¿Qué... qué hora es?

Sentí cómo levantaba un brazo a mi espalda, pero al parecer estaba demasiado oscuro para ver la hora.

—Tiene que ser cerca de medianoche —contestó.

—Tengo que preparar la fiesta que seguirá al banquete.

—¿Dónde?

—En el patio de la piscina.

—Te acompaño.

—No, que me distraerás.

Al darme cuenta de que seguía rodeándole el cuello con los brazos, hice ademán de soltarlo.

—Seguramente.

Me cogió una muñeca y posó sus labios en la cara interna. Me asaltó una punzada de dulzura al sentir la caricia de sus labios sobre esa piel tan sensible, sobre el acelerado pulso. A continuación, se llevó una mano al bolsillo de la chaqueta y me devolvió las gafas.

Me quedé mirándolo fijamente. Tenía una cicatriz con forma de media luna en la barbilla, una fina línea blanca que destacaba entre la incipiente barba. Y otra cicatriz junto al rabillo del ojo izquierdo, con forma de paréntesis, aunque apenas era visible. Por algún motivo, esas pequeñas imperfecciones lo hacían más sexy todavía.

Quería tocar las cicatrices con los dedos. Quería besarlas. Pero el deseo quedó empañado por la certeza instintiva de que no era un hombre con el que pudiera tontear sin pagar las consecuencias. Si te enamorabas de un hombre así, sería con una pasión incontrolable. Y después tu corazón acabaría peor que un cenicero usado.

—Me reuniré contigo cuando termines de organizarlo todo —me dijo Joe.

—Puede que tarde bastante. No quiero que tengas que esperarme.

—Tengo toda la noche. —Hablaba con voz baja—. Y quiero pasarla contigo.

Intenté con desesperación no sentirme halagada ni abrumada. Mientras me alejaba a toda prisa, tuve la sensación de que atravesaba un campo de minas.

5

—¿Y bien? —me preguntó Sofía, que se quitó el auricular y el micrófono mientras yo me acercaba. ¿Cómo era posible que pareciera tan relajada? ¿Cómo era posible que todo pareciera normal cuando no era así?

—Hemos bailado —contesté, distraída—. ¿Dónde está mi bolso? ¿Qué hora es?

—Las once y veintitrés. Aquí está tu bolso. Steven y Val están organizándolo todo para que la fiesta de la piscina comience. Tank ha estado montando los altavoces y los micrófonos del grupo. Ree-Ann y los empleados del catering se están encargando del bufet, del vino y del café. Y los camareros están listos para empezar a recoger las mesas del banquete.

—Todo va según el horario previsto.

—No hay de qué sorprenderse —replicó mi hermana con una sonrisa—. ¿Dónde está Joe? ¿Te lo has pasado bien bailando con él?

—Sí. —Cogí mi bolso, que parecía pesar media tonelada.

—¿Por qué estás nerviosa?

—Quiere quedar conmigo después.

—¿Esta noche? ¡Genial! —Al ver que yo no decía nada, Sofía me preguntó—: ¿Te gusta?

—Es... bueno, es... —Guardé silencio, indecisa—. No acabo de ver su jugada.

—¿Qué jugada?

—No entiendo por qué finge estar interesado en mí.

—¿Por qué crees que está fingiendo?

Fruncí el ceño.

—¡Vamos, Sofía! ¿Te parece que soy una mujer por la que Joe Travis podría interesarse? ¿Lo ves lógico?

—¡Madre mía! —exclamó Sofía al tiempo que se cubría la cara con una mano—. Un tío alto y sexy quiere quedar contigo. ¡Avery, ni que eso fuera un problema! Deja de preocuparte.

—La gente hace estupideces durante las bodas... —dije.

—Sí. Únete al club.

—¡Por Dios! Vaya consejos que das.

—Pues no me los pidas.

—¡No lo he hecho!

Sofía me lanzó una mirada cariñosa y preocupada. Una mirada fraternal.

—Cariño, ¿no conoces ese dicho tan famoso de «Encontrarás a alguien en cuanto dejes de buscarlo»?

—Sí.

—Creo que, en tu caso, lo has convertido en un arte. Has decidido no buscar aunque tengas al hombre ideal delante de las narices. —Tras colocarme las manos en los hombros, me obligó a volverme y me empujó—. Vete. Olvida que puede ser un error. La mayoría de los errores acaba enderezándose.

—Vaya consejos... —repetí enfurruñada, y me marché.

Sabía que Sofía tenía razón. Había desarrollado ciertos malos hábitos después de mi catastrófico compromiso. Soledad, distanciamiento y recelo. Sin embargo, esos mecanismos de autodefensa me habían evitado sufrimiento y dolor. No sería fácil librarme de ellos, aunque me empeñara.

Cuando llegué a la piscina, unas cuantas damas de honor ya estaban en biquini, chapoteando y riéndose en el agua. Al percatarme de que no había toallas a la vista, me acerqué a Val, que estaba disponiendo las tumbonas.

—¿Toallas? —le pregunté.

—Tank es el encargado de colocarlas.

—Debería haberlo hecho ya.

—Lo sé. Lo siento. —Val hizo una mueca—. Me dijo que estarían listas en diez minutos. No esperábamos que los invitados llegaran tan pronto.

—No pasa nada. De momento, ve a por seis o siete toallas y déjalas sobre las tumbonas.

Val asintió con la cabeza e hizo ademán de marcharse.

—Val —la llamé.

Ella se detuvo y me miró con curiosidad.

—Está todo estupendo —dije—. Has hecho un trabajo fantástico.

Una sonrisa iluminó su rostro, tras lo cual se marchó en busca de las toallas.

Me acerqué a la mesa alargada donde se habían dispuesto las tartas y el café, tras la cual aguardaban tres camareros ataviados con chaquetas blancas. El surtido de tartas de hojaldre y masa quebrada era increíble. Las había de manzana y caramelo, de peras glaseadas, de crema pastelera, de fresa y crema de queso...

No muy lejos de la mesa, en el patio adyacente, Steven estaba colocando sillas alrededor de unas mesas redondas cubiertas por manteles. Me acerqué a él y le dije, alzando la voz para que me escuchara por encima de la música:

—¿Qué hago?

—Nada. —Steven sonrió—. Todo está controlado.

—¿Algún escorpión a la vista?

Negó con la cabeza.

—Hemos rociado el perímetro del patio y de la piscina con aceite de limón. —Me miró con seriedad—. ¿Cómo lo llevas tú?

—Bien. ¿Por qué?

—Me alegro de que siguieras mi consejo. Sobre volver al terreno de juego.

Fruncí el ceño.

—No he vuelto al terreno de juego. Solo he bailado con un tío.

—Es un progreso —soltó él lacónicamente, tras lo cual fue en busca de más sillas.

Una vez que todo estuvo preparado y que los invitados comenzaron a hacer cola frente al bufet, vi a un hombre sentado en una de las mesas cercanas a la piscina. Era Joe, relajado y cómodo, con la pajarita negra colgando del cuello de la camisa. Me miró expectante y levantó un plato a modo de invitación.

Me acerqué a él.

—¿De qué es? —le pregunté al ver la porción de tarta, un triángulo perfecto, cubierta por una gruesa capa de merengue.

—Semifrío de limón —contestó—. Tengo dos tenedores. ¿Quieres compartir?

—Supongo, siempre y cuando nos sentemos al fondo del patio, en uno de los extremos...

—Donde nadie pueda vernos —concluyó Joe por mí con un brillo risueño en los ojos—. ¿Estás tratando de esconderme, Avery? Porque empiezo a sentirme como un ligue barato.

Incapaz de contenerme, solté una carcajada.

—De todos los adjetivos que podría aplicarte, «barato» no es uno de ellos.

Plato en mano, Joe me siguió hasta el patio. Me dirigí a una de las mesas más alejadas.

—¿Y qué adjetivos usarías? —me preguntó mientras me seguía.

—¿Estás buscando cumplidos?

—Un pequeño empujoncito nunca viene mal. —Tras soltar el plato en la mesa, sacó una silla y me invitó a sentarme.

—Puesto que no estoy disponible —repliqué—, no tengo la menor intención de alentarte. Aunque si lo hiciera... diría que eres un encanto.

Me dio un tenedor y ambos nos dispusimos a hincarle el diente a la tarta. El primer bocado fue tan bueno que cerré los ojos para concentrarme en el sabor. El merengue se deshizo en mi boca, seguido de la fresca crema de limón, cuya acidez se extendió por la lengua.

—Esta tarta... —dije— sabe como si un limón se enamorara de otro limón.

—O como si tres limones estuvieran haciendo un trío. —Joe sonrió al ver mi fingida expresión de reproche—. Normalmente, no me gustan las tartas de limón porque no son lo bastante ácidas —confesó—, pero esta es perfecta.

Cuando vio que quedaba un solitario trozo de tarta en el plato, Joe cogió mi tenedor, lo pinchó y me lo ofreció. Para mi asombro, abrí la boca y se lo permití. El gesto fue espontáneo e íntimo. Mastiqué y tragué con dificultad, con las mejillas ardiendo.

—Necesito beber algo —dije, y en ese momento alguien se acercó a nuestra mesa.

Se trataba de Sofía, que llegó con dos copas y con una botella de vino blanco frío. Tras dejarlo todo en la mesa, soltó:

—Steven me ha dicho que lo tenemos todo controlado, así que puedes tomarte la noche libre.

Fruncí el ceño.

—Yo decido si me tomo la noche libre o no, no Steven.

—Has dormido menos que nosotros y...

—No estoy cansada.

—... y no hay nada que hacer salvo controlar al personal encargado de recoger. Podemos hacerlo sin ti. Tómate una copa y diviértete. —Sofía se marchó antes de que yo pudiera replicar.

Meneé la cabeza mientras la veía alejarse.

—No soy tan irrelevante como parecen creer. —Me acomodé en la silla y añadí—: Sin embargo, hoy lo han hecho bien. Y seguramente puedan encargarse de la recogida sin mí. —Alcé la vista hacia el cielo, donde brillaban las relucientes estrellas de la Vía Láctea—. Mira —dije—. En la ciudad es imposible verla.

Joe levantó su copa para señalar y me preguntó:

—¿Ves la línea más oscura que se extiende por el centro?

Negué con la cabeza.

Joe acercó su silla a la mía y señaló con la mano libre.

—Allí, la línea que parece trazada con un rotulador.

Seguí la dirección de su brazo y vi a lo que se refería.

—Ahora. ¿Qué es?

—Es la zona oscura de la Vía Láctea, una nebulosa enorme, un lugar donde se forman nuevas estrellas.

Contemplé el cielo, maravillada.

—¿Por qué no me había fijado antes en ella?

—Porque hay que estar en el lugar y el momento oportunos.

Nos miramos con sendas sonrisas. La tenue luz de las estrellas había convertido la cicatriz de su mentón en una media luna plateada. Ansiaba acariciarla con un dedo. Ansiaba tocar su cara y trazar sus esculpidos rasgos.

Cogí la copa de vino.

—Me voy a la cama en cuanto me beba esto —anuncié, tras lo cual bebí un buen sorbo—. Estoy agotada.

—¿Te quedas en el rancho o en algún hotel de la ciudad?

—Aquí. En una cabaña pequeña cercana al camino que lleva al pastizal de atrás. La llaman la cabaña del trampero. —Hice una mueca—. Hay un mapache disecado en la repisa de la chimenea. Asqueroso. Lo he tapado con una funda de almohada.

Joe sonrió.

—Te acompañaré hasta allí.

Titubeé.

—Vale.

Apenas hablamos mientras yo apuraba el vino. Como si otro tipo de conversación silenciosa, otro diálogo, estuviera rellenando el vacío entre las palabras.

Al final, dejamos la botella y las copas vacías en la mesa y nos levantamos.

Mientras andábamos por un lateral del camino adoquinado, Joe dijo:

—Me gustaría verte de nuevo, Avery.

—Es... bueno, me siento halagada. Gracias. Pero no puedo.

—¿Por qué no?

—Me lo he pasado muy bien contigo. Vamos a dejarlo ahí.

Joe guardó silencio durante el resto del trayecto hasta la cabaña. Aunque caminábamos despacio, los entresijos de mi mente funcionaban a marchas forzadas, sopesando distintas formas de mantener las distancias con él.

Nos detuvimos al llegar a la puerta principal. Mientras yo rebuscaba las llaves en mi bolso, Joe dijo:

—Avery... No quiero que pienses que voy sobrado, pero sé muy bien lo que se siente cuando deseas a alguien que no te corresponde. —Un largo silencio—. Y no creo que este sea el caso.

Aturdida, logré decir:

—Siento mucho si he dicho o hecho algo que te haya dado esa impresión.

—¿Eso quiere decir que me he equivocado? —me preguntó en voz baja.

—Es que... No... El problema es el momento.

Joe no reaccionó, no pareció creerme en absoluto. Y, además, ¿por qué iba a hacerlo? ¿Por qué iba a creérselo alguien? Era el hombre con el que cualquier mujer soñaba, plantado delante de mí a la luz de la luna, irresistible con el esmoquin arrugado y con esos ojos oscuros como la noche.

—¿Podemos discutirlo un minuto? —me pidió.

Asentí con la cabeza a regañadientes y abrí la puerta.

El interior consistía en una única estancia decorada con un estilo rústico. En el suelo había una alfombra tejida a mano, las tapicerías eran de cuero y las lámparas parecían cuernas de ciervos si bien eran de cristal, lo que le otorgaba al espacio un toque moderno. Pulsé un interruptor que encendió una lámpara de pared situada en un rincón y solté el bolso. Cuando me volví para mirar a Joe, lo descubrí con un hombro apoyado en la jamba de la puerta. Aunque abrió la boca como si quisiera decir algo, pareció pensárselo mejor y la cerró.

—¿Qué? —pregunté en voz baja.

—Sé que existen reglas para esto. Sé que supuestamente debo ir despacio. —Esbozó una sonrisa renuente—. Pero a la mierda con ese rollo. La verdad es que me gustaste desde que te vi. Eres una mujer guapa e interesante y quiero seguir viéndote. —Su tono de voz se suavizó y añadió—: A eso no puedes negarte, ¿verdad? —Consciente de mi incertidumbre, murmuró—: Elige el día y el lugar. Te prometo que no te arrepentirás.

Tras esas palabras, se alejó de la puerta y se acercó a mí muy despacio. El corazón se me aceleró, y los nervios me provocaron oleadas intermitentes de frío y de calor. Había pasado mucho tiempo desde la última vez que estuve con un hombre en un dormitorio.

Joe me acarició una mejilla mientras me observaba de forma penetrante. Su mano se detuvo en mi mentón y supe que podía percibir mi temblor.

—¿Me voy? —preguntó al tiempo que retrocedía.

—No. —Sin ser consciente de lo que hacía, lo aferré por la muñeca. Unos minutos antes, había estado pensando en la mejor manera de alejarlo, pero en ese momento solo podía pensar en la manera de lograr que se quedara. Mis dedos se cerraron en torno a su muñeca y sentí el ritmo fuerte de su pulso, así como el movimiento de sus huesos y sus tendones.

Lo deseaba. Lo deseaba con todas mis fuerzas. Estábamos solos y el resto del mundo se encontraba muy lejos. Además, sabía de alguna manera que acostarme con él sería algo extraordinario.

Una mujer que había vivido veintiocho años de normalidad no podía rechazar una noche con un hombre como ese.

Me llevé su mano a la cintura y me puse de puntillas para pegarme a su cuerpo. Sus brazos, cálidos y fuertes, me rodearon. Me besó despacio y a conciencia, como si el fin del mundo estuviera a la vuelta de la esquina y tuviéramos que aprovechar los últimos minutos del último día. Lo que hacía con su boca, con su lengua... era una conversación, era como el acto en sí. Parecía capaz de descubrir lo que me gustaba para complacerme al instante. El beso me resultó más placentero que todos los polvos que había echado a lo largo de mi vida.

Cuando se alejó de mis labios, me tomó la cabeza entre las manos y me instó a apoyarla en uno de sus hombros. Estuvimos así durante un minuto, tratando de recobrar la respiración. Me encontraba totalmente perdida, en mi interior reinaba el caos. Sin embargo, mi mente se concentró en las sensaciones, que se hacían más intensas con el paso de los segundos. Solo sabía que debía estar cerca de él, que tenía que sentir su piel. Agarré las solapas de su esmoquin y se lo quité. Él lo dejó caer al suelo. Me tomó de nuevo la cabeza entre las manos con decisión y capturó mis labios, como si estuviera devorando un manjar delicioso. Sin dejar de besarme, bajó una mano hasta mi trasero y me pegó a él, para que sintiera la dura evidencia de su deseo. La pasión me consumió hasta tal punto que creí que iba a morir. Jamás había experimentado un deseo tan intenso. Jamás volvería a experimentarlo.

Cuando se vive algo así, hay que exprimirlo hasta el último momento.

—Vamos a la cama —susurré.

Lo escuché tomar una bocanada entrecortada de aire y percibí que se debatía entre el deseo y la indecisión.

—No pasa nada —le aseguré, ansiosa—. Sé lo que hago. Quiero que te quedes...

—Pero no tienes por qué... —protestó.

—Sí. Tengo que hacerlo —lo interrumpí, y lo besé de nuevo, embargada por el deseo—. Y tú también —murmuré contra sus labios.

Él respondió besándome con voracidad, consumido por la pasión como yo. Me pegó a su cuerpo de nuevo como si deseara que nos fundiéramos. Al instante, empezó a desnudarme y después se desnudó él. De camino a la cama fuimos dejando un rastro de ropa. Puesto que la luz era tenue, el brillo de las estrellas se colaba por las contraventanas.

Aparté la ropa de la cama y me acosté sobre el colchón, temblando de la cabeza a los pies. Joe se colocó encima de mí y el roce de su cuerpo me excitó hasta un extremo insoportable. Sobre todo, al sentir su cálido aliento en el cuello.

—Dime si quieres que paremos —lo escuché decir con voz ronca—. Si decides que quieres parar, lo haré aunque...

—Lo sé.

—Pero quiero que sepas que...

—Lo sé —lo interrumpí, tirando de él para pegarlo a mí.

Nada parecía real en el silencio del dormitorio. Llevados por un intenso deseo sexual me estaban haciendo una serie de cosas... yo estaba haciendo una serie de cosas de las que después me avergonzaría. Sentí los labios de Joe en un pecho y el roce de su lengua en torno al pezón, que lamió hasta ponerlo duro. Al instante, comenzó a succionarlo y mordisquearlo hasta provocarme oleada tras oleada de placer. Me aferré a sus hombros, a su musculosa espalda, explorándolo con las manos.

Después, sus dedos descendieron por mis muslos y, sin el menor titubeo, me instó a separarlos. La yema de su pulgar rozó un punto tan sensible que grité al tiempo que levantaba las caderas. En ese momento, me penetró con un dedo y comprobó que estaba mojada. Mi cuerpo se tensó en un intento por alargar el placer.

Joe se acomodó entre mis muslos y yo jadeé unas cuantas palabras.

—No tenemos protección... debemos usar algo...

Él me tranquilizó con un murmullo ronco mientras extendía la mano para coger la cartera que había dejado sobre la mesita de noche, algo de lo que yo ni me había dado cuenta. Escuché que rasgaba un envoltorio de plástico. Momentáneamente distraída, me pregunté en qué momento había dejado la cartera ahí, cómo se las había arreglado para...

Mis pensamientos se esfumaron de repente cuando lo sentí presionando para penetrarme lentamente. Lo hizo muy despacio, de tal forma que las sensaciones se fueron acumulando hasta un punto enloquecedor. El placer me arrancó un grito.

Joe me acarició una oreja con la nariz.

—Tranquila —me dijo.

Tras colocar una mano bajo mis caderas, me instó a

levantarlas. Cada embestida era una caricia con todo el cuerpo. Sentía el roce del vello de su torso en los pechos. Jamás había experimentado semejante cúmulo de sensaciones, que fueron aumentando hasta dejarme ciega e incapaz de pronunciar palabra. El éxtasis me embargó por completo, tensándome el cuerpo y haciendo que me estremeciera de la cabeza a los pies. Joe me estrechó entre sus brazos y alcanzó el orgasmo entre jadeos. Después, me besó la frente y los hombros al tiempo que me acariciaba con suavidad. Sentí sus dedos en el abdomen, tras lo cual siguieron descendiendo hasta llegar al lugar donde nuestros cuerpos estaban unidos. Una vez allí, me acarició en el punto más sensible de todos. Gemí, sin dar crédito a lo que sucedía, y me dejé arrastrar por una marea erótica donde no había cabida para el pensamiento, el pasado ni el futuro. Solo existían las sensaciones que me llevaban al éxtasis más sublime.

Me desperté por la mañana, sola en la cama y consciente de las molestias físicas provocadas por otro cuerpo en el mío. Tenía la piel sensible por el roce de la barba allí donde la habían besado una y otra vez; y la cara interna de los muslos estaba dolorida.

No sabía muy bien qué pensar sobre lo que había hecho.

Irse a la cama con un hombre el mismo día que lo conocías no era la mejor manera de empezar una relación. Era la mejor manera de evitar relaciones.

Joe apenas había hablado cuando se marchó, aparte del consabido: «Te llamaré.» Una promesa que nadie cumplía.

Me recordé que tenía derecho a acostarme con quien me apeteciera, aunque fuera un desconocido. No tenía por qué justificar mis actos. No había motivos para que me sintiera mal.

Sin embargo... tenía la impresión de que me habían arrebatado algo, y no sabía lo que era ni tampoco sabía cómo sentirme completa otra vez.

Solté un suspiro entrecortado y usé la sábana para limpiarme las lágrimas que amenazaban con desbordarse.

Me presioné los ojos.

—Estás bien —me dije en voz alta—. Todo saldrá bien.

Sin separarme de la húmeda almohada, recordé que una vez en el colegio tuve que estudiar mariposas para un trabajo de ciencias. Bajo el microscopio, descubrí que las alas de las mariposas estaban cubiertas por pequeñas escamas como si fueran plumas o las tejas de un tejado.

Si se tocaban las alas de una mariposa, nos dijo el profesor, las escamas se caían y jamás crecían de nuevo. Algunas mariposas tenían zonas más claras en las alas y en esos puntos se veía la membrana interior. Sin embargo, cuando la soltabas, una mariposa podía seguir volando aunque hubiera perdido unas cuantas escamas.

Podía seguir adelante sin problemas.

6

Durante el largo trayecto de vuelta a casa, Sofía y yo hablamos de la boda y repasamos todos los detalles. Me esforcé en mantener una conversación distendida y en reír de vez en cuando. Cuando Sofía me preguntó si había pasado algo con Joe Travis, le dije:

—No, pero le he dado mi teléfono. Puede que me llame.

A juzgar por la miradita que me echó, supe que no terminaba de creérselo.

Después de que Sofía conectara su móvil a la radio del coche y empezara a sonar una movida canción tejana, me permití pensar en la noche anterior mientras intentaba averiguar por qué me sentía tan culpable y tan preocupada. Seguramente porque tener una aventura de una noche era atípico en mí... salvo que dado que la había tenido, sí debía de ser típico en mí.

En mi nueva yo.

Me asaltó el pánico, pero lo contuve.

Recordé el momento en el que conocí a Brian e intenté recordar cuánto tiempo esperé para acostarme con él. Al menos dos meses. Me había mostrado muy cauta en cuanto a las relaciones sexuales, ya que no me apetecía ir de un hombre a otro tal como lo había hecho mi madre. Practicaría el sexo según mis condiciones, en un marco establecido por mí. A Brian le había parecido bien, se había mostrado paciente y dispuesto a esperar hasta que yo estuviera preparada.

Nos presentaron unos amigos en una fiesta celebrada en el jardín de esculturas al aire libre del Metropolitan. Nos sentimos tan cómodos juntos, encajamos tan bien desde el principio, que nuestros amigos nos acusaron entre risas de que ya nos conocíamos de antes. Teníamos los dos veintiún años, estábamos llenos de ambición y de energía, y acabábamos de mudarnos desde otra ciudad; yo desde Dallas y Brian desde Boston.

Ese primer año en Nueva York fue la época más feliz de toda mi vida, ya que la ciudad me infundía la absoluta sensación de que algo genial, o al menos interesante, estaba a la vuelta de la esquina.

Acostumbrada al ritmo pausado de Tejas, donde el sol obligaba a racionar la energía, la vitalidad del frío otoño de Manhattan me infundió fuerzas. «Este es tu sitio», parecía decir la ciudad, con los cláxones de los taxis amarillos, los chirridos y los crujidos de la maquinaria de obra, los sonidos de los músicos callejeros, de los bares y de las rejillas de ventilación del metro... Todo eso parecía señalar que me encontraba en el lugar donde sucedían las cosas.

Me resultó fácil hacer amigos, un grupo de mujeres que ocupaban su tiempo con trabajo voluntario, con clubes y con clases de cosas como lenguas extranjeras, baile y tenis. La pasión de los habitantes de Manhattan por mejorar fue contagiosa, y en poco tiempo me encontré apuntándome a clubes y a clases en un intento por aprovechar al máximo cada minuto de cada día.

Al echar la vista atrás, me vi obligada a preguntarme hasta qué punto enamorarme de Nueva York propició que me enamorase de Brian. Si lo hubiera conocido en otro lugar, no estaba tan segura de que hubiéramos durado tanto tiempo juntos. Brian fue un buen amante, considerado en la cama, pero su trabajo en Wall Street conllevaba jornadas laborales de dieciséis horas y preocuparse por cosas como los futuros datos de los salarios agrícolas o lo que decían por Bloomberg a la una de la madrugada. Eso hacía que estuviera cansado y preocupado a todas horas. Usaba el alcohol para aliviar el estrés, algo que no ayudó a nuestra vida amorosa. Sin embargo, ni siquiera al principio de nuestra relación experimenté algo que se pareciera en lo más mínimo a lo sucedido la noche anterior.

Con Joe me había comportado como una persona totalmente distinta. Pero no estaba preparada para ser una persona distinta, me había acostumbrado demasiado a ser la mujer que Brian Palomer dejara plantada en el altar. Si me desprendía de esa identidad, no sabía qué podía suceder. Me daba miedo imaginar las posibilidades. Solo sabía que ningún otro hombre iba a hacerme daño tal como me lo hizo Brian, y yo era la única que podía protegerme.

Esa misma noche, mientras estaba sentada en la cama leyendo, comenzó a sonar y a vibrar mi móvil, que estaba en la mesilla de noche.

Me quedé sin respiración al ver en la pantalla el nombre de Joe.

«Por Dios», pensé. Había dicho en serio lo de que iba a llamarme.

Sentí una tremenda opresión en el pecho, como si me hubieran envuelto el corazón con un millón de gomillas. Me tapé las orejas con las manos, cerré los ojos y no respondí al insistente tono de llamada. Esperé que se hiciera el silencio. No podía hablar con él... no sabría qué narices decir. Lo conocía de la forma más íntima posible, pero en realidad no lo conocía en absoluto.

Por más placentero que fuera acostarme con Joe, que lo había sido y mucho, no quería que se repitiera. Aunque no tenía un motivo claro para desear algo así, tampoco me hacía falta uno, ¿verdad? No le debía explicaciones. Ni siquiera me debía explicaciones a mí misma.

El teléfono se quedó en silencio. En la diminuta pantalla apareció el mensaje de que tenía un nuevo mensaje de voz.

«Pasa de él», me dije. Cogí el libro que había estado leyendo y clavé la vista en la página, aunque no veía nada. Después de unos minutos, me di cuenta de que había leído la misma página tres veces sin enterarme de una sola palabra.

Exasperada, solté el libro y cogí el móvil.

Encogí los pies debajo de la manta mientras escuchaba el mensaje con esa voz ronca y pausada que pareció invadirme y derretirse en mi interior como el azúcar caliente.

—Avery, soy Joe. Quería saber qué tal has llegado a Houston. —Una pausa—. He pensado en ti todo el día. Llámame cuando te apetezca. O te volveré a llamar más tarde. —Otra pausa—. Hablamos pronto.

Sentí cómo la sangre se agolpaba en mis mejillas, que

estaban acaloradas. Dejé el móvil en la mesita de noche.

Lo más adulto, pensé, sería devolverle la llamada, hablar con él de forma racional y calmada, y decirle que no me interesaba verlo de nuevo. «No creo que esto vaya a llegar a ninguna parte», podría decirle.

Sin embargo, no iba a hacerlo. Iba a pasar de Joe hasta que se cansara, porque la idea de hablar con él hacía que me pusiera a sudar por los nervios.

El teléfono sonó de nuevo y lo miré con incredulidad. ¿Me estaba llamando de nuevo? La cosa iba a ponerse muy incómoda, y deprisa. Sin embargo, cuando miré el identificador vi que era mi mejor amiga de Nueva York, Jasmine, que también era la directora de moda de una importante revista femenina. Era mi amiga y mentora, una mujer de cuarenta años que parecía hacerlo todo bien y a quien no le daba miedo expresar sus opiniones. Y casi siempre tenía razón.

El estilo era una religión para Jasmine. Poseía el escaso don de traducir las tendencias de la calle, los blogs, las modas de internet y la influencia cultural en una valoración muy exacta de lo que sucedía en el mundo de la moda y de lo que estaba por llegar. Jasmine exigía lealtad absoluta de sus amigos, pero la ofrecía a cambio; la amistad era lo único que valoraba casi tanto como el estilo. Intentó evitar que me fuera de Nueva York al prometerme usar sus contactos para conseguirme un trabajo como reportera de moda para un programa de entretenimiento local o tal vez como colaboradora minorista de un diseñador de vestidos de novia que quería introducirse en un mercado más asequible.

Le agradecí sus esfuerzos para ayudarme, pero rechacé la oferta. Me sentía derrotada y cansada, y necesitaba tomarme un respiro de la moda. Sobre todo, quería vivir con mi recién descubierta hermana y forjar una relación con ella. Quería contar con alguien en la vida con quien mantuviera un parentesco. Y una parte de mí estaba encantada con el hecho de que Sofía quisiera imitarme, lo necesitaba en aquel momento. Jasmine no lo entendió del todo, pero al final desistió y dejó de insistir, aunque acabó diciéndome que algún día encontraría el modo de llevarme de nuevo a Nueva York.

—¡Jazz! —exclamé, encantada—. ¿Cómo estás?

—Cariño, ¿estás libre para hablar?

—Sí, est...

—Estupendo. Mira, ya llego tarde a una fiesta, pero tenía que contarte algo que no puede esperar. Al grano: ya sabes quién es Trevor Stearns.

—Claro.

Veneraba a Trevor Stearns desde que pasé por la escuela de diseño. El famosísimo organizador de bodas también era un grandísimo diseñador de moda para novias, escritor y presentador de un programa de televisión llamado *Marcha Nupcial*. El programa, que se rodaba en Los Ángeles, era una volátil mezcla de estilo, emociones y drama. En cada episodio se veía a Trevor, junto a su equipo, creando una boda de ensueño para una novia que carecía del presupuesto o del gusto para hacerlo sola.

—Trevor y sus productores —continuó Jazz— planean recrear el mismo programa, pero en Manhattan.

—¿No va a saturar el mercado con tantos programas iguales? —pregunté—. A ver, ¿cuánta gente querrá verlo?

—Si hay un límite, todavía no lo han alcanzado. El

canal de pago está reponiendo los episodios de Trevor a todas horas y con unos índices de audiencia brutales. Así que el asunto es que Trevor quiere enseñar a alguien. A ser posible una mujer. Va a crear una estrella. La persona escogida será la presentadora de *Marcha Nupcial: Nueva York* y Trevor hará apariciones estelares hasta que encuentre su sitio en la parrilla. —Jazz hizo una pausa—. ¿Ves adónde quiero llegar, Avery?

—¿Crees que debería presentarme? —pregunté, anonadada.

—Es ideal para ti. Todavía recuerdo las entrevistas cortas que hacías durante la semana de la moda de novias... Quedabas genial en cámara y tienes muchísima personalidad...

—Gracias, pero Jazz... es imposible que escojan a alguien con tan poca experiencia. Además...

—No puedes darlo por sentado. No sabes lo que buscan. A lo mejor ni siquiera saben lo que buscan. Voy a montar un vídeo con algunas de tus apariciones en cámara y tú vas a mandarme un currículo actualizado y una foto de carnet decente, y me aseguraré de que los productores de Trevor Stearns le echen un vistazo a todo. Si les interesa, te mandarán un billete de avión para entrevistarte en persona, así que, por lo menos, sacarás un viaje gratis y podrás verme.

Sonreí.

—Vale. Solo por eso, voy a intentarlo.

—Maravilloso. Ahora, rapidito... ¿estáis todos bien? ¿Y tu hermana?

—Sí, mi her...

—Han venido a buscarme. Te llamo después.

—Vale, Jazz. Cuídat...

Se cortó la llamada. Miré el móvil, sin creerme todavía la escueta conversación.

—Y Joe dice que yo hablo rápido —solté en voz alta.

A lo largo de la siguiente semana y media, recibí dos llamadas más y varios mensajes de Joe, y la voz relajada se convirtió en una impaciencia incrédula. Era evidente que se daba cuenta de que estaba evitándolo, pero no se rendía. Incluso lo intentó con el teléfono del estudio y dejó un mensaje que, si bien era inocente, suscitó muchísimo interés entre mis empleados. Sofía los silenció con voz cantarina y traviesa, diciéndoles que saliera o no con Joe Travis, solo era asunto mío. Sin embargo, después del trabajo me acorraló en la cocina y dijo:

—No eres tú misma. Te comportas de una manera muy rara desde la boda Kendrick. ¿Va todo bien?

—Pues claro que va todo bien —me apresuré a decir.

—¿Y por qué te ha dado un ataque obsesivo compulsivo?

—Solo he limpiado y reorganizado un poco —me defendí—. ¿Qué tiene de malo?

—Has organizado todos los menús de servicio a domicilio en carpetas de diferentes colores y has amontonado las revistas por orden cronológico. Es demasiado incluso para ti.

—Solo quiero que todo esté bajo control. —Inquieta, abrí un cajón cercano y comencé a organizar el contenido. Sofía guardó silencio, esperando con paciencia mientras yo me aseguraba de que todas las espátulas estuvieran en un compartimento y todas las cucharas, ordenadas por tamaño, en otro—. La verdad —solté de golpe al tiempo que casi se me caía un juego de cucharas medidoras—, me acosté con Joe Travis la noche de la boda y ahora quiere salir conmigo, pero no quiero verlo y soy incapaz de decírselo, así que he estado pasando de sus llamadas con la esperanza de que se canse.

—¿Por qué quieres que se canse? —preguntó, preocupada—. ¿Te lo pasaste mal con él?

—No —contesté, aliviada por poder hablar del tema—. Por Dios, fue tan increíble que creo que se me derritió el cerebro, pero no debería haberlo hecho y ojalá no lo hubiera hecho, porque ahora me siento rara, como si tuviera un bajón emocional o algo. Estoy hecha un lío. Y me avergüenzo cada vez que pienso en cómo me acosté con él.

—Él no se avergüenza —señaló Sofía—. ¿Por qué deberías hacerlo tú?

La miré con cara de pocos amigos.

—Él es un hombre. Aunque no me guste ese doble rasero, es evidente que existe.

—En este caso —replicó Sofía en voz baja—, creo que la única persona que piensa en dobles raseros eres tú. —Cerró el cajón de los cubiertos y me obligó a mirarla—. Llámalo esta noche —me ordenó— y dile sí o no. Deja de torturarte. Y deja de torturarlo a él.

Tragué saliva con fuerza y asentí con la cabeza.

—Le mandaré un mensaje.

—Es mejor hablarlo.

—No, tengo que mandarle un mensaje para que no haya comunicación extralingüística.

—¿De qué hablas?

—De todas las cosas que dices sin palabras —expliqué—. Como el tono de voz, las pausas y lo deprisa o lo despacio que hablas.

—Te refieres a todo lo que te ayuda a expresar la verdad.

—Eso es.

—Podrías sincerarte con él sin más —me sugirió.

—Prefiero mandarle un mensaje.

Antes de acostarme, miré los mensajes del móvil y me obligué a leer el último de Joe.

¿Por qué no me contestas?

Aferré el teléfono con fuerza y me dije que estaba siendo tonta. Tenía que enfrentar la situación. Le respondí:

He estado ocupada.

Su contestación apareció con una inmediatez sorprendente.

Vamos a hablar.

A lo que contesté:

Prefiero no hacerlo.

Tras una larga pausa, durante la cual sin duda alguna él intentó encontrar una respuesta posible, añadí:

No hay posibilidad de que esto llegue a alguna parte.

¿Por qué no?

Fue perfecto para una noche. Sin remordimientos. Pero no me interesa nada más.

Tras unos minutos, quedó claro que no habría respuesta.

Me pasé la noche dando vueltas, debatiendo con mis pensamientos.

«La almohada es muy baja. Tengo demasiadas mantas. A lo mejor una infusión... una copa de vino... melatonina... leer un poco más... Tendría que respirar hondo... tengo que encontrar una aplicación de sonidos de la naturaleza... un programa en la tele... No, deja de pensar, para ya. ¿Levantarse a las tres de la madrugada es demasiado pronto? A lo mejor si espero a las cuatro...»

Al final, me quedé dormida justo antes de que sonara el despertador.

Salí de la cama entre gemidos. Tras una larga ducha, me puse unos *leggings*, una cómoda túnica de punto y bajé a la cocina.

Sofía y yo vivíamos en Montrose, en un edificio reformado parcialmente que en otra época fue una fábrica de tabaco.

A las dos nos encantaba el excéntrico barrio, que estaba lleno de galerías de arte, de *boutiques* de lujo y de restaurantes muy modernos. Compré el almacén tirado de precio debido a su penoso estado. De momento, habíamos convertido la planta baja en un espacioso estudio con paredes de ladrillo visto e interminables ventanales industriales. La planta principal contaba con una cocina de concepto abierto, con encimeras de granito, una zona central para sentarse con un sofá rinconero de color azul eléctrico, y una sección de diseño con un muro para las ideas y mesas llenas de libros y un sinfín de muestrarios de pinturas y de telas. Mi dormitorio estaba en la segunda planta y el de Sofía, en la tercera.

—Buenos días —me saludó mi hermana con desparpajo. Di un respingo al escuchar su tono cantarín.

—Dios. Por favor, bájala un poco.

—¿La luz? —preguntó ella al tiempo que extendía una mano hacia el regulador.

—No, la alegría.

Con expresión preocupada, Sofía llenó una taza de café y me la dio.

—¿No has dormido bien?

—No. —Le añadí edulcorante y leche al café—. Anoche por fin le devolví los mensajes a Joe.

—¿Y?

—Fui directa. Le dije que no me interesaba volver a verlo. No me contestó. —Me encogí de hombros y suspiré—. Me siento aliviada. Debería haberlo hecho hace unos cuantos días. Gracias a Dios que ya no tengo que seguir preocupándome por eso.

—¿Seguro que es lo correcto?

—Segurísimo. A lo mejor podría haber disfrutado de otra noche de buen sexo, pero no me interesa ser el juguetito de un rico.

—Algún día te lo volverás a encontrar —me advirtió Sofía—. En otra boda o en algún otro acontecimiento...

—Sí, pero para entonces ya dará igual. Él habrá pasado página. Y los dos nos comportaremos como adultos.

—Tu comunicación extralingüística parece preocupada —comentó Sofía—. ¿Qué puedo hacer?

No sé qué habría pasado con mi vida de no ser por Sofía. Sonreí y me incliné hacia un lado para que nuestras cabezas se rozaran.

—Si alguna vez me arrestan —contesté—, serás la primera a quien llame. Puedes pagar la fianza... eso es lo que puedes hacer.

—Si alguna vez te arrestan, yo ya estaré en la cárcel por cómplice —me aseguró Sofía.

Esa mañana, Val apareció en el estudio a las nueve en punto, como era habitual. Fiel a su discreción innata, aunque era evidente que se fijó en mi estado, no comentó nada, se limitó a ocuparse de los mensajes de correo electrónico y a contestar los mensajes que había en el contestador. Sin embargo, Steven no tuvo reparos cuando entró unos minutos después.

—¿Qué pasa? —preguntó al tiempo que me miraba con espanto mientras yo seguía sentada con Sofía en el sofá azul.

—Nada —respondí con sequedad.

—¿Y por qué llevas esa tienda de *boy scout*?

Antes de que pudiera contestar, Sofía dijo:

—¡No te atrevas a criticar el aspecto de Avery!

Steven la miró con cara de pocos amigos:

—Vamos, que a ti te gusta lo que lleva puesto, ¿no?

—Claro que no —contestó Sofía—. Pero si yo no he dicho nada al respecto, tú tampoco deberías hacerlo.

—Gracias, Sofía —dije con sorna. Le lancé a Steven una mirada de advertencia—. He pasado una mala noche. Hoy no estoy para bromas.

—Avery —me llamó Val con voz ansiosa desde la mesa

que tenía en la zona de diseño—, tenemos un mensaje de correo electrónico de la asistente personal de Hollis Warner. Has sido invitada a una fiesta privada en la mansión Warner que se celebrará el sábado.

Sofía soltó un gritito extasiado.

De repente, el aire de la oficina parecía enrarecido, mis pulmones tuvieron que esforzarse por inhalar la cantidad necesaria de oxígeno. Me esforcé por hablar con voz tranquila.

—¿Ha mencionado «y acompañante»? Porque me gustaría que Sofía me acompañara.

—No dice nada al respecto —contestó Val—. Si quieres que llame y les pregunte...

—No, no lo hagas —se apresuró a decir Sofía—. Mejor no insistir. A lo mejor Hollis tiene motivos para invitarte a ti sola.

—Seguramente los tenga —comentó Steven—. Pero eso da igual.

—¿Por qué? —preguntamos Sofía, Val y yo a la vez.

—Porque los Warner están fuera de nuestra órbita. Si la boda es a mayor escala que la Amspacher-Kendrick, cosa que Hollis te confirmó, carecemos de una lista de proveedores lo bastante amplia para organizarla. Los grandes organizadores de Houston y de Dallas tienen a los mejores profesionales y los mejores emplazamientos contratados en exclusividad. Todavía somos unos novatos.

—Trabajar para Hollis nos daría un buen empujón —señalé.

—Es como pactar con el diablo. Querrá que reduzcas tu porcentaje de beneficios al mínimo a cambio del prestigio de tenerla como clienta. No nos beneficiará, Avery.

Es más de lo que podemos abarcar ahora mismo. Tenemos que crecer centrándonos en proyectos más pequeños.

—No pienso dejar que se aprovechen de nosotros —aseguré—. Pero pienso acudir a esa fiesta. Con independencia de lo que pase, es una gran oportunidad para realizar contactos.

Steven la miró con sorna.

—¿Y qué piensas ponerte para esa fiesta de gala?

—Mi vestido formal, por supuesto.

—¿El negro que te pusiste para la gala benéfica del hospital? ¿El que tiene esa enorme manga? No, no vas a ir a la mansión Warner con eso. —Steven se puso en pie y empezó a buscar las llaves y la cartera.

—¿Qué haces? —pregunté.

—Te voy a llevar a Neiman Marcus. Tenemos que buscarte algo decente y hacerle los arreglos necesarios para el viernes.

—No pienso gastarme dinero en un vestido nuevo cuando tengo uno estupendo —protesté.

—Mira, si quieres vestirte como si estuvieras en la carroza de un desfile en tu tiempo libre, es asunto tuyo, pero cuando quieres conseguir contactos y hacerte con un cliente importantísimo, se convierte en asunto mío. Tu aspecto incide sobre la empresa. Y tus gustos personales maltratan algunas ventajas genéticas estupendas.

Aparté la vista de Steven y clavé una mirada enfurruñada en Sofía y en Val, exigiéndoles en silencio que me respaldaran. Fue un chasco cuando, de repente, Sofía empezó a revisar muy concentrada sus mensajes de texto y Val se dedicó a organizar los montones de revistas que había en la mesita auxiliar.

—Vale —masculló—. Me compraré un vestido nuevo.

—Y te arreglarás el pelo. Porque ese corte no te favorece en absoluto.

—Creo que tiene razón —se atrevió a decir Sofía antes de que pudiera responder—. Lo llevas recogido todo el tiempo.

—Cada vez que me corto el pelo, acaba pareciendo el casco de Darth Vader.

Steven pasó de mis protestas y se dirigió a Sofía:

—Llama al Salon One y pide cita para Avery. Llama también a la óptica y pide cita para que le hagan unas lentillas.

—De eso nada —protesté—. Nada de lentillas. Tengo un problemilla con eso de tocarme los ojos.

—Es el menor de tus problemas. —Steven encontró las llaves—. Vamos.

—Espera —dijo Sofía al tiempo que sacaba algo del cajón. Se apresuró a darle algo a Steven—. Por si necesitas refuerzos —dijo.

—¿Es la tarjeta de crédito de la empresa? —pregunté, indignada—. Se supone que solo podemos usarla en casos de emergencia.

Steven me miró de arriba abajo.

—Esto lo es.

Después de coger el bolso, mientras Steven me instaba a salir por la puerta, Sofía gritó:

—No dejes que entre en el probador, Avery. Recuerda que no es gay.

Detestaba probarme ropa, lo detestaba con todas mis fuerzas.

Sobre todo, detestaba los probadores de los centros

comerciales. El espejo de tres caras que enfatizaba hasta la más mínima indulgencia y el más indeseado gramo de más. La luz fluorescente que hacía que mi piel pareciera la de un trol. El modo en el que la dependienta preguntaba «¿cómo vas por aquí?» justo cuando estaba liada en una prenda que de repente se había convertido en una camisa de fuerza.

Ya que era imposible evitar el suplicio de probarme ropa, un probador en Neiman Marcus era mucho mejor que en cualquier otro sitio. Claro que, en mi opinión, tener que escoger un probador preferido era tan emocionante como escoger la forma en la que quería que me ejecutaran.

El probador de Neiman Marcus era espacioso y estaba muy bien decorado, con recargadas columnas a ambos lados de los espejos de pie y con las luces del techo ajustables en intensidad.

—Ya vale —dijo Steven, que entró con un montón de vestidos que había cogido de los estantes mientras recorríamos la tienda de moda.

—¿El qué? —Colgué los dos vestidos negros que había escogido yo para rebelarme por las protestas de Steven.

—Que ya vale de poner esa cara de cordero degollado.

—No puedo evitarlo. Ese espejo con el pedestal que tengo delante hace que me sienta amenazada y deprimida al mismo tiempo, y eso que todavía no me he probado nada.

Steven aceptó unas cuantas prendas de una abnegada dependienta, cerró la puerta y las colgó en el perchero doble.

—La persona de ese espejo no es tu enemiga.

—No, ahora mismo lo eres tú.

Steven sonrió.

—Empieza a probarte vestidos. —Cogió los que yo había elegido e hizo ademán de marcharse.

—¿Por qué te los llevas?

—Porque no vas a vestirte de negro para asistir a la fiesta de Hollis Warner.

—El negro estiliza. Es un color que transmite poder.

—En Nueva York. En Houston, llevar algo de color es poder. —Cerró la puerta al salir.

La dependienta me llevó un sujetador con corpiño y unos zapatos de tacón, tras lo cual me dejó sola. Me desvestí todo lo lejos que pude del espejo, me abroché el sujetador del revés y luego me lo coloqué bien. El sujetador, con las ballenas del corpiño y las costuras, realzaba mis pechos con descaro.

Cogí el primer vestido del perchero. Era un vestido amarillo muy ajustado con la parte superior adornada con pedrería y una falda elástica de satén.

—¿Amarillo, Steven? Por favor.

—Cualquier mujer puede ponerse ropa amarilla si la tonalidad le sienta bien a su piel —replicó él desde el otro lado de la puerta.

Me puse el vestido como pude e intenté subirme la cremallera de la espalda. Se negaba a moverse.

—Entra, necesito ayuda con la cremallera.

Steven entró en el probador y me contempló de arriba abajo.

—No está mal. —A mi espalda, cerró el vestido con dificultad.

Me acerqué al espejo mientras intentaba respirar.

—Demasiado estrecho. —Me deprimí al ver que las costuras casi reventaban—. ¿Puedes traerme una talla más?

Steven leyó la etiqueta que colgaba de la axila y frunció el ceño.

—Es la talla más grande que tienen.

—Vale, me voy —le dije.

Steven me bajó la cremallera con fuerza.

—No vamos a rendirnos.

—Sí, vamos a rendirnos. Voy a ponerme el vestido que tengo.

—Ya no está.

—¿Qué quieres decir con «Ya no está»?

—Justo después de irnos, le mandé un mensaje a Sofía y le dije que se deshiciera de él mientras estabas fuera. Has llegado a un punto de no retorno.

Fruncí el ceño.

—Voy a matarte con uno de estos tacones. Y luego voy a matar a Sofía con el otro.

—Pruébate otro vestido.

Salió del probador mientras yo echaba humo por las orejas y cogía un vestido de seda de color verde agua y con un sobrevestido de organdí adornado con pedrería plateada. Era un vestido sin mangas, con escote en uve. Fue un alivio ver que me pasaba por las caderas sin problemas.

—Siempre he querido preguntarte una cosa —dije—. ¿Es verdad que Sofía se probó ropa delante de ti?

—Sí —contestó Steven desde el otro lado de la puerta—. Pero no estaba desnuda, llevaba la ropa interior. —Tras una pausa, añadió con voz compungida—: Un conjunto. De encaje negro.

—¿Te gusta? —pregunté al tiempo que pasaba los brazos por las sisas del vestido y me lo colocaba en su sitio. Al darme cuenta de que no me respondía, dije—: Da igual, sé que sí. —Hice una pausa—. Y tú le gustas a ella.

La voz de Steven fue mucho menos despreocupada cuando preguntó:

—¿Es una opinión o un hecho contrastado?

—Opinión.

—Aunque me gustara, nunca mezclo trabajo y vida personal.

—Pero si...

—No voy a hablar de Sofía contigo. ¿Has terminado ya?

—Sí, y creo que este me puede quedar bien. —Me abroché la cremallera como pude—. Ahora puedes entrar.

Steven entró en el probador y me miró con aprobación.

—Este te queda bien.

El peso de la pedrería, que formaba un patrón geométrico, hacía que el vestido se ciñera de una forma muy cómoda. Debía admitir que el talle imperio del vestido favorecía mi figura, ya que la amplitud de la falda compensaba mis medidas.

—Pediremos que lo corten a la altura de la rodilla —dijo Steven con decisión—. Unas piernas como las tuyas están para enseñarlas.

—Es bonito —admití—. Pero el color es demasiado chillón. Queda fatal con mi pelo.

—Es perfecto para tu pelo.

—No soy yo. —Me volví para mirarlo con pesar—.

No me siento muy cómoda con algo que hace que parezca...

—¿Segura de ti misma? ¿Sexy? ¿No te gusta llevar un vestido que anime a la gente a mirarte? Avery... a las personas que no salen de los límites donde se encuentran cómodas no les suceden cosas interesantes.

—Dado que ya he salido antes de mis límites, puedo decirte sin lugar a dudas que es una experiencia sobrevalorada.

—Eso da igual... No vas a conseguir lo que quieres si te niegas a cambiar. Y ni siquiera estábamos hablando de cambios abismales. Hablamos de ropa, Avery. Es una minucia.

—¿Y por qué le estás dando tanta importancia?

—Porque estoy harto de verte vestida como una vieja. Y a los demás les pasa lo mismo. Eres la última persona del planeta que debería estar ocultando su cuerpo. Así que vamos a comprarte un vestido bonito, y tal vez unos buenos vaqueros y un par de camisetas. Y una chaqueta...

En un abrir y cerrar de ojos, Steven consiguió la ayuda de dos dependientas, que procedieron a llenar los percheros del probador con un arcoíris de prendas. Los tres me informaron de que me había estado comprando ropa más grande de la cuenta, con cortes que eran justo lo que una persona con mi cuerpo no debería ponerse. Cuando Steven y yo por fin salimos de Neiman Marcus, me había comprado el vestido color verde agua, una blusa estampada, un par de camisas de seda, unos vaqueros de marca, unos pantalones negros ajustados, una chaqueta de cuero de color granate, una rebeca de color melocotón, un traje con falda blanco roto y cuatro pares de zapatos. Los conjuntos eran ceñidos y simples, con cortes que resaltaban la silueta.

Salvo por la enorme entrada de la hipoteca del almacén de Montrose, nunca me había gastado tanto dinero a la vez en la vida.

—Tu nuevo fondo de armario está que arde —me informó Steven al salir de la tienda con las bolsas en las manos.

—Como mi tarjeta de crédito.

Comprobó los mensajes.

—Ahora vamos a la óptica. Y después, a la peluquería.

—Por curiosidad, Steven... ¿hay algo de mi estilo personal que te guste?

—Tus cejas no están mal. Y tienes buenos dientes. —Mientras nos alejábamos del centro comercial, Steven preguntó—: ¿Vas a decirme qué pasó con Joe Travis en la boda Kendrick?

—No pasó nada.

—Si fuera verdad, me lo habrías dicho enseguida. Pero no has soltado prenda en semana y media, lo que quiere decir que pasó algo.

—Vale —admití—. Tienes razón. Pero no quiero hablar del tema.

—Lo que tú digas. —Steven encontró una emisora de rock lento en la radio y ajustó el volumen.

Al cabo de unos minutos, sucumbí:

—Me acosté con él.

—¿Usasteis protección?

—Sí.

—¿Te gustó?

Tras un incómodo titubeo, admití:

—Sí.

Steven levantó una mano para que chocáramos los cinco.

—Uau —masculló, aceptando el gesto—. ¿No vas a echarme el sermón sobre las aventuras de una noche?

—Claro que no. Mientras usarais condón, no hay nada malo en un poco de placer sin ataduras. Por supuesto, no te recomendaría que tuvieras un follamigo. Uno de los dos acabaría por involucrarse demasiado. Se crearían expectativas. Al final, alguien saldría herido. Así que después de una noche, es mejor cortar por lo sano.

—¿Qué pasa si la otra persona quiere volver a verte?

—No soy una Bola 8 Mágica.

—Se te dan bien estas cosas —insistí—. Dime, ¿hay posibilidad de tener una relación tras mantener un rollo de una noche?

Steven me miró de reojo, con sorna.

—La Bola 8 Mágica dice: «Las perspectivas no son buenas.» Casi siempre, una aventura de una noche indica que los dos habíais decidido de antemano que la cosa no iba a ir a mayores.

Eran las nueve de la noche cuando Steven por fin me devolvió a casa. La estilista de la peluquería había trabajado diligentemente con mi pelo durante tres horas, tratándolo con químicos relajantes, cremas y sérums, aplicando calor entre tratamiento y tratamiento. Lo cortó veinte centímetros y me dejó con una melenita que caía justo sobre los hombros en sedosas ondas. La maquilladora de la peluquería me hizo la manicura y la pedicura con un esmalte de color carne, y mientras se secaba me enseñó a maquillarme. Después, compré una pequeña bolsita con cosméticos que costaban lo mismo que la letra mensual de un coche.

Aunque la visita a la peluquería valió hasta el último penique. Steven, que decidió pasar por un tratamiento facial rejuvenecedor durante la última hora de mi transformación, salió justo cuando terminaban de maquillarme. Su reacción no tuvo precio. Se le desencajó la mandíbula y soltó una carcajada incrédula.

—¡Por el amor de Dios! ¿Quién leches eres?

Puse los ojos en blanco y me ruboricé, pero Steven me rodeó para verme por delante y por detrás y acabó abrazándome, algo muy infrecuente en él.

—Eres preciosa —murmuró—. Ahora, acéptalo.

Más tarde, cuando entramos en el estudio con un sinfín de bolsas, Sofía bajó desde su dormitorio en el tercer piso. Ya llevaba el pijama puesto, lucía unas zapatillas de borreguillo y tenía el pelo recogido en una coleta alta. Me miró con gesto interrogante y meneó la cabeza, como si no diera crédito a lo que veía.

—Estamos arruinadas —le dije con una sonrisa—. Me he gastado todo el dinero en el pelo y en la ropa.

Para mi consternación, a mi hermana se le llenaron los ojos de lágrimas. Tras empezar a soltar una retahíla de palabras que no entendí, me abrazó con tanta fuerza que casi no podía respirar.

—¿Tan malo es? —pregunté.

Sofía empezó a reír pese a las lágrimas.

—No, no, eres preciosa, Avery...

De alguna manera, en mitad de la confusión, entre tanto abrazo y tanta alegría, Sofía acabó besando a Steven en la mejilla.

Él se quedó paralizado por el inocente gesto y la miró con una expresión muy rara y anonadada. Apenas duró un segundo antes de que adoptara una máscara inexpresiva. Sofía ni se dio cuenta.

Si me quedaban dudas de que Steven sentía algo por mi hermana, sé lo que habría dicho una Bola 8 Mágica:

«Todo apunta a que sí.»

7

La subasta de arte de Hollis Warner se celebró durante una noche cálida y húmeda. El aire olía a arrayán y a
lantana. Detuve el coche junto al lugar donde aguardaban los aparcacoches, situado a la entrada de un aparcamiento lleno de vehículos de alta gama. Un chico vestido
con uniforme me ayudó a bajar. Me había puesto el vestido verde agua con pedrería. Tras haberlo cortado, el
bajo flotaba en torno a mis rodillas. Puesto que Sofía me
había ayudado a peinarme y maquillarme, sabía que en la
vida había estado tan guapa.

Los acordes del jazz interpretado en directo llegaron
hasta mí mientras entraba en la mansión de los Warner,
un edificio de estilo colonial sureño emplazado en una
propiedad de casi una hectárea en River Oaks. La mansión era una de las construcciones originales de la zona,
que comenzó a poblarse en los años veinte. Hollis había
doblado el tamaño del histórico edificio gracias a la ampliación añadida en la parte trasera, una construcción rea-
lizada en granito y cristal. La mezcla resultaba ostentosa
y discordante. Por encima del tejado sobresalía la parte
superior de una carpa blanca.

El aire frío me rodeó nada más entrar en el espacioso vestíbulo, cuyos suelos eran de parquet. La mansión estaba llena de gente, y eso que la velada acababa de empezar. El personal femenino contratado para la ocasión repartía catálogos donde se exponían las distintas piezas que se subastarían posteriormente.

—La cena y la subasta se celebrarán en la carpa —me informaron—, pero de momento la residencia privada está abierta para todo aquel que quiera contemplar las obras de arte. El catálogo describe las piezas que van a subastarse e informa de su emplazamiento.

—¡Avery! —Hollis apareció vestida con un vestido de gasa rosa ajustado cuya falda estaba confeccionada con plumas de avestruz teñidas de rosa palo. La acompañaba su marido, David, un hombre atractivo con el pelo salpicado de canas. Tras saludarme dándole un beso al aire cerca de mi mejilla, Hollis añadió—: ¡Esta noche va a ser muy divertida! ¡Madre mía, estás divina! —Miró a su marido y dijo—: Cariño, dile a Avery lo que has dicho nada más verla.

David la obedeció sin rechistar.

—He dicho: «Esa chica pelirroja con el vestido verde es la prueba fehaciente de que Dios es un hombre.»

Sonreí.

—Gracias por invitarme. La casa es increíble.

—Te enseñaré la ampliación —dijo Hollis—. Cristal y granito. Tardamos un siglo en lograr que hicieran lo que yo quería, pero David me apoyó en todo momento. —Acarició el brazo de su marido y le sonrió.

—Jamás conocerás a otra persona a la que le guste tanto como a Hollis organizar eventos sociales —comentó David Warner—. Recauda dinero para todo tipo de obras benéficas. Una mujer como ella merece tener la casa que quiera.

—Cariño —murmuró Hollis—, Avery fue quien organizó la boda de la hija de Judy y Roy. Esta noche se la presentaré a Ryan, a ver si nos ayuda a acelerar las cosas entre Bethany y él.

David me miró con renovado interés.

—Me alegro de oírlo. La boda de los Kendrick fue estupenda. Muy divertida. No me importaría hacer algo semejante para Bethany.

Intrigada por lo que había dicho Hollis sobre lo de ayudar a «acelerar las cosas», pregunté:

—¿El compromiso ya es oficial?

—No, Ryan está tratando de encontrar una forma original para declararse. Le he dicho que estarías aquí esta noche, por si podías darle algunas ideas.

—Lo ayudaré en lo que pueda.

—No podríamos desear un chico más bueno para Bethany —me aseguró Holly—. Ryan es arquitecto. Listo como él solo. Su familia, los Chase, son parientes cercanos de los Travis. La madre de Ryan murió joven, una desgracia, pero su tío Churchill se encargó de cuidar a la familia y se aseguró de que los niños tuvieran una buena educación. Y cuando Churchill murió, incluyó a los Chase en su testamento. —Hollis me lanzó una mirada elocuente—. Ryan podría vivir de los intereses de su fondo fiduciario, sin necesidad de trabajar. —Me aferró por la muñeca y me percaté de la multitud de anillos que llevaba—. David, voy a enseñarle la casa a Avery. Puedes prescindir de mi compañía durante unos minutos, ¿verdad?

—Lo intentaré —respondió su marido, y ella le guiñó un ojo antes de que nos alejáramos.

Hollis charlaba con la facilidad de una anfitriona curtida en ese ambiente mientras me guiaba por la casa, en dirección a la ampliación. Se detuvo para mostrarme algunas de las pinturas que se subastarían más tarde, cada una de ellas enumerada y acompañada de información sobre el pintor. Mientras caminábamos, le envió un mensaje de texto a Ryan para que se reuniera con nosotras en lo que ella llamaba: «el observatorio».

—Va a separarse unos minutos de Bethany —me explicó— para poder hablar contigo sin que ella esté presente. Quiere sorprenderla con la proposición, claro está.

—Si lo prefiere, podría venir a nuestro estudio en Montrose y podríamos discutirlo allí —sugerí—. Eso sería más fácil y tendría más intimidad y...

—No, es mejor dejarlo todo acordado esta noche —me interrumpió Hollis—. De lo contrario, Ryan seguirá retrasando el momento. Ya sabes cómo son los hombres.

Esbocé una vaga sonrisa con la esperanza de que Hollis no estuviera presionando a Ryan para que le pidiera matrimonio a su hija.

—¿Bethany y él llevan mucho tiempo juntos? —pregunté mientras entrábamos en un pequeño ascensor con los paneles laterales de cristal.

—Dos o tres meses. Pero cuando conoces al hombre adecuado, lo sabes de inmediato. David me pidió matrimonio un par de semanas después de conocernos, y míranos. Aquí estamos veinticinco años después.

Durante el ascenso hasta el tercer piso, disfruté de una vista perfecta de la carpa situada en la parte posterior. Una alfombra de flores frescas con un diseño geométrico unía la carpa con la mansión.

—Aquí está mi observatorio —anunció Hollis con orgullo al tiempo que me mostraba una galería espectacular con las paredes y el techo de cristal. En distintos puntos de la galería se emplazaban estatuas colocadas en pedestales de metacrilato. El suelo también estaba hecho de cristal, de tal forma que la estructura que lo sostenía todo apenas era visible. Tres pisos por debajo de donde nos encontrábamos estaba la reluciente piscina—. ¿A que es fabuloso? Ven, te enseñaré una de mis esculturas favoritas.

Titubeé con la vista clavada en el suelo de cristal. Aunque jamás me había tenido por una persona con miedo a las alturas, no me gustaba lo que veía. El cristal no parecía lo bastante fuerte como para soportar mi peso.

—Oh, es seguro —dijo Hollis al ver mi cara—. Te acostumbrarás enseguida. —Sus tacones repiquetearon sobre el cristal cuando empezó a caminar por la galería—. Es lo más parecido que existe a flotar en el aire.

Puesto que jamás había sentido el menor deseo de flotar en el aire, sus palabras no me motivaron en lo más mínimo. En cuanto llegué al borde del cristal, encogí los dedos dentro de los zapatos y mis pies se detuvieron. Todas las células de mi cuerpo me gritaban que caminar sobre esa extensión de cristal transparente acabaría provocándome una muerte repentina e ignominiosa.

Tras armarme de valor para no mirar la reluciente piscina que tenía debajo, me atreví a poner un pie en la pulida superficie.

—¿Qué te parece? —escuché que me preguntaba Hollis.

—Asombroso —conseguí contestar. Me estremecía de la cabeza a los pies y no de placer o de emoción, sino de terror puro y duro. Sentía el sudor que se me acumulaba bajo el sujetador.

—Esta es una de mis piezas preferidas —dijo Hollis mientras me guiaba hasta una escultura colocada en un pedestal—. Solo cuesta diez mil. Una ganga.

Contemplé pasmada una cabeza esculpida en poliuretano, dividida por la mitad. Entre ambas mitades habían metido una variopinta colección de objetos: un plato roto, una pelota de plástico, la carcasa de un teléfono móvil...

—No sé muy bien cómo interpretar la escultura posmoderna —admití.

—Este artista utiliza objetos cotidianos y los cambia de contexto... —Hollis se vio obligada a detener la explicación porque su móvil vibró—. Déjame contestar. —Tras leer el mensaje de texto, soltó un suspiro exasperado—. Es imposible desaparecer durante diez minutos sin que alguien me necesite para hacer algo. Para esto he contrato a mi asistente. Te juro que esa chica no es más tonta porque no puede.

—Si necesita hacer algo, adelante —dije, aliviada en el fondo por la idea de escapar del «observatorio»—. No se preocupe por mí.

Hollis me dio unas palmadas en el brazo y el movimiento hizo que sus anillos sonaran como castañuelas al chocarse.

—Buscaré a alguien para que te haga compañía. No puedo irme a la carrera y dejarte aquí sola.

—Estoy bien, Hollis. De verdad que...

Tiró de mí y me introdujo aún más en la traicionera galería. Pasamos junto a un trío de mujeres que reía y charlaba, y junto a una pareja mayor que contemplaba una escultura. Hollis tiró de mí y me guio hacia un fotógrafo que tomaba fotografías a la anciana pareja sin que esta se diera cuenta.

—Aficionadillo —dijo Hollis con alegría—, mira quién me acompaña.

—Hollis —protesté con un hilo de voz.

Antes de que el hombre bajara la cámara supe de quién se trataba. Mi cuerpo lo reconoció. Sentí su presencia al instante, mucho antes de mirar esos ojos que me torturaban todas las noches desde que lo conocí. Sin embargo, en esa ocasión parecían tan duros como el ónice.

—Hola, Joe —conseguí susurrar.

8

—Joe nos está haciendo un favor al encargarse de las fotos para la página web —explicó Hollis.

El aludido soltó la cámara junto a la escultura, y su mirada me atravesó como los alfileres que sujetaban a una mariposa contra una tablilla.

—Avery, me alegro de volver a verte.

—¿Te importaría hacerle compañía a Avery mientras espera a tu primo Ryan? —preguntó Hollis.

—Será un placer —contestó Joe.

—No es necesario... —dije, incómoda, pero Hollis ya había desaparecido, envuelta en el frufrú de las plumas de avestruz.

Silencio.

No había pensado que sería tan difícil encontrarme con Joe. Los recuerdos de todo lo que habíamos hecho nos rodeaban como marcas ardientes en el aire.

—No sabía que ibas a estar aquí —conseguí decir. Inspiré hondo y solté el aire despacio—. He manejado este tema con torpeza —admití.

Su cara era una máscara inescrutable.

—Pues sí.

—Lo siento... —me disculpé, y guardé silencio, ya que había cometido el error de bajar la vista. La visión del suelo de cristal me provocó una sensación rarísima, como si la casa hubiera empezado a girar de repente.

—Si no quieres volver a verme —dijo Joe—, es cosa tuya. Pero al menos me gustaría saber...

—¡Dios mío! —La habitación no dejaba de moverse. Me tambaleé y extendí un brazo para aferrarme a la manga de Joe en un desesperado intento por mantener el equilibrio. Mi cartera cayó al suelo. Cometí el error de mirar hacia abajo y me tambaleé de nuevo.

Por instinto, Joe extendió los brazos para sujetarme.

—¿Estás bien? —escuché que me preguntaba.

—Sí. No. —Me aferré a una de sus muñecas.

—¿Has bebido demasiado?

Era como estar en la cubierta de un barco en mitad de una tempestad.

—No es eso... El suelo... el suelo me está provocando vértigo. Joder, ¡joder!

—Mírame. —Joe me agarró de la cintura y me cogió del otro brazo. Miré sin ver el borrón oscuro que era su cara hasta que pude fijar la vista. Sus brazos, fuertes y firmes, eran lo único que evitaba que me cayera al suelo—. Te tengo —dijo.

Las náuseas hicieron que perdiera todo el color. Se me llenó la frente de sudor.

—El suelo le provoca lo mismo a la mitad de la gente que intenta caminar por él —continuó Joe—. El agua de la piscina hace que pierdas el equilibrio. Inspira hondo.

—No quería venir aquí —dije con desesperación—. Solo lo he hecho porque Hollis ha insistido y estoy intentando con todas mis fuerzas que se convierta en mi clienta. —El sudor iba a estropearme el maquillaje. Iba a disolverme como un dibujo en tiza bajo la lluvia.

—¿Te ayudaría saber que el suelo está construido con capas de cristal de seguridad que tienen al menos cinco centímetros de grosor?

—No —fue mi angustiada respuesta.

Vi cómo sus labios temblaban y cómo su expresión se suavizaba. Soltó uno de mis brazos con cuidado y me cogió de la mano.

—Cierra los ojos y deja que te guíe.

Me aferré a su mano e intenté seguirlo mientras nos hacía avanzar. Tras unos pasos, me tambaleé y el pánico se apoderó de mi cuerpo. Su brazo me rodeó de nuevo al punto, pegándome a su costado, pero la sensación persistía.

—¡Por Dios! —exclamé, acongojada a más no poder—. Es imposible que me vaya de este estúpido suelo sin caerme.

—No voy a dejar que te caigas.

—Voy a vomitar...

—Tranquila. Quédate quieta y mantén los ojos cerrados. —Sin soltarme la cintura, Joe se metió la mano en la chaqueta y sacó un pañuelo. Sentí la suave tela contra la frente y las mejillas, absorbiendo la capa de sudor—. Solo te has alterado un poco, nada más —murmuró—. Te sentirás mejor en cuanto te baje la tensión. Respira. —Me apartó un mechón de pelo de la cara y siguió abrazándome—. Estás bien. —Hablaba con voz baja y tranquilizadora—. No voy a dejar que te pase nada.

Al sentir su solidez, su fuerza rodeándome, empecé a relajarme. Pegué una palma a su torso, y mi mano comenzó a subir y a bajar con su constante respiración.

—Estás muy guapa con ese vestido —dijo Joe en voz baja. Su mano me acarició el pelo con suavidad—. Y me gusta esto.

Mantuve los ojos cerrados mientras recordaba cómo me había aferrado del pelo aquella noche, sujetándome la cabeza echada hacia atrás mientras me besaba el cuello...

Sentí que movía los brazos como si señalara a alguien.

—¿Qué haces? —pregunté con un hilo de voz.

—Mi hermano Jack y su mujer acaban de salir del ascensor.

—No les digas que vengan —le supliqué.

—Ella solo te mostrará compasión. Se quedó paralizada en este suelo cuando estaba embarazada y Jack tuvo que sacarla en brazos.

Una voz amable entró en la conversación.

—Hola, hermanito. ¿Qué pasa?

—Mi amiga tiene vértigo.

Abrí los ojos con cautela. Era evidente que el hombre guapísimo que estaba junto a Joe procedía del magnífico árbol genético de los Travis. Pelo oscuro, carisma de macho alfa y una sonrisa traviesa.

—Jack Travis —dijo el hombre—. Encantado de conocerte.

Hice ademán de volverme para estrecharle la mano, pero Joe apretó los brazos.

—No, quédate quieta —murmuró. A su hermano le dijo—: Está intentando recuperar el equilibrio.

—Puto suelo de cristal —dijo Jack con sorna—. Le dije a Hollis que añadiera una capa de cristal inteligente, así podría hacer que se volviera opaco con un interruptor. La gente debería prestarme atención.

—Yo te presto atención —replicó una mujer, que se

acercaba a nosotros con pasitos muy cortos y medidos.

—Sí —replicó Jack—, pero solo para discutir conmigo. —La miró con una sonrisa y le rodeó los hombros con un brazo. Era una rubia delgada y guapa, con una melenita a la altura de la barbilla, unas gafas retro y unos ojos azules—. ¿Qué haces metiéndote aquí? —le preguntó Jack con un ligero toque de censura—. Vas a volver a quedarte paralizada.

—Me las puedo apañar ahora que no estoy embarazada —le aseguró ella—. Y quiero conocer a la amiga de Joe. —Me sonrió—. Soy Ella Travis.

—Os presento a Avery —dijo Joe—. Será mejor que dejemos las presentaciones para después. El suelo la está mareando.

Ella me miró con expresión comprensiva.

—Eso me pasó a mí la primera vez que subí. Tener un suelo transparente es una idea ridícula. ¿Te imaginas que alguien de la piscina levanta la vista y mira por debajo de nuestras faldas?

No pude evitarlo y miré hacia abajo, guiada por una alarma innata, y la habitación empezó a dar vueltas de nuevo.

—¡Tranquila! —Joe se apresuró a sujetarme—. Avery, no mires abajo. Ella...

—Lo siento, lo siento, ya me callo.

Un deje risueño impregnaba la voz de Jack cuando preguntó:

—¿Puedo ayudar de alguna manera?

—Sí, ¿ves esa alfombra que han colgado ahí en la pared? Descuélgala y la pondremos en el suelo a modo de puente. Así Avery tendrá una referencia visual fija.

—No llegará hasta el otro extremo —señaló Jack.

—Se acercará lo suficiente.

Clavé la vista en la alfombra que había en la pared. El artista había colocado varias tiras de cinta adhesiva de colores sobre una antigua alfombra persa y las había fundido con el tejido.

—No puedes —dije—. Es uno de los objetos de la subasta.

—Es una alfombra —replicó Joe—. Se supone que es para el suelo.

—Antes era una alfombra. Ahora es arte.

—Estaba pensando en comprarla —comentó Ella—. La elección de los materiales representa una fusión del pasado y del futuro.

Jack miró a su mujer con una sonrisa.

—Ella, eres la única que te has leído el catálogo. Sabes que podría pegar cinta adhesiva en una alfombra y hacer que quedara igual.

—Sí, pero no valdría un centavo si lo hicieras tú.

Jack entrecerró los ojos.

—¿Por qué no?

Los dedos de Ella juguetearon con la solapa de su esmoquin.

—Porque, Jack Travis, careces de la mentalidad de un artista.

Jack bajó la cabeza hasta que sus narices casi se tocaron antes de decir con voz ronca y sexy:

—Menos mal que te casaste conmigo por mi cuerpo.

Joe los miró, exasperado.

—Ya vale, parejita. Jack, descuelga la dichosa alfombra.

—Espera —dije, desesperada—. Deja que intente andar antes. Por favor.

Joe no intentó ocultar su escepticismo.

—¿Crees que puedes?

Me sentía más equilibrada gracias a que el corazón me latía con normalidad.

—Mientras no mire hacia abajo, creo que no me pasará nada.

Joe me miró fijamente mientras sus piernas se rozaban con las mías y sus manos me rodeaban la cintura.

—Quítate los zapatos.

Me ruboricé. Me aferré a él y me quité los zapatos de tacón.

—Ya los cojo yo —dijo Jack al tiempo que los recogía del suelo junto con la cartera.

—Cierra los ojos —me dijo Joe. Después de obedecer, me rodeó con un brazo—. Confía en mí —murmuró—. Y sigue respirando.

Obedecí a la presión de sus manos y dejé que me guiara.

—¿Por qué te vas a reunir con Ryan? —me preguntó Joe mientras me instaba a avanzar.

Agradecida por la distracción, contesté:

—Hollis me ha dicho que necesita ideas para pedirle a Bethany que se case con él.

—¿Para qué iba a necesitar ayuda con eso? Solo tiene que preguntárselo y darle un anillo.

—Hoy en día la gente convierte las proposiciones de matrimonio en acontecimientos. —Me sudaban las plantas de los pies. Ojalá no estuviera dejando marcas en el cristal—. Puedes llevar a tu pareja a un paseo en globo y pedírselo en pleno vuelo, o llevártela a hacer submarinismo y pedírselo bajo el agua, o incluso contratar un *flash mob* y bailar.

—Menuda ridiculez —soltó Joe con sequedad.

—¿Ser romántico es una ridiculez?

—No, convertir un momento íntimo en un musical de Broadway es una ridiculez. —Nos detuvimos y Joe me instó a mirarlo—. Ya puedes abrir los ojos.

—¿Ya hemos llegado?

—Ya hemos llegado.

Al ver que estábamos sobre un suelo de granito, muy sólido, solté un suspiro aliviado. Cuando me di cuenta de que seguía aferrándole la muñeca con los dedos, me obligué a aflojarlos.

—Gracias —susurré.

Me miró con seriedad y me encogí por dentro al comprender que, antes de que acabara la velada, íbamos a hablar.

—Voy a por mi cámara —dijo, y salió de nuevo al observatorio.

—Toma —dijo Jack al tiempo que me daba los zapatos de tacón y la cartera.

—Gracias. —Dejé los zapatos en el suelo y me los puse—. Creo que eso puede considerarse como mi primer ataque de pánico —dije, avergonzada.

—Un pequeño ataque de pánico nunca le ha hecho daño a nadie —me aseguró Jack—. Yo se los provocaba a mi madre a todas horas.

—A mí me has provocado un par de ellos —le informó Ella.

—Sabías dónde te metías al casarte con un Travis.

—Sí, lo sabía. —Ella sonrió y extendió los brazos para arreglarle la corbata—. Después de algo tan traumático —me dijo con voz cantarina—, necesitas automedicarte. Vamos a algún sitio a tomar una copa.

—Me encantaría —dije—, pero no puedo. Tengo que esperar a Ryan, el primo de Joe.

—¿Lo conoces ya?

—No, y no tengo ni idea de qué aspecto tiene.

—Yo te diré quién es —se ofreció Ella—. Aunque el parecido familiar es inconfundible. Alto, con mucho pelo y con un fuerte temperamento.

Jack se inclinó para darle un fugaz beso en los labios.

—Justo como te gustan —dijo él—. ¿Quieres que te traiga una copa de champán?

—Sí, por favor.

Jack me miró.

—¿Te traigo lo mismo, Avery?

Aunque me habría encantado, negué con la cabeza a regañadientes.

—Gracias, pero prefiero mantener la cabeza todo lo despejada que pueda.

Al irse, Ella me miró con expresión amigable.

—¿Cuánto tiempo hace que Joe y tú os conocéis?

—No nos conocemos —me apresuré a decir—. A ver... nos vimos hace unos días en una boda que yo había organizado, pero no somos... ya sabes...

—Le gustas —me dijo—. Lo sé por la forma en la que te miraba.

—Estoy demasiado ocupada para pensar en salir con alguien.

Me lanzó una mirada paciente y comprensiva.

—Avery, escribo una columna de consejos. Escribo sobre estas cosas todo el tiempo. Nadie está demasiado ocupado para tener una relación. Katy Perry está ocupada pero sale con chicos, ¿no? George Clooney está ocupado, pero tiene una novia nueva todas las semanas. Así que supongo que te quemaste con una relación pasada. Has perdido la confianza en todos los hombres.

Tenía algo tan vivaracho y tan cautivador que fui incapaz de reprimir la sonrisa.

—Eso lo resumiría a la perfección.

—En ese caso tienes que... —Se interrumpió cuando Joe volvió con su cámara.

—Ryan ya viene para acá —anunció—. Acabo de verlo salir del ascensor.

Un hombre alto y bien vestido se acercó a nosotros. Llevaba el pelo con un corte muy conservador, aunque se veía que los mechones eran castaño oscuro, como el chocolate negro. Con los pómulos marcados y los fríos ojos azules, resultaba guapísimo, aunque su aspecto era mucho más austero y refinado que el de los hermanos Travis. Poseía un aura muy contenida. No había ni rastro del consumado encanto o del sentido del humor de los Travis; de hecho, daba la sensación de que ese hombre solo bajaría la guardia a regañadientes, si acaso llegaba a hacerlo.

—Hola, Ella —dijo al llegar junto a nosotros, tras lo cual la besó en la mejilla—. Joe.

—¿Qué tal te va, Rye? —preguntó Joe mientras se daban un apretón de manos.

—Me ha ido mejor. —Ryan se volvió hacia mí con una expresión de extrema cortesía—. ¿Eres la organizadora de bodas?

—Avery Crosslin.

Su apretón fue firme pero cuidadoso.

—Tendremos que ser breves —afirmó Ryan—. Solo tengo unos minutos antes de que Bethany me encuentre.

—Por supuesto. ¿Le gustaría hablar en privado? No conozco bien la casa...

—No es necesario —dijo Ryan—. Joe y Ella son de la familia. —Su mirada era fría—. ¿Qué te ha dicho Hollis acerca de mi situación?

Contesté sin dilación:

—Me ha dicho que le gustaría proponerle matrimonio a su hija Bethany y que quería hablar conmigo acerca de posibles opciones para la proposición.

—No necesito ideas —replicó Ryan con sequedad—. Hollis solo lo ha dicho porque teme que no lo haga. David y ella están intentando atarme de pies y manos.

—¿Por qué? —preguntó Joe.

Ryan titubeó un instante.

—Bethany está embarazada. —La tensión reprimida del comentario dejó claro que las noticias ni eran esperadas ni bien recibidas.

Se hizo un silencio incómodo.

—Dijo que quería tener el bebé —continuó Ryan—. Yo le dije que la apoyaría, por supuesto.

—Ryan —se atrevió a decir Ella—, sé que eres muy tradicional para estas cosas. Pero si es el único motivo por el que le vas a pedir a Bethany que se case contigo, el matrimonio no tiene muchas perspectivas de funcionar.

—Haremos que funcione.

—Puedes formar parte de la vida de tu hijo sin tener que casarte —dije en voz baja, tuteándolo.

—No he venido a discutir los pros y los contras. La boda se va a celebrar. Solo quiero tener voz y voto en cómo se lleva a cabo.

—¿Eso quiere decir que quieres participar en la organización? —pregunté.

—No, solo quiero establecer unos parámetros razonables y conseguir que se respeten. De lo contrario, Hollis hará que todos los invitados monten a lomos de elefantes ataviados con cotas de malla doradas o algo peor.

Me preocupaba la idea de organizar la boda de un novio que no quería casarse. Había dudas de que Bethany y él llegaran al altar, pero aunque lo hicieran, el proceso sería desdichado para todos los implicados.

—Ryan —dije—, hay varios organizadores mucho más experimentados y reputados en Houston que podrían hacer un magnífico trabajo...

—Warner los tiene a todos en el bolsillo. Ya le he dejado claro a Hollis que no pienso aceptar a ningún organizador con el que haya trabajado en el pasado. Quiero a alguien que no esté en sus manos. Me da igual si eres buena o no, me da igual qué flores eliges y todo eso. Solo me interesa saber si eres capaz de enfrentarte a Hollis cuando intente hacerse con el control.

—Claro que soy capaz —le aseguré—. Soy una obsesa del control. Y da la casualidad de que soy buenísima en lo mío. Pero antes de seguir hablando del tema, ¿por qué no vienes a mi estudio y...?

—Estás contratada —dijo de sopetón.

Se me escapó una carcajada incrédula.

—Estoy segura de que querrás hablarlo antes con Bethany.

Ryan negó con la cabeza.

—Dejaré claro que contratarte es un requisito indispensable para que haya compromiso. No protestará.

—Normalmente, el proceso suele empezar con una visita al estudio. Repasamos los proyectos que he realizado con anterioridad y hablamos de ideas y posibilidades...

—No quiero que el asunto se dilate más de lo necesario. Ya he decidido contratar tus servicios.

Antes de que pudiera replicar, Joe intervino con mirada risueña:

—Ryan, no creo que el asunto sea si quieres contratar a Avery o no. Creo que es ella la que está intentando decidir si quiere aceptarte como cliente.

—¿Por qué no iba a querer? —La expresión perpleja de Ryan se clavó en mi cara.

Mientras intentaba pensar en una respuesta diplomática, el regreso de Jack interrumpió la conversación.

—Hola, Rye. —Llegó con la copa de champán de Ella a tiempo para escuchar la parte final—. ¿Para qué quieres contratar a Avery?

—Para organizar una boda —contestó Ryan—. Bethany está embarazada.

Jack lo miró, estupefacto.

—Joder, tío —dijo al cabo de un momento—. Se pueden tomar precauciones para evitar eso.

Ryan entrecerró los ojos.

—Ningún método es efectivo al cien por cien salvo la abstinencia. Explícale lo que significa, Ella... porque bien sabe Dios que nunca ha escuchado esa palabra.

Jack esbozó una breve sonrisa.

—Me conoce lo suficiente para no intentarlo siquiera.

Pensé que los modales bruscos y autoritarios de Ryan se debían a la situación en la que se encontraba: se sentía ansioso, frustrado y con unas tremendas ganas de controlar algo, lo que fuera.

—Ryan —dije con tacto—, entiendo tu deseo de empezar a tomar decisiones enseguida, pero así no se escoge un organizador de bodas. Si te interesa contratarme, ven a mi estudio lo antes posible y hablaremos. —Nada más terminar de hablar, saqué una tarjeta de visita de la cartera y se la di.

Con el ceño fruncido, Ryan se la guardó en el bolsillo.

—¿El lunes por la mañana?

—Me va bien.

—Avery —dijo Ella—, ¿te importa darme una tarjeta? Necesito tu ayuda.

Jack la miró con gesto interrogante.

—Ya estamos casados.

—No para eso, es para la fiesta del bebé de Haven. —Ella aceptó la tarjeta y me miró, implorante—. ¿Se te da bien arreglar desastres inminentes? He tenido que organizar la fiesta para mi cuñada, Haven, porque nuestra otra cuñada está muy liada con la apertura de un salón de belleza, ya que ha montado su propio negocio, y yo soy una especialista en dejarlo todo para el final, y vamos, que lo he retrasado todo demasiado. Haven acaba de decirme que preferiría no tener la típica fiesta solo para chicas, que quiere que sea apropiada para familias. Solo está medio organizado y es un desastre.

—¿Cuándo sería? —pregunté.

—El fin de semana que viene —contestó Ella con voz contrita.

—Haré todo lo que pueda. No puedo prometer milagros, pero...

—¡Gracias! Menudo alivio. Cualquier cosa que hagas será genial. Si quieres...

—Un momento —interrumpió Ryan—. ¿Por qué a Ella le dices que sí sin dudar y a mí no?

—Porque la necesita más que tú —dijo Joe con absoluta seriedad—. ¿Has ido a alguna de las fiestas de Ella?

La aludida lo miró con cara de pocos amigos, aunque en realidad tenía un brillo travieso en los ojos.

—Ten cuidadito.

Joe le sonrió antes de volverse de nuevo hacia Ryan.

—¿Te apetece ver un partido el domingo? —le preguntó.

—Buena idea. —Ryan hizo una pausa antes de añadir con una sonrisilla—. ¿Jack también tiene que venir esta vez?

—Será mejor que vaya —dijo Jack—. Soy el único que paga la dichosa cerveza.

Joe me cogió del codo.

—Ahora vuelvo —dijo con desenfado—. Quiero la opinión de Avery sobre unos cuadros por los que voy a pujar.

Ella me guiñó un ojo mientras Joe me alejaba del grupo.

—¿Crees que tu primo va a llegar hasta el final? —le pregunté a Joe en voz baja—. Si se lo piensa bien...

—Rye no va a cambiar de idea —me aseguró Joe—. Su padre murió cuando tenía diez años. Créeme, nunca dejaría que un hijo suyo creciera sin padre.

Entramos en el ascensor.

—Pero no parece que haya sopesado todas las opciones.

—No hay opciones. De estar en su lugar, yo haría lo mismo.

—¿Te casarías con una mujer a la que hubieras dejado embarazada aunque no la quisieras?

—¿Por qué te sorprendes tanto?

—Es que... es una idea muy anticuada, nada más.

—Es lo correcto.

—Yo no lo veo así. Las posibilidades de un divorcio son muy altas cuando un matrimonio empieza de esa manera.

—En mi familia, si dejas embarazada a una mujer, aceptas la responsabilidad.

—¿Qué pasa con lo que quiere Bethany?

—Quiere casarse con un hombre rico. Y no le importa demasiado de quién se trate siempre y cuando pueda mantenerla.

—¿Qué sabrás tú?

—Cariño, todo el mundo lo sabe. —Joe miró con gesto serio el paisaje que se veía al otro lado del ascensor de cristal—. Ryan se ha pasado casi toda la vida trabajando como un mulo, y cuando por fin decide tomarse un respiro y divertirse un poco, se lía con Bethany Warner. Una pija que va de fiesta en fiesta. Una profesional de la alta sociedad. Es imposible dejarse engañar por una chica así. No sé en qué leches estaba pensando.

Las puertas se abrieron y regresamos a la planta principal. Joe me cogió la mano libre y comenzó a tirar de mí para abrirse paso entre la multitud.

—¿Qué haces? —pregunté.

—Busco un sitio para hablar.

Me quedé blanca, ya que sabía muy bien de qué quería hablar.

—¿Aquí? ¿Ahora? No tenemos intimidad.

—Habríamos tenido intimidad de sobra si me hubieras cogido el teléfono cuando te llamé —replicó Joe con sorna.

Fuimos de una estancia atestada a otra, deteniéndonos de vez en cuando para charlar brevemente. Incluso en mitad de esa multitud de gente bien, quedaba claro que él era especial. La combinación de su apellido, de su fortuna y de su aspecto era todo lo que necesitaba un hombre para que se le abrieran todas las puertas. Sin embargo, él desviaba dicha atención con mucha facilidad y hacía que los demás fueran el centro de atención, como si fueran muchísimo más merecedores.

Por fin entramos en una estancia cubierta por paneles de madera y estanterías, de techo bajo con artesonado y una gruesa alfombra persa en el suelo. Joe cerró la puerta, atajando así el sonido de las conversaciones, de las risas y de la música. Su expresión cambió cuando se volvió hacia mí y la máscara social desapareció. En el silencio, mi corazón comenzó a latir con fuerza, desbocado.

—¿Por qué dijiste que no había posibilidad de que esto fuera a más? —preguntó.

—¿No es evidente?

Joe me miró con cara de pocos amigos.

—Soy un hombre, Avery. En esto de las relaciones nada me parece evidente.

Daba igual cómo intentase explicarlo, sabía que acabaría pareciendo patética y penosa a sus ojos. «No quiero que me hagan daño como sé que vas a hacérmelo. Sé cómo van estas cosas. Quieres sexo y pasártelo bien, y cuando termine, seguirás con tu vida, pero yo no podré porque habrás destrozado lo que me queda de corazón.»

—Joe... solo esperaba una noche contigo, y fue maravillosa. Pero... pero necesito algo distinto. —Hice una pausa mientras intentaba encontrar las palabras para explicarme.

Joe puso los ojos como platos y pronunció mi nombre en un quedo suspiro. Aturdida por su comportamiento, retrocedí de forma instintiva cuando se acercó a mí. Me rodeó con los brazos y volvió a hablar con un extraño deje ronco en la voz, un deje preocupado... pasional... sexual...

—Avery, cariño... si no te proporcioné lo que necesitabas... si no te satisfice... solo tenías que decírmelo.

9

Al comprender que Joe me había malinterpretado, balbucí:

—No... eso... Eso no es... No quería decir...

—Te compensaré. —Me tomó la cara entre las manos y me acarició las mejillas con los pulgares al tiempo que me rozaba los labios con los suyos de una forma tan erótica que me arrancó un jadeo—. Déjame pasar otra noche contigo. Puedes pedirme cualquier cosa. Lo que quieras. Haré que te lo pases genial, preciosa... se pueden hacer tantas cosas... Solo tienes que acostarte conmigo y yo me encargo de todo...

Aturdida, intenté explicarle que me había entendido mal, pero en cuanto abrí la boca, Joe me besó de nuevo y siguió murmurando promesas sobre el placer que me provocaría y las cosas que me haría. Parecía arrepentido y muy decidido... y aunque me avergonzara admitirlo, me resultó muy erótico encontrarme atrapada entre los brazos de un hombre corpulento y excitado que no paraba de disculparse y de besarme. Liberarme dejó de ser una cuestión importante. Su boca me devoraba con besos suaves y ávidos, dejándome sin fuerzas. La enloquecedora química que había entre nosotros no solo era maravillosa, era algo más, como si lo necesitara para respirar, como si mi cuerpo corriera el riesgo de dejar de funcionar si yo dejaba de tocar a Joe.

Me aferró las caderas y me pegó a él para que sintiera la agresiva dureza de su deseo, y el contacto me provocó una punzada de doloroso anhelo. Me estremecí y empecé a jadear. Al recordar lo que había sentido cuando lo tuve dentro, me abrumó la pasión. Mi mente no alcanzaba a pensar en otra cosa que tumbarme en el suelo y dejar que me hiciera suya allí mismo. Recibí con alegría las caricias de su lengua, separé los labios para acogerla y a cambio lo escuché gemir. Una de sus manos me acarició un pecho.

Tras comprender pese al aturdimiento que la situación estaba a punto de descontrolarse, hice un esfuerzo y lo empujé hasta que él aflojó su abrazo. Me aparté de él entre jadeos. Consciente de que Joe estaba a punto de abrazarme de nuevo, levanté una mano para detenerlo. Me temblaban los dedos.

—Espera. Espera. —Respiraba como si acabara de correr cien metros. Joe también. Caminé hasta un sillón orejero y me senté en el brazo. Me temblaban las piernas. Mi cuerpo entero protestaba por la separación—. No creo que podamos hablar sin poner cierta distancia entre nosotros. Por favor, quédate ahí y déjame decir unas cuantas cosas, ¿vale?

Joe asintió con la cabeza mientras se metía las manos en los bolsillos y empezó a caminar de un lado para otro.

—Para que quede claro —empecé, consciente de que me estaba poniendo colorada—, disfruté mucho aquella noche. Eres genial en la cama, tal como te habrán dicho muchas mujeres, estoy segura. Pero quiero a un hombre normal, a alguien en quien pueda confiar y tú... tú no eres ese hombre.

Joe se detuvo al escucharme y me miró, confundido.

Me humedecí los labios, que sentía resecos, e intenté pensar aunque los latidos de mi corazón me resultaban ensordecedores.

—Verás, es como... como cuando mi madre dijo que quería un bolso de Chanel para su cumpleaños y de eso hace ya mucho tiempo. Recortó la foto de una revista y la pegó en el frigorífico. Se pasaba la vida hablando del bolso. Hasta que mi padrastro se lo regaló. Ella lo guardó en la balda superior de su armario, en el interior de la funda protectora que lo acompañaba. Pero jamás lo usó. Así que unos años después, le pregunté por qué jamás había sacado el Chanel del armario y por qué no lo usaba. Me dijo que era demasiado bonito para el día a día. Demasiado elegante. No quería preocuparse por la posibilidad de arañarlo o de perderlo y, además, me dijo que no pegaba con su ropa. Que no pegaba con su personalidad. —Guardé silencio—. ¿Entiendes lo que trato de decirte?

Joe meneó la cabeza, un tanto molesto.

—Tú eres el bolso de Chanel —dije.

Me miró con el ceño fruncido.

—Avery, vamos a dejarnos de metáforas. Sobre todo si en las metáforas me metes en un armario.

—Vale, pero ¿entiendes lo que...?

—Quiero que me des una razón real que explique por qué no quieres salir conmigo. Algo que pueda entender. Como que no te gusta mi olor o que crees que soy un gilipollas.

Bajé la vista hasta el brazo del sillón y tracé con una uña el dibujo geométrico de la tapicería.

—Me gusta tu olor —le aseguré—. Y no creo que seas un gilipollas en absoluto. Pero... eres un mujeriego.

Mis palabras fueron seguidas por un largo silencio tras el cual Joe replicó, pasmado:

—¿Yo?

Levanté la cabeza. No esperaba que mi comentario lo sorprendiera tanto.

—¿De dónde has sacado esa idea? —quiso saber.

—Joe, he estado contigo. He sido testigo de tus habilidades para conquistar a una mujer. La conversación, el baile, tu gran experiencia a la hora de manejar la situación para que me sintiera cómoda a tu lado. Y cuando nos fuimos a la cama, tenías un condón a mano en la mesita de noche, un detalle muy conveniente, para no interrumpir la acción en ningún momento. Es obvio que lo tenías todo pensado de antemano.

Joe me miró dolido. El rubor le confería un tono rosado a su piel morena.

—¿Estás enfadada porque tenía un condón? ¿Preferirías que lo hubiéramos hecho si nada?

—¡No! Es que todo me pareció muy... ensayado. Muy fluido. Como si fuera una rutina perfeccionada al máximo.

Cuando Joe habló, su voz tenía un deje mordaz.

—Hay una diferencia entre tener experiencia y ser un mujeriego. No soy un buitre. No tengo una rutina. Y el detalle de dejar la cartera en la mesita de noche no me convierte en un puto Casanova.

—Has estado con muchas mujeres —insistí.

—¿Cuál es tu definición de «muchas»? ¿Hay una cifra que supuestamente no debo superar?

Herida por el desdén de su voz, le pregunté:

—Antes de lo nuestro, ¿te habías acostado alguna vez con una chica el mismo día que la conociste?

—Una vez. En la universidad. Dejamos las reglas claras de antemano. ¿Qué importancia tiene eso?

—Estoy intentando señalar que el sexo no tiene la misma importancia para ti que para mí. En mi caso es el único rollo de una noche que he tenido, por no mencionar que ha sido la primera vez desde Brian que me he acostado con un tío. Tú y yo ni siquiera hemos salido a cenar. A lo mejor no te ves como un mujeriego, pero comparado con...

—¿Brian? —Me miró con expresión alerta.

Aunque me arrepentía de haber cometido semejante desliz, contesté:

—Mi prometido. Estuve comprometida, y lo dejamos. No tiene importancia. Lo que quiero decir es que...

—¿Cuándo pasó eso?

—Da igual. —Me tensé al ver que Joe se acercaba a mí.

—¿Cuándo? —insistió él.

—Hace tiempo. —Me levanté y retrocedí un paso—. Joe, la distancia...

—¿Cuándo te acostaste con él por última vez? ¿Cuándo te acostaste con alguien? —Tras plantarse delante de mí, me aferró los brazos y yo retrocedí un poco más. Acabé atrapada entre la estantería que tenía a la espalda y su enorme cuerpo.

—Suéltame —susurré. Mis ojos recorrieron la estancia en un intento por no clavarse en él—. Por favor.

Joe se mostró implacable.

—¿Un año? —Una pausa—. ¿Dos? —Como yo me mantuve en silencio, empezó a acariciarme los brazos y el roce de sus dedos me puso la piel de gallina. Su voz se suavizó al preguntar—: ¿Más de dos?

Jamás me había sentido tan vulnerable ni tan avergonzada. Había revelado demasiadas cosas de mi pasado, y también habían quedado a la vista mis inseguridades y mi falta de experiencia. Muerta de la vergüenza, se me ocurrió que a lo mejor lo había juzgado de forma distinta de como lo habría hecho una mujer más segura de sí misma.

Miré la puerta con anhelo, desesperada por intentar marcharme.

—Tenemos que volver a la fiesta...

Joe me estrechó contra su cuerpo. Me removí a modo de protesta, pero sus brazos me rodearon con fuerza y me inmovilizaron con facilidad.

—Ahora lo entiendo —lo escuché decir al cabo de un momento.

Aunque ansiaba preguntarle qué era lo que creía haber comprendido, solo atiné a seguir donde estaba, sumida en una especie de trance. Pasó un minuto y después otro. Empecé a decir algo, pero él me silenció. Me sentía tan segura y protegida por el movimiento acompasado de su torso al respirar y por el calor que irradiaba, que acabé relajándome.

Me invadió la agridulce certeza de que esa era la última vez que Joe me abrazaría. Después, nuestros caminos se separarían. Enterraríamos en el olvido la noche que habíamos pasado juntos. Sin embargo, siempre recordaría ese abrazo, porque en la vida me había sentido tan segura y tan protegida.

—Nos acostamos demasiado pronto —lo escuché decir por fin—. Por mi culpa.

—No, tú no...

—Sí, fue culpa mía. Me percaté de que no tenías mucha experiencia, pero estabas dispuesta... Joder, me lo estaba pasando demasiado bien como para parar. No planeé nada. Pero...

—¡No te disculpes por haber echado un polvo conmigo!

—Tranquila. —Me acarició el pelo—. No me arrepiento de lo que pasó. Pero soy consciente de que pasó demasiado pronto para que tú te sientas cómoda con la experiencia. —Inclinó la cabeza y me besó el lóbulo de una oreja, lo que me provocó un estremecimiento—. No fue algo sin importancia —murmuró—. No para mí. Pero no habría llegado tan lejos de haber sabido que acabaría asustándote.

—No me asustaste —le aseguré, acicateada por la insinuación de que me estaba comportando como una especie de virgen aterrorizada.

—Creo que sí. —Me colocó una mano en la nuca y comenzó a masajearme los músculos con delicadeza, hasta que el dolor se transformó en placer. Me costó la misma vida no arquear la espalda y ronronear como una gata. Intenté fingir que seguía indignada.

—¿Y qué es eso de que te percataste de mi falta de experiencia? ¿Hice algo mal? ¿Te decepcioné? ¿Fui...?

—Sí —me interrumpió Joe—. Es decepcionante que te cagas cuando tienes un orgasmo que te hace ver las estrellas. Fíjate lo mal que me lo pasé que te he estado persiguiendo desde entonces. —Colocó las manos a ambos lados de mi cabeza y se aferró a una balda de la estantería.

—Pero se acabó —conseguí decir—. Creo que deberíamos definirlo como un... como algo que pasó de forma espontánea... —Acabé con una especie de gemido porque él se inclinó y me besó en el cuello.

—Lo que no ha empezado no puede acabarse —me corrigió sin separar los labios de mi piel—. Voy a decirte lo que va a pasar, chica de ojos marrones: vas a contestar mis llamadas. Vas a quedar conmigo y vamos a hablar. Hay muchas cosas que desconocemos el uno del otro. —Encontró el lugar donde me latía el pulso y sus labios se detuvieron un instante—. Vamos a tomárnoslo con calma. Te conoceré a fondo y tú me conocerás a mí. Después, todo dependerá de ti.

—Es demasiado tarde —logré decir entre jadeos—. El polvo ha arruinado la parte esa de conocerse mejor.

—Nada está arruinado. Pero las cosas se han complicado un poco, sí.

Si aceptaba salir con él, acabaría sufriendo un desengaño. Y me lo tendría bien merecido.

—Joe, no creo q...

—Nada de tomar decisiones ahora mismo —me interrumpió, levantando la cabeza—. Ya hablaremos después. De momento... —dijo, tras lo cual me tendió la mano—, volvamos a la fiesta y cenemos juntos. Dame la oportunidad de demostrarte que soy capaz de comportarme a tu lado. —Me miró de arriba abajo con expresión ardiente—. Pero te juro, Avery Crosslin, que me lo pones muy difícil.

La cena consistió en un menú de seis platos y estuvo amenizada por un dúo de violín y piano. La carpa estaba decorada en blanco y negro. Los centros de mesa estaban formados por orquídeas Phalaenopsis de color blanco. Era el marco perfecto para la subasta de arte. Me senté a una mesa con Joe, donde también estaban Jack, Ella y unos cuantos amigos de estos.

Joe estaba relajado y de buen humor. A ratos colocaba un brazo en el respaldo de mi silla. Era un grupo hablador y alegre, y charlaban con la facilidad de la gente acostumbrada a encontrarse en ese tipo de situaciones, capaz de lograr que la conversación fluyera en todo momento. Aunque los hermanos Travis se lanzaban pullas y se tomaban el pelo sin parar, era obvio que disfrutaban de su mutua compañía.

Joe nos contó sus aventuras durante un reciente viaje en el cual había hecho fotos que serían publicadas en una revista tejana, en un especial sobre actividades y lugares que todos los tejanos debían hacer y visitar al menos una vez en la vida. Entre otras cosas, recomendaba ir a bailar a Billy Bob's en Forth Worth; comer pollo frito con salsa blanca en un restaurante de San Antonio; y visitar la tumba de Buddy Holly en Lubbock. Ella dijo que no le gustaba la salsa blanca con el pollo frito, momento en el que Jack se cubrió la cara con una mano.

—Se lo come solo —confesó, como si fuera un pecado.

—Ni que estuviera crudo —protestó Ella—. Está frito. Y ya puestos, freír el pollo rebozado y después cubrirlo con un montón de salsa es lo peor que...

Jack la silenció poniéndole dos dedos en los labios.

—En público no —le advirtió. Al sentir su sonrisa contra los dedos, los apartó y la besó.

—Pues yo he comido pollo frito para desayunar —comentó Joe—. Con dos huevos fritos de acompañamiento.

Jack aprobó sus palabras con una mirada.

—Eso es un hombre de verdad —le dijo a Ella.

—Eso es un problema cardiovascular en el futuro —replicó su mujer, arrancándole una sonrisa.

Después, mientras Ella y yo íbamos juntas al tocador de señoras, dije:

—En la mesa hay abundancia de testosterona.

Ella sonrió.

—Los educaron así. El primogénito, Gage, es igual. Pero no te preocupes, pese a los músculos y las fanfarronadas, los Travis son hombres modernos. —Y añadió con un suspiro pesaroso—: Para el estándar de Tejas.

—¿Jack te ayuda con las tareas de la casa y el cambio de pañales?

—¡Desde luego! Pero hay ciertas reglas masculinas, como abrirte la puerta o apartarte la silla para que te sientes, que no van a cambiar nunca. Y puesto que es obvio que Joe está interesado en ti, te aviso para que lo sepas: no intentes pagar a medias cuando salgas a cenar con él. Antes se haría el haraquiri con el cuchillo de la carne.

—No sé si Joe y yo saldremos a cenar —repliqué con cautela—. Seguramente sea mejor que no lo hagamos.

—Pues yo espero que sí. Es un chico estupendo.

Salimos de la carpa y recorrimos el camino de flores hasta la casa.

—¿Dirías que es un mujeriego? —pregunté—. ¿Un rompecorazones?

—Yo no lo describiría así. —Tras un silencio, Ella dijo con sinceridad—: A las mujeres les gusta Joe y a él le gustan las mujeres, así que... Sí, ha habido un par de ellas que buscaban algo más de lo que él estaba dispuesto a ofrecerles. La verdad sea dicha, muchas mujeres lo engancharían ahora mismo solo porque lleva el apellido Travis.

—Pues yo no soy de esas.

—Estoy segura de que por eso le gustas. —Nos detuvimos junto a una escultura de exterior de más de cuatro metros de altura, conformada por gruesas planchas de bordes redondeados. Ella bajó la voz y añadió—: Los Travis tienen unas expectativas muy altas comparadas con las de la gente normal. Quieren formar parte del mundo real, experimentarlo como el resto de las personas, pero eso es algo casi imposible dadas sus circunstancias. En el fondo, solo quieren que los traten como a gente normal y corriente.

—Ella... no son gente normal y corriente. Me da igual que se atiborren de pollo frito, pero no lo son. El dinero, el apellido, su físico... Por mucho que finjan ser normales, no lo son.

—No fingen serlo —me corrigió Ella con voz pensativa—. Es más bien... Se rigen por ese valor. Intentan acortar la distancia que los separa del resto de la gente. Mantienen sus egos a raya y tratan ser sinceros consigo mismos. —Se encogió de hombros y sonrió—. Supongo que merecen cierto reconocimiento por intentarlo al menos, ¿no te parece?

10

A las diez en punto del lunes, Ryan Chase llegó al estudio de Celebraciones y Eventos Crosslin, decidido a decir o a hacer todo lo necesario para «solucionar el problema» y continuar con su vida. Salvo que se suponía que una boda no era un problema, se suponía que era una celebración. La unión de dos personas que querían pasar la vida juntos.

Sin embargo, a esas alturas de mi carrera profesional, había aprendido que algunas bodas no encajaban en el perfil de cuento de hadas. Así que el objetivo en ese caso era averiguar qué era posible. Qué podría resultar apropiado para un novio que contemplaba su boda como una obligación.

Recibí a Ryan cuando llegó al estudio y le presenté a Sofía, que sería la única persona que asistiría a la reunión además de nosotros dos. Les había dicho a los demás, Steven incluido, que no aparecieran hasta después del almuerzo. Mientras le enseñábamos el estudio a Ryan, este pareció llevarse una grata sorpresa e inspeccionó con atención las remodelaciones y los ventanales industriales originales.

—Me gusta este sitio —afirmó—. Creía que todo sería rosa.

Sofía y yo nos echamos a reír.

—Tenemos que vivir aquí —expliqué—, así que debía ser cómodo y poco recargado. Además, de vez en cuando organizamos celebraciones que no tienen nada que ver con bodas.

—Me gusta que hayáis conservado algunos elementos industriales. —Ryan alzó la mirada y la clavó en algunas de las cañerías a la vista—. Realizo muchas restauraciones. Juzgados viejos, teatros y museos. Me gustan los edificios con personalidad.

Nos sentamos en el sofá azul mientras en una pantalla se proyectaban fotografías de bodas que el estudio había organizado y preparado.

—Ryan —dije con tiento—, he tenido mucho tiempo para pensar en tu situación. Toda boda conlleva su propio nivel de estrés. Pero cuando le añades el estrés del embarazo de Bethany y el drama que añade Hollis, va a ser...

—¿Una pesadilla? —sugirió él.

—Iba a decir que sería un «desafío» —corregí con sorna—. ¿Has pensado en convencer a Bethany de que os fuguéis? Porque podría organizaros algo sencillo y romántico, y creo que eso sería mucho más llevadero para ti.

Sofía me miró con cara sorprendida. Sabía que se estaba preguntando por qué me arriesgaba a perder una gran oportunidad para nuestra empresa. Pero tenía que sugerir la fuga, porque de otro modo no podría vivir con mi conciencia.

Ryan negó con la cabeza.

—Es imposible que Bethany acepte algo así. Me ha

dicho que lleva toda la vida soñando con una gran boda. —Se relajó un poco y sus ojos azules adquirieron una expresión mucho más afable—. Pero has sido muy amable al proponerlo. Gracias por tener en cuenta mis sentimientos.—Lo dijo sin deje alguno de autocompasión, solo fue un comentario amigable y honesto.

—Tus sentimientos importan —le aseguré—. Y tus opiniones también. Intento averiguar hasta qué punto quieres involucrarte en la organización de la boda. Algunos hombres quieren participar en todas las decisiones, mientras que otros...

—Yo no —replicó con firmeza—. Se lo dejo todo a Bethany y a Hollis... aunque tampoco me habrían dejado opinar. Lo que tengo claro es que no quiero que la boda se convierta en algo... —Se detuvo en busca de la palabra adecuada.

—Una paletada hortera —sugirió Sofía. Cuando la miramos, elaboró más el concepto—: A ver, ya sabéis... en una horterada como una casa.

Ryan se echó a reír, y el gesto hizo que su cara se transformase.

—A eso me refería precisamente —dijo.

—Muy bien —repliqué—. Te mantendré al día a medida que se tomen las decisiones según vayamos organizándolo todo. Si algo no te gusta, le daré carpetazo. Puede que tengamos que llegar a un acuerdo en ciertas cosas, pero, en general, la boda será elegante. Y no se convertirá en el espectáculo de Hollis Warner.

—Gracias —dijo Ryan con voz sentida. Miró el reloj—. Y si eso es todo...

—Pero ¿qué pasa con la proposición? —pregunté.

Ryan frunció el ceño.

—Seguramente le pida matrimonio a Bethany el próximo fin de semana.

—Sí, pero ¿sabes cómo vas a hacerlo?

—Le compraré un anillo y la llevaré a cenar. —Frunció el ceño todavía más al ver mi expresión—. ¿Qué tiene eso de malo?

—Nada en absoluto. Pero podrías echarle un poco más de imaginación. Podríamos organizar algo romántico y sencillo.

—No se me da demasiado bien eso de ser romántico —dijo Ryan.

—Llévala a la Isla del Padre —sugirió Sofía—. Pasad la noche en una de las casas que hay en la playa. A la mañana siguiente, podríais dar un paseo por la orilla...

—Y seguramente fingirás encontrar un mensaje en una botella —añadí yo, sumando ideas.

—No, no —me interrumpió Sofía—, nada de botellas... un castillo de arena. Contrataremos a un profesional para hacerlo...

—Siguiendo un diseño de Ryan —continué—. Es arquitecto... puede diseñar un castillo de arena especial para Bethany.

—Perfecto —exclamó Sofía y chocamos los cinco.

Ryan nos había estado mirando como quien miraba un partido de tenis.

—Y después hincarás una rodilla en la arena y le pedirás que se case contigo —dije—, y...

—¿Tengo que ponerme de rodillas cuando se lo pida? —preguntó Ryan.

—No, pero es lo que manda la tradición.

Ryan se frotó la barbilla, ya que era evidente que la idea no le hacía gracia.

—Los hombres solían arrodillarse cuando los nombraban caballeros —señaló Sofía.

—Y cuando los decapitaban —añadió Ryan con un deje fatalista.

—Si estás de rodillas, quedará mejor en las fotos —comenté.

—¿Fotos? —Ryan enarcó las cejas—. ¿Quieres que le pida matrimonio a Bethany con cámaras delante?

—Un solo fotógrafo —me apresuré a decir—. Ni te enterarás de que está ahí. Lo camuflaremos.

—Lo esconderemos detrás de una duna —añadió Sofía.

Ryan frunció el ceño y se pasó una mano por el corto pelo castaño, al que la luz le arrancaba unos destellos caoba.

Miré a Sofía.

—Da igual. Un fotógrafo en la pedida de mano suena a horterada como una casa.

Ryan agachó la cabeza, pero no antes de que pudiera atisbar una sonrisilla.

—Joder —lo oír mascullar.

—¿Qué pasa?

—Sugerir que seas la organizadora de la boda se está convirtiendo en el primer favor que me ha hecho Hollis. Y eso quiere decir que tengo que darle las gracias.

—Has contestado —dijo Joe esa misma noche, con cierta sorpresa.

Sonreí y apoyé la espalda en los cojines de la cama con el móvil en la mano.

—Me dijiste que lo hiciera.

—¿Dónde estás ahora mismo?

—En la cama.

—¿Te llamo en otro momento?

—No, no estaba durmiendo. Siempre leo un poco antes de apagar la luz.

—¿Qué te gusta leer?

Miré el montón de novelas en tonos pastel que había sobre la mesita de noche y contesté con cierta vergüenza:

—Historias de amor. Las que tienen final feliz.

—¿Nunca te cansas de saber cómo va a acabar el libro?

—No, eso es lo mejor. Es difícil conseguir finales felices en la vida real. Pero al menos puedo contar con uno en un libro.

—He visto magníficos matrimonios en la vida real.

—Pero no suelen durar. Todos los matrimonios comienzan como un final feliz, pero después se convierten en matrimonios.

—¿Cómo es que alguien que no cree en los finales felices ha montado una empresa que organiza bodas?

Le hablé del primer trabajo que tuve en el mundo de la moda, justo después de licenciarme, cuando ejercía de aprendiz con una diseñadora de vestidos de novia. Me encargaba de la sala de muestras mientras aprendía a analizar informes de ventas y entablaba relaciones con los compradores. Después, elaboré mis propios diseños e incluso gané un premio como diseñadora novel. Pero cuando intenté crear mi propia firma, el proyecto no despegó. Nadie mostró interés en respaldarme.

—No daba crédito, de verdad —le dije a Joe—. La colección que diseñé era preciosa. Tenía una buena reputación y había conseguido una increíble red de contactos. No sabía qué fallaba. Así que llamé a Jasmine y ella me dijo...

—¿Quién es Jasmine?

—Ah, se me olvidaba que no te he hablado de ella. Jasmine es la mejor amiga que tengo en Nueva York. Mi mentora. Es la directora de moda de la revista *Glimmer*. El estilo es una religión para ella. Analiza las tendencias de la calle, los blogs de compras, las redes sociales, los acontecimientos culturales... todo, y luego reúne toda la información para averiguar qué está a punto de triunfar. —Hice una pausa—. ¿Te aburro?

—Qué va. Dime qué te contestó.

—Jasmine me dijo que mi colección no tenía nada de malo. Que estaba muy bien diseñada. Que todo tenía un gusto exquisito.

—¿Y cuál era el problema?

—Ese era el problema. Que no me arriesgaba. No desarrollaba mis ideas lo suficiente. Faltaba... ese algo extra, esa chispa de originalidad. Jasmine añadió que era una empresaria estupenda. Que se me daba bien crear redes de trabajo y encargarme de las tareas publicitarias; que la parte empresarial se me daba mejor que a cualquiera de sus conocidos. Y, la verdad, tuve que admitir que esa parte era la que me gustaba realmente, mucho más que el diseño.

—Eso no tiene nada de malo.

—Pero es duro renunciar a algo por lo que has trabajado tanto. Poco después, mi padre sufrió un infarto. Así que vine a verlo al hospital y conocí a Sofía, y mi vida cambió por completo.

—¿Y el compromiso fallido? —me preguntó Joe, algo que me sorprendió—. ¿Cuándo sucedió?

La pregunta hizo que me tensara, que me sintiera incómoda.

—No me gusta hablar del tema.

—Tranquila, no tenemos que hablar de eso. —La amabilidad de su voz alivió la presión que sentía en el pecho. Me acomodé un poco mejor sobre los cojines—. ¿Echas de menos Nueva York? —quiso saber.

—Sí, a veces. —Hice una pausa y añadí a regañadientes—. Siempre. Pero hay días en los que no pienso tanto en ello.

—¿Qué es lo que más echas de menos?

—Sobre todo, a mis amigos. La gente. Y... es difícil describirlo, pero... Nueva York es el único sitio en el que pude ser la persona que quería ser. Me revitaliza y hace que piense a lo grande. Dios, esa ciudad es la leche. Quería triunfar allí... y todavía sueño con volver algún día.

—¿Por qué te fuiste?

—Se puede decir que no... que no era yo... no después del fiasco del compromiso y de que mi padre muriera al poco tiempo. Necesitaba cambiar de aires. Sobre todo, necesitaba estar con Sofía. Acabábamos de conocernos. La mejor decisión era mudarme aquí. Pero algún día, cuando Sofía esté preparada para hacerse con las riendas del negocio, volveré a Nueva York y lo intentaré de nuevo.

—Creo que te irá bien donde quiera que vivas. Mientras tanto, puedes ir de visita, ¿no?

—Sí, pero he estado muy liada estos últimos tres años. Aunque iré pronto. Quiero ver a mis amigos en persona. Quiero ver unas cuantas obras de teatro y pasarme por mis restaurantes preferidos, y encontrar un mercadillo callejero con echarpes de cinco dólares, y comerme una buena porción de pizza, y hay un bar en la Quinta Avenida con una terraza desde la que se ve una panorámica magnífica del Empire State...

—Sé a cuál te refieres.

—¿En serio?

—Claro. El del jardín.

—¡Sí! No puedo creer que hayas estado allí.

El comentario pareció hacerle gracia a Joe.

—He salido de Tejas, aunque no lo parezca.

Me habló de un par de viajes que había hecho a Nueva York. Intercambiamos anécdotas de los lugares que habíamos visitado, de los sitios a los que queríamos volver y de aquellos que no volveríamos a pisar. De la libertad de viajar solo, pero también de la soledad, y de las experiencias que habíamos vivido mientras nos adentrábamos en los caminos establecidos.

Cuando me di cuenta de lo tarde que era, me resultó increíble que lleváramos hablando más de dos horas. Decidimos que había llegado el momento de despedirnos. Pero no tenía ganas de parar. Me habría encantado seguir hablando.

—Me ha gustado —dije con una sensación cálida y burbujeante—. Ojalá podamos repetirlo. —En el breve silencio que se hizo, me tapé los ojos con una mano mientras deseaba poder retirar las impulsivas palabras.

—Seguiré llamándote —me aseguró Joe con un deje cariñoso y risueño en la voz— si tú sigues contestando.

11

Al final, acabamos hablando todas las noches de esa semana, incluyendo una durante el trayecto de vuelta a casa de Joe, que había estado trabajando en una sesión de fotos en Brownwood. La sesión tuvo como protagonista a un joven congresista que había sido elegido para el Congreso tras unas elecciones. El congresista se había mostrado difícil, autoritario e incómodo, y al parecer sus poses eran las típicas de un político, poco naturales, pese a los esfuerzos de Joe por pillarlo relajado. Además, el tío era un fanfarrón a quien le encantaba soltar nombres de sus conocidos famosos, algo que a Joe le resultaba insoportable.

Joe me contó todo lo relacionado con la sesión de fotos durante el trayecto de vuelta a Houston y yo lo puse al día sobre los detalles de la fiesta de Haven. Se iba a celebrar en la mansión de los Travis en River Oaks, que estaba desocupada desde la muerte de Churchill, porque nadie sabía muy bien qué hacer con ella. Ninguno de los Travis quería venderla, ya que era la casa donde habían crecido, pero ninguno quería vivir en ella. Era demasiado grande. Guardaba demasiados recuerdos de sus padres, ambos fallecidos. Sin embargo, la piscina y el patio de la mansión, situada en una propiedad de algo más de una hectárea, eran el marco perfecto para celebrar una fiesta.

—Hoy he ido a la mansión de River Oaks —dije—. Ella me lo ha enseñado todo.

—¿Qué te parece?

—Impresionante. —La enorme casa de piedra había sido diseñada para parecer una mansión francesa y estaba rodeada de unos extensos prados verdes, delimitados por setos perfectamente cortados, y de floridos arriates. Tras ver las paredes pintadas con un falso estucado y las ventanas casi tapadas por las cortinas drapeadas, no pude estar más de acuerdo con Ella, que afirmaba que la mansión necesitaba modernizarse y salir de los ochenta.

—Ella me dijo que Jack le había preguntado si quería mudarse a la mansión —seguí—, ahora que tienen dos niños y que el apartamento se les ha quedado pequeño.

—¿Y qué contestó?

—Que la casa es demasiado grande para una familia de cuatro. Jack le soltó que deberían mudarse de todas formas y seguir teniendo niños.

Joe se echó a reír.

—Le deseo buena suerte. Dudo mucho de que logre convencer a Ella de mudarse, por muchos niños que tengan. Ella no encaja en la mansión. Ni él tampoco, ya puestos.

—¿Y Gage y Liberty?

—Se han construido una casa en Tanglewood. Y supongo que Haven y Hardy están tan interesados como yo en vivir en River Oaks.

—¿Le habría gustado a tu padre que alguno de vosotros se quedara con ella?

—No especificó nada. —Un silencio—. Pero estaba orgulloso de ese lugar. Era el símbolo palpable de sus logros.

Joe me había hablado de su padre, un hombre bajito pero rudo, que había ascendido desde la nada. Las penurias que Churchill había pasado durante la infancia le habían inculcado un ansia feroz por triunfar, una especie de rabia, que jamás lo había abandonado. Su primera esposa, Joanna, había muerto poco después de dar a luz a su hijo Gage. Unos años más tarde, Churchill se casó con Ava Chase, una mujer superelegante, glamurosa y culta cuya ambición se equiparaba a la de Churchill, como poco. Ella logró pulirlo, le enseñó lo que eran la sutileza y la diplomacia. Y le dio dos hijos, Jack y Joe, y una hija, bajita y morena: Haven.

Churchill insistió en educar a sus hijos respetando los valores de la responsabilidad y el deber, para que se convirtieran en los hombres que él aprobaba. Para que fueran como él. Fue un hombre sin término medio: las cosas eran buenas o malas, eran correctas o incorrectas. Tras ver cómo acababan algunos de los hijos de sus adineradas amistades, malcriados y débiles, Churchill decidió educar a su prole sin privilegio alguno. Exigió a sus hijos que destacaran en sus estudios, sobre todo en Matemáticas, una asignatura en la que sobresalió Gage, si bien Jack hizo sus méritos, y en la que Joe jamás logró destacar, y eso en sus días buenos. Sus talentos se arraigaban más en la escritura y la lectura, aficiones que Churchill consideraba poco masculinas, sobre todo porque a Ava le gustaban.

La falta de interés de Joe en los negocios financieros y en las inversiones de Churchill acabó en una enorme explosión. Cuando cumplió los dieciocho, Churchill decidió colocarlo en el consejo de administración de su *holding*, tal como había hecho con Gage y Jack. Sus planes siempre habían sido que sus tres hijos formaran parte del consejo de administración. Sin embargo, Joe se negó en redondo. Ni siquiera quiso aceptar un nombramiento simbólico, sin responsabilidad real. El hongo atómico pudo verse a cientos de kilómetros a la redonda. Ava había muerto de cáncer dos años antes, y no hubo nadie para mediar entre ellos. La relación de Joe con su padre fue gélida durante un par de años tras ese incidente y no acabó de enmendarse hasta que Joe se mudó a vivir con él después de su accidente.

—Tuve que aprender a ser paciente en muy poco tiempo —me había dicho Joe—. Tenía los pulmones muy tocados y no podía discutir con mi padre cuando apenas podía respirar.

—¿Cómo os reconciliasteis?

—Fuimos a jugar al golf. Un deporte que odio. Es un deporte para viejos. Pero mi padre insistió en llevarme al campo a la fuerza. Me enseñó a golpear la pelota. Después, jugamos un par de veces. —Joe sonrió—. Él estaba muy mayor y yo estaba tan hecho polvo que no llegamos ni a la mitad del recorrido.

—Pero ¿os lo pasasteis bien?

—Pues sí. Y después, las cosas se arreglaron.

—Imposible. Si no hablasteis del problema...

—Esa es una de las ventajas de ser un tío: a veces solucionamos los problemas tras decidir que eran gilipolleces y pasamos del tema.

—Así no se arregla nada —protesté.

—Claro que sí. Es como la medicina de la época de la

Guerra Civil: amputar y listo. —Joe hizo una pausa—. Normalmente, las cosas no son tan fáciles con una mujer.

—Pues no —convine con sequedad—. Nos gusta solucionar los problemas enfrentándonos a ellos y buscando compromisos.

—El golf es más fácil.

En menos de una semana, mi equipo había logrado organizar una fiesta de estilo retro para Haven Travis. Tank había contratado a los empleados de un teatro local a fin de que crearan una mesa de dulces similar a los juegos recreativos de los paseos marítimos antiguos. Steven a su vez había contratado a un paisajista para que instalara un recorrido de minigolf provisional en la propiedad de los Travis. Sofía y yo entrevistamos a empresas de catering y acordamos un menú al aire libre consistente en hamburguesas *gourmet*, kebabs de gambas a la brasa y sándwiches de langosta.

La predicción del tiempo para ese día anunciaba 32 °C con bastante humedad. Me decidí por un atuendo cómodo. El personal llegó a la mansión de los Travis a las diez en punto de la mañana. Tras ayudar a los empleados de la empresa de carpas a levantar una hilera de cabañas a lo largo de la piscina, Steven volvió a la cocina, donde los demás estábamos desembalando los elementos decorativos.

—Tank —dijo—, necesito que tú y tus chicos instaléis los juegos recreativos y después... —Dejó la frase en el aire al ver a Sofía. Su mirada se paseó por sus largas piernas—. ¿Eso te has puesto? —le preguntó, como si estuviera medio desnuda.

Sofía lo miró pasmada sin soltar la enorme estrella de mar de color blanco que tenía en la mano.

—¿A qué te refieres?

—A tu ropa. —Acto seguido, Steven me miró con el ceño fruncido—. ¿Vas a dejarla que se ponga eso?

Me quedé alucinada. Sofía iba vestida como una pin-up de los años cuarenta, con unos pantalones cortos rojos con lunares blancos, y un top a juego anudado al cuello. El atuendo resaltaba sus curvas, pero no era escandaloso en absoluto. No entendía por qué protestaba Steven.

—¿Qué tiene de malo? —quise saber.

—Es demasiado corto.

—Ahí fuera hay treinta y dos grados —le soltó Sofía—, y me voy a pasar el día trabajando. ¿Esperabas que me pusiera algo parecido a lo de Avery?

La miré irritada.

Antes de vestirme esa mañana, había considerado la posibilidad de ponerme algunas de mis prendas nuevas, la mayoría aún sin estrenar. Sin embargo, costaba deshacerse de las viejas costumbres. En vez de ponerme algo sedoso y colorido, había elegido unos de mis antiguos atuendos: una túnica blanca holgada de algodón que me cubría hasta media pierna. Era suelta y sin mangas, y me la había puesto encima de unos pantalones anchos de estilo harén que, pese a su evocador nombre, eran muy poco favorecedores. Sin embargo, era ropa cómoda y me sentía segura con ella.

Steven le dirigió una mirada cáustica a Sofía.

—Por supuesto que no. Pero aun así es mejor que ir vestida como una bailarina de un club de *striptease*.

—Steven, ya está bien —dije, molesta.

—¡Voy a despedirte por acoso sexual! —gritó Sofía.

—No puedes despedirme —le recordó él—. Solo Avery puede hacerlo.

—¡No tendrá que hacerlo si te mato antes! —Mi hermana se abalanzó sobre él armada con la estrella de mar, cuyos brazos sobresalían entre sus dedos como las garras de Lobezno.

—¡Sofía! —grité mientras la agarraba por detrás—. ¡Tranquila! Suelta eso. Por el amor de Dios, ¿os habéis vuelto locos?

—Yo precisamente no —respondió Steven—. A menos que el plan sea lucir a Sofía como carnaza para algún millonario.

El comentario fue la gota que colmó el vaso. Nadie insultaba de esa forma a mi hermana.

—Tank —dije con un deje asesino en la voz—, sácalo de aquí. Tíralo a la piscina a ver si se relaja un poco.

—¿Literalmente? —me preguntó el aludido.

—Sí, tíralo literalmente a la piscina.

—¡A la piscina no! —protestó Steven con voz ahogada. Tank acababa de inmovilizarlo con una llave—. ¡Llevo pantalones de lino!

Una de las cualidades que más me gustaban de Tank era la lealtad incondicional que me demostraba. Sacó a Steven de la cocina a rastras. Sin embargo, pese a los insultos y al forcejeo, Tank no lo dejó escapar.

—Si te suelto —le dije a Sofía, que intentaba liberarse—, prométeme que no vas a seguirlos.

—Quiero ver cómo Tank lo tira a la piscina.

—Lo entiendo. Yo también. Pero este es nuestro negocio, Sofía. Tenemos trabajo que hacer. No dejes que la locura temporal de Steven interfiera. —Al sentir que se relajaba, aparté mis brazos de ella.

Mi hermana se volvió para mirarme. Estaba furiosa y triste a la vez.

—Me odia. No sé por qué.

—No te odia —la contradije.

—Pero ¿por qué...?

—Sofía —la interrumpí—, es un gilipollas. Ya hablaremos luego del tema. De momento, vamos a trabajar.

Dos horas después, cuando volví a ver a Steven, ya casi estaba seco. Estaba dándole los últimos retoques al campo de minigolf. Más concretamente estaba colocando una antigua escafandra de modo que la pelota pudiera entrar a través de la ventanilla delantera tras ascender por una rampa.

Me acerqué a él y lo escuché decir con sequedad mientras ajustaba la rampa:

—Pantalones de Dolce y Gabbana. Lavar en seco. Me debéis trescientos pavos.

—Y tú nos debes una disculpa —repliqué—. Es la primera vez que te comportas de un modo tan poco profesional durante el trabajo.

—Lo siento.

—También le debes una disculpa a Sofía.

Enfurruñado, Steven se mantuvo en silencio.

—¿Te importaría explicarme qué está pasando?

—Ya te lo he explicado. Lleva un atuendo inapropiado.

—¿Porque le sienta de maravilla y está muy sexy? A nadie más le molesta. ¿Por qué a ti sí?

Otro silencio rebelde.

—Los empleados del catering han llegado —dije al final—. El grupo de música llegará a las siete. Val y Sofía ya casi han terminado de decorar las estancias interiores y voy a decirles que empiecen con las mesas del patio.

—Necesito que Ree-Ann me ayude con las cabañas de la piscina.

—Ahora mismo te la mando. —Hice una pausa—. Otra cosa. De ahora en adelante, insisto en que trates a Sofía con respeto. Aunque técnicamente yo estoy al cargo de las contrataciones y los despidos, Sofía y yo somos socias al cincuenta por ciento. Y si ella te quiere fuera de la empresa, te largas. ¿Entendido?

—Entendido —murmuró.

De vuelta a la mansión, pasé junto a Tank, que llevaba dos enormes grupos de globos inflados con helio para colocarlos en la mesa de los dulces.

—Gracias por ayudarme con Steven —le dije.

—¿Te refieres a tirarlo a la piscina? No te preocupes. Lo tiro de nuevo si quieres.

—Gracias —repetí con una renuente sonrisa—, pero si vuelve a pasarse de la raya, lo tiro yo misma a la piscina.

Volví a la cocina, donde Ree-Ann y los empleados de la empresa de catering estaban colocando las bandejas y la cristalería en las mesas del interior.

—¿Dónde está Sofía? —pregunté.

—Ha ido a saludar a los Travis. Acaban de llegar.

—Cuando acabes con las bandejas, Steven te necesita para que lo ayudes con las cabañas de la piscina.

—De acuerdo.

Me dirigí al salón y descubrí a los Travis con Sofía, charlando frente al ventanal. Contemplaban el patio y la piscina, asombrados, y sin dejar de exclamar, hablar y reír. Un niño pequeño de pelo oscuro saltaba junto a Jack y no paraba de tirarle de la camisa.

—¡Papá, llévame afuera! ¡Quiero verlo! ¡Papá! ¡Papá!

—Para el carro —le dijo Jack, revolviéndole el pelo—. Todavía no está preparado.

—¡Avery! —exclamó Ella al verme—. Habéis hecho un trabajo fantástico. Ahora mismo le estaba diciendo a Sofía que el exterior parece Disneylandia.

—Me alegro mucho de que os guste.

—De ahora en adelante, nunca organizaré una fiesta sin vosotras. ¿Puedo contratar vuestros servicios como se hace con los bufetes de abogados?

—¡Sí! —se apresuró a responder Sofía.

Mientras reía, clavé la mirada en el bebé que Ella llevaba en brazos. Una criatura preciosa, regordeta y de mejillas rosadas con enormes ojos azules y unos rizos rubios recogidos en un moñito.

—¿Y quién es esta niña? —pregunté.

—Es mi hermana Mia —contestó el niño al instante antes de que Ella pudiera responder—. Y yo soy Lucas, ¡y quiero ir a la fiesta!

—Dentro de nada acabamos —le prometí—. Podrás ser el primero en salir.

Tras decidir que era su obligación hacer las presentaciones, Lucas señaló a la pareja más cercana.

—Esa es mi tía Haven. Tiene una barriga enorme porque dentro lleva un bebé.

—Lucas... —dijo Ella, pero él siguió como si nada.

—Come más que el tío Hardy y eso que él es capaz de comerse un dinosaurio.

Ella se llevó una mano a la frente, exasperada.

—Lucas...

—Me lo comí una vez —replicó Hardy Cates mientras se ponía en cuclillas. Era un hombre corpulento, musculoso y muy atractivo, con los ojos más azules que había visto en la vida—. Cuando era pequeño y acampábamos en Piney Woods. Mis amigos y yo estábamos persiguiendo armadillos en el curso de un río seco y vimos algo enorme que se movía entre los árboles...

El niño escuchó embobado a Hardy, que siguió contándole una historia sobre un dinosaurio al que persiguieron, atraparon y al final acabó en la barbacoa.

Sin duda, la idea de casarse con la única fémina del clan de los Travis habría echado para atrás a más de uno. Sin embargo, Hardy Cates no parecía de esos hombres que se dejaban intimidar. Empezó trabajando en una plataforma petrolífera y acabó montando su propia empresa, especializada en extraer los restos de petróleo de los yacimientos que las grandes compañías dejaban a su paso. Ella lo había descrito como un hombre trabajador y ambicioso, pero astuto hasta el punto de disimular su ambición con un encanto arrollador. Hardy parecía un hombre tan agradable, había comentado Ella, que la gente se engañaba pensando que lo conocía bien, aunque ni siquiera hubieran arañado la superficie de su personalidad. No obstante, los Travis estaban de acuerdo en algo: Hardy adoraba a Haven, y sería capaz de dar su vida por su mujer. Según Ella, Jack había afirmado en más de una ocasión que el pobre Hardy le daba lástima, ya que su hermana lo tenía comiendo de la palma de la mano.

Le tendí una mano a Haven para saludarla. Era una mujer menuda y guapa, con cejas oscuras. Una Travis sin duda, aunque su constitución fuera más delicada que la de sus enormes hermanos. Al verla, se tenía la impresión de contemplar una versión reducida de los tres. Su embarazo estaba muy avanzado y tenía los tobillos hinchados. Ver su abultada barriga hizo que me compadeciera de ella.

—Avery —dijo—, me alegro de conocerte. Gracias por hacer esto.

—Ha sido muy divertido —le aseguré—. Si hay algo que podamos hacer para alegrar la fiesta, dímelo de inmediato. ¿Te apetece una limonada? ¿Un vaso de agua helada?

—No, estoy bien.

—Debería beber más —terció Hardy, que se colocó junto a su mujer—. Está deshidratada y sufre de retención de líquidos.

—¿A la vez? —pregunté.

Haven sonrió a regañadientes.

—Eso parece —dijo—. ¿Quién iba a pensar que eso era posible? Acabamos de llegar de mi revisión semanal. —Se apoyó en Hardy y su sonrisa se ensanchó—. También hemos descubierto que es una niña.

Lucas puso cara de asco al escuchar las noticias.

—¡Puaj!

Entre las voces que se alzaron para felicitar a la pareja escuché una ronca y conocidísima.

—Son buenas noticias. Necesitamos más niñas en la familia.

El corazón se me aceleró en cuanto vi que Joe entraba en el salón, tan alto y atlético con unas bermudas y una camiseta de manga corta de color azul.

Se acercó directamente a Haven para abrazarla con cuidado. Sin apartarla de su lado, extendió un brazo para felicitar a Hardy con un apretón de manos.

—Esperemos que se parezca a su madre.

Hardy rio entre dientes.

—Nadie lo desea más que yo. —El apretón de manos se prolongó unos segundos más, una muestra de la buena amistad que los unía.

Joe miró a su hermana con cariño.

—¿Cómo estás, hermanita?

Ella lo miró e hizo una mueca.

—O tengo náuseas o me muero de hambre. Me duelen hasta las pestañas, sufro de repentinos cambios de humor, se me cae el pelo y la semana pasada mandé al pobre Hardy en busca de *nuggets* de pollo por lo menos seis veces. Por lo demás, estoy genial.

—No me importa ir a comprar *nuggets* de pollo —le aseguró Hardy—. Lo peor es ver que te los comes con gelatina de uva.

Joe se echó a reír y puso cara de asco.

Mientras Ella conversaba con los futuros padres sobre la visita al médico, Joe se acercó a mí y se inclinó para besarme en la frente. El roce de sus labios y de su aliento me provocó un escalofrío en la espalda. Después de las largas conversaciones que habíamos mantenido, debería sentirme cómoda con él. Sin embargo, estaba nerviosa y me comporté con timidez.

—¿Has trabajado mucho hoy? —me preguntó.

Asentí con la cabeza.

—Desde las seis de la mañana.

Entrelazó sus dedos con los míos.

—¿Puedo ayudarte en algo?

Antes de que pudiera contestar, llegaron más miembros de la familia. Gage, el primogénito de los Travis, era igual de alto y de atlético que sus hermanos, pero parecía más callado, más sosegado, en comparación con la actitud que demostraban Joe y Jack, que no paraban de lanzarse pullas y bromas. Tenía unos asombrosos ojos grises, si bien el borde de los iris era de un gris más oscuro.

La mujer de Gage, Liberty, era una guapa morena con una sonrisa afable y afectuosa. Me presentó a su hijo Matthew, un chico de unos cinco o seis años, y a su hermana pequeña, Carrington, una preciosa rubia en plena adolescencia. Todos hablaban y reían a la vez, mientras mantenían al menos seis o siete conversaciones simultáneas.

Aunque no hubiera tratado a los Travis con anterioridad, habría descubierto en poco rato que se trataba de una familia muy unida. Era evidente en su forma de relacionarse, esa comodidad típica de la gente que se conoce perfectamente, que está al tanto de los gustos y las costumbres de los demás. El afecto que se profesaban era genuino e inconfundible. Ninguno de ellos daría por sentado su relación con los demás ni se la tomaría a la ligera. Puesto que yo nunca había formado parte de un grupo semejante, ni de nada remotamente parecido, me sentí fascinada, y también recelosa. Porque me pregunté cómo sería posible formar parte de una familia así sin dejarse absorber.

Me puse de puntillas y le susurré a Joe al oído:

—Tengo que llevar unas cuantas cosas al campo de minigolf.

—Te acompaño.

Aunque hice ademán de retirar la mano de la suya, Joe me la aferró con más fuerza. Lo miré a los ojos y vi que me miraba con un brillo risueño mientras me decía:

—No pasa nada.

Sin embargo, me aparté de él, renuente a hacer cualquier tipo de demostración delante de su familia.

—Tío Joe —escuché que decía Lucas—, ¿esa es tu novia?

Me puse colorada como un tomate, y alguien rio entre dientes.

—Todavía no —contestó Joe sin darle más importancia al tiempo que abría una de las puertas de la cristalera para dejarme pasar—. Pero estoy en ello. —Me acompañó al patio, y cogió la bolsa con los palos de golf en miniatura y un cubo lleno de pelotas—. Yo lo llevo —dijo—. Tú indícame el camino.

Mientras atravesábamos el patio y dejábamos atrás la hilera de cabañas situadas junto a la piscina, sopesé la idea de decirle algo sobre la posibilidad de darle una impresión errónea a su familia. No quería que pensaran que entre nosotros había algo más que una amistad. Sin embargo, no me pareció el momento ni el lugar oportuno para discutirlo.

—Todo está genial —dijo Joe, cuya mirada recorrió la mesa de los dulces y el estrado donde tocaría el grupo junto a la casa.

—Teniendo en cuenta el poco tiempo que hemos tenido para prepararlo, no está mal.

—Todos apreciamos el esfuerzo que habéis hecho.

—Ha sido un placer ayudar. —Hice una pausa—. Tu familia parece muy unida. Yo diría que un poco más de la cuenta.

Joe meditó al respecto y después negó con la cabeza.

—Yo no diría tanto. Todos tenemos amigos e intereses ajenos a la familia. —Mientras atravesábamos una extensión de césped, añadió—: La verdad es que nos hemos unido más desde que mi padre murió. Decidimos crear una fundación benéfica con los cuatro como administradores. Hemos tardado bastante en organizarlo todo para que empezara a funcionar.

—¿Os peleabais con frecuencia y discutíais cuando erais pequeños como es normal entre hermanos? —le pregunté.

Lo vi esbozar una sonrisa torcida, como si acabara de rememorar un recuerdo lejano.

—Podría decirse que sí. Jack y yo estuvimos a punto de matarnos varias veces. Cada vez que nos pasábamos de la raya, Gage intervenía y nos daba una tunda hasta que nos tranquilizábamos. Si había algo que provocara una muerte segura, era hacerle una jugarreta a Haven. Como secuestrar una de sus muñecas o asustarla con una araña. Si hacíamos algo así, Gage nos perseguía cabreadísimo.

—¿Dónde estaban vuestros padres cuando pasaban esas cosas?

Joe se encogió de hombros.

—Pasábamos solos mucho tiempo. Mi madre siempre tenía alguna reunión de sus numerosas organizaciones benéficas, o estaba ocupada con sus amigas. Mi padre normalmente participaba en programas de televisión o viajaba al extranjero.

—Lo siento. Debió de ser difícil.

—El problema no era que mi padre estuviera ausente. El problema era cuando intentaba recuperar el tiempo perdido. Le asustaba la posibilidad de que nuestra educación nos hiciera hombres débiles. —Joe gesticuló con la bolsa de palos de golf—. ¿Ves aquel muro de contención? Un verano, mi padre trajo un camión con tres toneladas de piedras que fueron descargadas en el patio trasero y nos ordenó que levantáramos un muro. Quería que aprendiéramos lo que era el trabajo duro.

Parpadeé asombrada mientras contemplaba el muro de

piedra de un metro de altura, con una longitud de más de seis metros.

—¿Lo levantasteis los tres solos?

Joe asintió con la cabeza.

—Cortamos las piedras con cinceles y machotas, y después las fuimos apilando. A pleno sol y con treinta y siete grados.

—¿Cuántos años tenías?

—Diez.

—Es increíble que tu madre lo permitiera.

—No le gustó ni un pelo. Pero cuando mi padre decidía algo, era imposible hacerlo cambiar de opinión. Creo que cuando se paró a pensar lo que había hecho, se arrepintió de habernos obligado a realizar un trabajo de tanta envergadura. Pero ya no había marcha atrás. Para él, cambiar de opinión era una señal de debilidad. —Dejó la bolsa con los palos en el suelo y se acercó a un contenedor de madera pintada para volcar en él las pelotas. Después, clavó la vista en el muro y entrecerró los ojos para protegerse del sol—. Tardamos un mes. Pero cuando acabamos el puto muro, nos sentimos más unidos que nunca. Habíamos superado un infierno. Desde entonces, nunca hemos vuelto a pelearnos a puñetazos, pasara lo que pasase, y tampoco nos pusimos del lado de mi padre cuando tenía un problema con alguno de nosotros.

En mi fuero interno, llegué a la conclusión de que aunque la fortuna familiar les había reportado muchas ventajas, ninguno de los Travis había escapado a la presión que suponían las expectativas y las obligaciones que recaían sobre ellos. Con razón estaban tan unidos. ¿Quién iba a entender mejor que ellos cómo habían sido sus vidas?

Caminé pensativa hasta el primer hoyo del campo de

minigolf. La rampa que llevaba a la escafandra no me parecía recta. Me agaché para enderezarla. Cogí una pelota, la lancé hacia la rampa y fruncí al ceño al ver que rebotaba contra la escafandra.

—Espero que funcione.

Joe sacó un palo de golf de la bolsa, colocó una pelota en el césped y la golpeó. La pelota avanzó sobre el césped, subió la rampa y entró en la escafandra.

—Creo que no hay problema. —Me entregó el palo de golf—. ¿Quieres intentarlo?

Dispuesta a aceptar el desafío, coloqué una pelota en el césped y la golpeé. La pelota subió por la rampa, rebotó en la escafandra y volvió al punto de partida.

—No has jugado al golf en la vida.

—¿Cómo lo sabes? —pregunté con sequedad.

—Porque coges el palo de golf como si fuera un matamoscas.

—Odio los deportes —confesé—. Desde que era pequeña. En el colegio, me escaqueaba de Gimnasia siempre que podía. Fingía que me había torcido el tobillo o que me dolía el estómago. En tres ocasiones distintas, dije que se había muerto mi periquito.

Joe enarcó las cejas.

—¿Y eso consiguió que te libraras de la clase de Gimnasia?

—Chaval, la muerte de un periquito es difícil de superar.

—Pero ¿tenías periquito? —me preguntó con seriedad.

—Era un periquito metafórico.

—Tú y tus metáforas —replicó él con un brillo risueño en los ojos—. A ver, voy a enseñarte a coger el palo.

—Me rodeó con los brazos—. Coloca una mano en torno al mango. No, la izquierda. Tienes que dejar el pulgar más abajo. Perfecto. Ahora, pon la mano derecha debajo. Así. —Me colocó los dedos en el lugar exacto. Tuve que tragar saliva para librarme del nudo que se me había formado en la garganta. Sentía el movimiento de su torso cuando respiraba, la fuerza vital que irradiaba su cuerpo. Sus labios estaban muy cerca de mi oreja—. Separa los pies. Dobla las rodillas un poco e inclínate hacia delante. —Me soltó para separarse un poco y dijo—: Golpea la pelota, despacio, pero con decisión.

Lo hice con suavidad y la bola acabó entrando en la escafandra. El sonido que se escuchó cuando cayó al interior fue muy satisfactorio.

—¡Lo he conseguido! —exclamé, al tiempo que me volvía para mirarlo.

Joe sonrió y me colocó las manos en la cintura. Cuando lo miré a los ojos, el tiempo se detuvo. El mundo se detuvo. Fue como si una corriente eléctrica hubiera paralizado todos mis músculos, de modo que solo podía esperar, abrumada por su cercanía.

Inclinó su morena cabeza y sus labios capturaron los míos.

Llevaba días rememorando sus besos en mi imaginación, degustándolos en mis sueños. Pero nada se acercaba a la realidad. Nada igualaba la pasión, la dulzura, la avidez y el intenso erotismo de sus besos, capaces de avivar el deseo poco a poco.

Jadeé y me aparté de él a duras penas.

—Joe, no... no me siento cómoda haciendo esto, sobre todo delante de tu familia. Y de mis empleados. Podrían llegar a una conclusión errónea.

—¿A qué conclusión?

—A que hay algo entre nosotros.

Por su rostro pasó una serie de emociones: sorpresa, irritación y sorna.

—¿Y no lo hay?

—No. Somos amigos. Eso es lo que nos une de momento, y lo que seguirá uniéndonos... y... tengo que trabajar. —Me di media vuelta y eché a andar hacia la casa abrumada por el pánico, si bien me relajé a medida que me distanciaba de él.

12

El grupo tocaba música pop surfera mientras los invitados iban llegando. En un abrir y cerrar de ojos, la casa y el patio estuvieron llenos de gente. La gente rodeaba la mesa del bufet y después iba en busca del postre a la mesa de los dulces. Un barman servía cócteles tropicales en una cabaña cerca de la piscina mientras el personal se paseaba entre la multitud con bandejas de agua con hielo y copas de ponche sin alcohol.

—El campo de minigolf ha sido todo un éxito —dijo Sofía cuando nos cruzamos en el patio—. Lo mismo que la mesa de los dulces. De hecho, todo ha sido un exitazo.

—¿Algún problema con Steven? —pregunté.

Negó con la cabeza.

—¿Le has dicho algo?

—Le he dejado claro que cualquiera que te falte al respeto acabará de patitas en la calle.

—No podemos permitirnos perder a Steven.

—De patitas en la calle —repetí con firmeza—. Nadie te habla de esa manera.

Sofía me sonrió.

—Te quiero.

Durante el resto de la tarde, estuve muy ocupada, ya que me esforcé por no coincidir con Joe. En un par de ocasiones, cuando me crucé con él, sentí que quería captar mi mirada, pero pasé de él, temerosa de que quisiera pararme para hablar. Temerosa de que mi cara revelara demasiado o de que fuera a decirle alguna tontería.

Ver a Joe en persona me obligaba a dejar de considerarlo como una voz amistosa al otro lado del teléfono y a tenerlo como un hombre decidido que no ocultaba el hecho de que me deseaba. Cualquier idea que pudiera albergar acerca de mantener una amistad platónica con Joe se había desvanecido. No iba a conformarse con eso. Ni tampoco permitiría que me alejara sin una confrontación. Mi mente era un hervidero de ideas mientras pensaba cómo lidiar con él, qué decirle.

Después de que recogieran los restos del almuerzo, mientras el personal lavaba los platos, encontré a Sofía y a Ree-Ann al otro lado de la puerta de la cocina, con sendos vasos de té helado. Miraban fijamente la piscina y ninguna se volvió para saludarme.

—¿Qué estáis mirando? —pregunté.

Sofía me mandó callar con un gesto de la mano.

Seguí la dirección de sus miradas y vi a Joe salir de la piscina, sin camiseta y empapado. Su cuerpo atlético, moreno y fibroso, con todos esos músculos mojados reluciendo al sol, era un espectáculo. Joe sacudió la cabeza como un perro, salpicando agua en todas direcciones.

—No he visto a un tío más bueno en la vida —dijo Ree-Ann con voz reverente.

—Un papichulo —convino Sofía.

Joe se sentó junto a la piscina al tiempo que su sobrino Lucas se acercaba a él con unos manguitos de plástico naranja, que ya llevaba puestos en los brazos. Abrió la válvula del manguito y sopló. Me percaté de la cicatriz quirúrgica que tenía en el costado, paralela a las costillas y que subía hasta casi la espalda. La cicatriz era casi invisible, apenas un poco más oscura que la piel que la rodeaba, pero a juzgar por el modo en el que incidía la luz sobre ella, supe que estaba un poco elevada. Joe hizo girar a su sobrino y repitió la operación con el otro manguito.

—Ojalá me inflara todos mis mecanismos de flotación —suspiró Ree-Ann.

—¿Es que no tenéis nada más productivo que hacer? —pregunté, irritada.

—Estamos en nuestro descanso de los diez minutos —respondió Sofía.

Ree-Ann meneó la cabeza, hipnotizada, cuando Joe se puso en pie y el bañador corto se deslizó un poco por sus caderas.

—Hummm, mirad qué culo.

Fruncí el ceño y masculló:

—Tan feo está que una mujer convierta a un hombre en un objeto como que un hombre lo haga con una mujer.

—No lo estoy convirtiendo en un objeto —protestó Ree-Ann—. Solo digo que tiene un buen culo.

Antes de que pudiera replicar, Sofía dijo:

—Creo que se nos ha acabado el descanso, Ree-Ann. —Le costaba contener las carcajadas.

Las tres regresamos a la cocina para ayudar al personal a guardar la comida sobrante, que llevaríamos de inmediato a la casa de acogida para mujeres. Se lavaron la vajilla, la cristalería y los accesorios de mesa; se metieron los manteles en bolsas para la lavandería; se recogió la basura y se limpió la cocina hasta que quedó reluciente.

Mientras los últimos invitados entraban en la casa para reunirse con la familia en el salón, Steven y Tank supervisaron la retirada de las cabañas y de la mesa de los dulces; entretanto, el resto del personal limpiaba la piscina y el patio. Después de que el personal de servicio y de limpieza se fuera, me di una vuelta para asegurarme de que todo estaba tal cual lo habíamos encontrado al llegar.

—Avery —Sofía salió al patio, con expresión satisfecha pero cansada—, acabo de revisar la casa y está perfecta. Los Travis se están relajando en el salón. Ree-Ann puede dejarme en casa o puedo quedarme aquí contigo.

—Vete con Ree-Ann. Le preguntaré a Ella si quieren que haga algo más.

—¿Estás segura?

—Segurísima.

Sofía sonrió.

—Seguramente no esté en casa cuando vuelvas. Voy al gimnasio.

—¿Esta noche? —pregunté con incredulidad.

—Hay una nueva clase que mezcla *spinning* y fortalecimiento de la musculatura del tronco.

La miré con sorna.

—¿Cómo se llama?

Sofía esbozó una sonrisa avergonzada.

—Todavía no lo sé. Siempre usa la bicicleta número veintidós. En la última clase de *spinning*, me retó a una carrera.

—¿Quién ganó?

—Él. Pero solo porque me distrajeron sus glúteos.

Me eché a reír.

—Que te diviertas entrenando.

Después de que Sofía se marchara, seguí en la zona de la piscina. El sol no se pondría hasta al cabo de un par de horas, pero ya estaba tiñendo el cielo con los tonos rojizos que señalaban el final del día. Tenía calor y estaba empapada de sudor, y me dolían los pies de tanto andar de un lado para otro en el patio. Me quité las sandalias y encogí los dedos de los pies.

Al mirar el agua, vi un objeto pequeño y brillante en el fondo de la piscina. Parecía el juguete de un niño. El equipo de limpieza ya se había marchado y yo era la única persona que quedaba fuera. Me acerqué a la caseta donde guardaban los útiles de la piscina y encontré una red limpiapiscinas colgada de la pared. Era de las que se usaban para limpiar los restos que quedaban en la superficie. Tras extender con cierta torpeza el mango telescópico, me arrodillé junto al borde de la piscina y sumergí la red todo lo que pude. Por desgracia, no alcanzaba.

Una de las puertas que daban al patio se abrió y se cerró. De algún modo, supe que se trataba de Joe incluso antes de que me preguntase con despreocupación:

—¿Necesitas que te eche una mano?

Me asaltó la preocupación y me encogí por dentro al pensar que tal vez quisiera hablar.

—Estoy intentando sacar algo de la piscina —expliqué—. Parece el juguete de un niño. —Me puse en pie y le ofrecí la red a Joe—. ¿Quieres intentarlo?

—No llega al fondo. La piscina tiene cuatro metros en esa parte. Antes teníamos un trampolín. —Se quitó la camiseta y la dejó caer sobre las baldosas calentadas por el sol.

—No tienes que... —comencé, pero Joe ya se había sumergido en la piscina y se dirigía hacia el fondo con brazadas fuertes y seguras.

Salió con un cochecito de juguete amarillo y rojo.

—Es de Lucas —anunció al tiempo que lo dejaba en el borde—. Ahora se lo llevaré.

—Gracias.

Joe no parecía tener prisa por salir de la piscina. Se apartó el pelo mojado de la cara y apoyó los brazos cruzados en el borde. Como me pareció muy grosero marcharme sin más, me senté a regañadientes sobre los talones, de modo que nuestros ojos quedaran casi a la misma altura.

—¿Le ha gustado la fiesta a Haven? —pregunté.

Joe asintió con la cabeza.

—Ha sido un buen día para ella. Para todos nosotros. La familia no quiere irse todavía... están pensando en pedir comida china. —Un breve titubeo—. ¿Por qué no te quedas a cenar?

—Debería irme a casa —dije—. Estoy cansada y sudorosa. No sería una compañía muy agradable.

—No tienes que ser agradable. Para eso está la familia, para aguantarte a la fuerza.

Sonreí.

—Es tu familia, no la mía. Técnicamente, no tienen que aguantarme.

—Lo harán si yo quiero.

Al escuchar el graznido airado de un ruiseñor, miré las enredaderas y los arrayanes que bordeaban el pantano. Otro ruiseñor respondió. Se empezó a escuchar un chillido agresivo tras otro.

—¿Se están peleando? —pregunté.

—Podría ser una pelea por el territorio. Pero en esta

época del año, cabe la posibilidad de que se estén cortejando.

—¿Es una serenata? —Los graznidos de los pájaros eran tan melodiosos como el chirrido de un metal—. Por Dios, qué romántico.

—La cosa mejora cuando lo hacen a coro.

Me eché a reír y cometí el error de mirarlo a los ojos. Estábamos demasiado cerca. Podía oler su piel, el sol, la sal y el cloro. Tenía el pelo revuelto y me moría por pasar los dedos por los mechones mojados, juguetear con ellos.

—Oye —dijo Joe en voz baja—, ¿por qué no te metes en la piscina conmigo?

La expresión de sus ojos hizo que me pusiera colorada.

—No tengo bañador.

—Métete vestida. Ya se secará la ropa.

Negué con la cabeza al tiempo que se me escapaba una carcajada entrecortada.

—No puedo.

—Pues quítatela y báñate en ropa interior. —Habló con un deje práctico en la voz, pero vi el brillo travieso de sus ojos.

—Estás loco —le dije.

—Vamos, te gustará.

—No pienso cometer una tontería contigo solo porque me va a gustar. —Tras una pausa, añadí con incomodidad—. Otra vez.

Joe se rio por lo bajo, con esa carcajada ronca y grave tan típica en él.

—Ven. —Me cogió de la muñeca con una mano, sin apretar.

—Ni de coña voy... ¡Oye! —Puse los ojos como platos al sentir que me tiraba de la muñeca—. Joe, juro que te mato como...

Le bastó con un tironcito para hacerme perder el equilibrio. Caí de cabeza al agua con un grito, aunque fui a parar a sus brazos, que me estaban esperando.

—¡Joder! —Empecé a salpicarle con fuerza, agitando los brazos como una loca—. No puedo creer que lo hayas hecho. ¡Deja de reírte, imbécil! ¡No tiene gracia!

Entre carcajadas y resoplidos, Joe me abrazó con fuerza y me besó allí donde pudo, en la cabeza, en el cuello y en la oreja. Me debatí, indignada, pero me abrazaba con demasiada fuerza y sus manos estaban en todas partes. Era como luchar contra un pulpo.

—Eres preciosa —susurró él—. Como un gatito mojado. Cariño, no te canses, no puedes darle una patada a alguien bajo el agua.

Mientras nos debatíamos, nos alejamos hasta una zona más profunda y dejé de hacer pie. De forma instintiva, me aferré a él.

—Es demasiado profunda.

—Te tengo. —Joe seguía haciendo pie y me sujetaba de las caderas con un brazo. Parte de su actitud relajada se tornó en preocupación—. ¿Sabes nadar?

—Habría estado bien que me lo preguntaras antes de tirarme a la piscina —protesté con sequedad—. Sí, sé nadar. Pero no muy bien. Y no me gusta no hacer pie.

—Estás a salvo. —Me abrazó más fuerte—. Nunca dejaría que te pasara algo. Y ya que estás dentro, puedes quedarte unos minutos. Te gusta, ¿no?

Pues sí, aunque no pensaba darle la satisfacción de admitirlo.

Mi ropa se había vuelto casi transparente, y el algodón

mojado ondeaba bajo el agua como las aletas de una exótica criatura marina. Toqué con una mano la cicatriz diagonal que Joe tenía en el pecho. Titubeé antes de seguir la marca con los dedos.

—¿Es del accidente?

—Ajá. Me operaron porque tenía un coágulo de sangre y un pulmón aplastado. —Una de sus manos se coló por debajo de mi túnica hasta llegar a la piel desnuda de mi cintura—. ¿Sabes lo que me enseñó ese episodio? —preguntó en voz baja.

Negué con la cabeza sin apartar la vista de sus ojos, resplandecientes a la luz del atardecer.

—A no perder un solo minuto de vida —siguió—. A encontrar cualquier motivo para ser feliz. A no reprimirme, a no pensar que ya tendré tiempo después... Nadie puede estar seguro de que eso sea verdad.

—Eso es lo que hace que la vida sea tan aterradora —repliqué con seriedad.

Joe meneó la cabeza al tiempo que sonreía.

—Eso es lo que hace que sea genial. —Me alzó un poco y me pegó todavía más a su cuerpo, de modo que le rodeé el cuello con las manos.

Justo antes de que nuestros labios se encontraran, un ruido llamó su atención. Joe miró por encima de su hombro y vio que alguien se acercaba.

—¿Qué quieres? —preguntó, irritado.

Di un respingo al escuchar la respuesta lacónica de Jack:

—He escuchado que alguien gritaba.

Avergonzada por que nos hubiera pillado en la piscina y sin poder esconderme, me acurruqué contra el pecho de Joe.

—¿Se ha caído Avery a la piscina? —escuché que preguntaba Jack.

—No, la he tirado yo.

—Buena idea —fue su breve respuesta—. ¿Quieres que os traiga unas toallas?

—Sí, luego. Ahora quiero un poco de intimidad.

—Eso está hecho.

Después de que Jack se fuera, me aparté de Joe y nadé hasta la parte menos profunda de la piscina. Él se mantuvo a mi lado, nadando con la elegancia de un delfín. Cuando hice pie y el agua me llegaba a la altura del pecho, me paré y me volví para fulminarlo con la mirada.

—No me gusta que me avergüencen. ¡Y no me gusta que me tiren a las piscinas!

—Lo siento. —Su intento de parecer contrito se quedó en eso, en intento—. Quería ganarme tu atención.

—¿Mi atención?

—Sí. —Me rodeó despacio sin apartar la vista de mis ojos—. Has pasado de mí durante todo el día.

—He estado trabajando.

—Y pasando de mí.

—Vale —admití—, he estado pasando de ti. No sé cómo debemos comportarnos en público. Ni siquiera estoy segura de lo que estamos haciendo y... —Me interrumpí, incómoda—. Joe, deja de dar vueltas a mi alrededor. Es como si estuviera en la piscina con una lamia.

Extendió los brazos hacia mí y me alzó de modo que perdí pie y acabé flotando hasta él. Tras depositar un beso ardiente contra mi cuello, murmuró:

—Me encantaría darte un bocado.

Mientras intentaba zafarme de sus brazos, me apretó

con más fuerza, evitando que pudiera recuperar el equilibrio.

—De eso nada.

—¿Qué haces?

—Quiero hablar contigo. —Me llevó de nuevo a la zona profunda, donde me vi obligada a aferrarme a sus duros hombros.

—¿De qué? —pregunté, nerviosa.

—Del problema que tenemos.

—El hecho de que no quiera mantener una relación contigo no quiere decir que tengamos un problema.

—Es verdad. Pero si quisieras mantener una relación y no puedes porque algo te da miedo... Bueno, en ese caso sí tienes un problema. Y también sería problema mío.

Sentí que se me tensaba la cara hasta que me dolieron las mejillas.

—Quiero salir de la piscina.

—Déjame decirte algo, dame unos minutos, y luego te dejo salir. ¿Trato hecho?

Respondí con un gesto rápido de la cabeza.

Joe habló con un deje firme y decidido:

—Todos tenemos secretos que no queremos que los demás descubran. Cuando lo sumas todo, todas esas cosas que hicimos y que nos hicieron, todos nuestros pecados, nuestros errores y nuestros placeres culpables... todos esos secretos son lo que nos define. A veces, tienes que arriesgarte y dejar que alguien se acerque porque el instinto te dice que esa persona merece la pena. La verdad es que se abre la veda. Tienes que confiar en esas personas y esperar que no te rompan el corazón, y joder, sí, a veces te equivocas. —Hizo una pausa—. Pero hay que seguir arriesgándose con esas personas equivocadas hasta dar con la correcta. Tú has tirado la toalla demasiado pronto, Avery.

Me sentía agobiada y triste. Me daba igual que tuviera razón, no estaba preparada para eso. Para él.

—Quiero salir ahora —dije con voz frágil y entrecortada.

Joe me llevó hasta la parte menos profunda.

—¿Alguna vez te has buscado en internet, cariño?

Aturdida, negué con la cabeza.

—Steven se encarga de casi todo lo relacionado con internet...

—No hablo del negocio. Hablo de tu nombre. La primera página de resultados está llena de cosas laborales, algunos blogs te mencionan, un enlace a un tablero de Pinterest y cosas así. Pero en la segunda página hay un enlace a un artículo antiguo de un periódico de Nueva York.

Sentí que me ponía blanca como el papel.

A veces, cuando recordaba aquel día, podía adoptar una postura indiferente y verlo como si le hubiera sucedido a otra persona. Intenté hacerlo en ese momento, pero fui incapaz de distanciarme del recuerdo. Parecía que era incapaz de distanciarme de algo cuando Joe me abrazaba. Y me iba a obligar a explicar cómo me sentí rechazada, abandonada y humillada el día que supuestamente iba a ser el más feliz de mi vida, delante de todas las personas cuya opinión me importaba. Para una mujer con una autoestima normal, el día habría sido demoledor. Para una mujer cuya autoestima no era precisamente saludable, fue mortal de necesidad.

Cerré los ojos mientras la vergüenza corría por mis venas como un veneno. Cualquier persona que hubiera experimentado una vergüenza semejante no temía a la muerte como el común de los mortales, porque sabía que la muerte sería mucho más tolerable.

—No puedo hablar del tema —susurré.

Joe me instó a apoyar la cabeza en su hombro.

—El novio canceló la boda esa misma mañana —continuó él con voz firme—. Nadie habría culpado a la novia por derrumbarse. En cambio, empezó a hacer llamadas. Alteró los planes que había hecho de modo que pudiera donar el banquete, que ella había pagado, a una organización benéfica local. Y se pasó el resto del día con doscientas personas sin hogar, regalándoles una cena de cinco platos con música en vivo. Era una mujer buena y generosa, y a la mierda con ese gilipollas.

Pasó bastante tiempo antes de que pudiera volver a hablar. Los dedos de Joe me aferraban la cabeza, sujetándomela con la mano, como si me estuviera protegiendo de algo. Lo necesitaba más de lo que había creído posible, necesitaba estar sujeta a él con tanta fuerza que su cuerpo formara un margen protector, una separación entre el resto del mundo y mi persona.

Tener a alguien que sujetara y mantuviera juntos los trocitos de tu alma era muchísimo más íntimo que el sexo.

Poco a poco, sentí que el calor regresaba a mi cuerpo, que volvía a ser consciente de mis sentidos, y me percaté de su hombro desnudo contra mi mejilla, de lo cálida y suave que era su piel.

—No quería que saliera publicado —dije—. Le pedí a la casa de acogida que no dijera nada.

—Cuesta mantener semejante gesto en secreto. —Tras localizar mi oreja con los labios, me la besó con suavidad—. ¿Puedes contarme algo, aunque sea un poquito, cariño? ¿Algo de lo que te dijo aquella mañana?

Tragué saliva con fuerza.

—Brian me llamó y me dijo que no iba a estar para la ceremonia. Creía que se refería a que iba a llegar tarde, así que le pregunté si estaba en un atasco y me contestó que no, que no iba a aparecer. Me quedé tan conmocionada que ni podía hablar. Ni siquiera pude preguntarle el motivo. Me dijo que lo sentía, pero que no estaba seguro de haberme querido alguna vez... o que a lo mejor sí me quiso pero que ya no.

—Si el amor es verdadero —dijo Joe en voz baja—, no desaparece.

—¿Cómo lo sabes?

—Porque eso es lo que significa la palabra «verdadero».

Nos movimos despacio en el agua, dando vueltas y flotando con movimientos lánguidos. Mi única conexión era con Joe, no tenía contacto alguno con tierra firme. Él tenía el control y me guiaba con abandono, de modo que me relajé, llevada por la sensualidad del momento.

—Brian no me puso los cuernos ni nada parecido —dije sin saber cómo—. Llevaba una vida espantosa, nadie que trabaje en Wall Street debería mantener una relación hasta tener por lo menos treinta años. Los horarios son una locura. Ochenta horas de trabajo semanales, mucha bebida, nada de ejercicio, nada de tiempo libre... Brian no tuvo tiempo de pararse a pensar qué quería de verdad.

Mientras Joe seguía dando vueltas, me encontré enganchada a él como una sirena.

—A veces crees que quieres a alguien —continué en

voz baja—, pero en realidad es que te has acostumbrado a esa persona. En el último minuto, Brian se dio cuenta de que eso era lo que sentía por mí.

Joe me instó a rodearle el cuello con los brazos y entrelacé los dedos tras su nuca. Me obligué a mirarlo a los ojos y me perdí en su oscura calidez. Retomamos el recorrido por la piscina y me aferré a él, dejándome llevar. Pensara lo que pensase Joe de Brian, y desde luego que pensaba unas cuantas cositas, se las calló. Guardó silencio y esperó, paciente, lo que yo tuviera que decirle. Por algún motivo, eso hizo que fuera más fácil contarle el resto, algo que solo sabía Sofía.

—Después de que Brian llamase, fui a buscar a mi padre —dije—. Le había pagado el billete de avión para que viniera a Tejas y pudiera acompañarme al altar. Mi madre se puso furiosa cuando se enteró. Nunca hemos mantenido una relación muy estrecha, creo que fue un alivio para las dos cuando me fui a la universidad. La quiero, pero siempre he sabido que algo fallaba entre nosotras. Se casó y se divorció dos veces después de que mi padre nos dejara, pero, de todos los hombres de su vida, él era al que más odiaba. Siempre ha dicho que liarse con él fue el peor error de su vida. Creo que es incapaz de mirarme sin pensar que soy la hija de dicho error.

Estábamos en la zona profunda. Rodeé el cuello de Joe con más fuerza.

—Te tengo —dijo para tranquilizarme—. Sigue, háblame de la boda.

—Mi madre me dijo que no iría si Eli estaba presente. Dijo que tenía que escoger entre ellos. Y lo escogí a él. Se puede decir que ese fue el final de nuestra relación. Mi madre y yo casi no nos hemos dirigido la palabra desde entonces. —Me relajé cuando Joe nos llevó a una zona menos profunda—. No sé por qué deseaba tanto que Eli estuviera presente. Nunca había hecho las cosas que se suponía que hacían los padres. Supongo que creía que si me acompañaba al altar, lo compensaría en parte. Tenía la sensación de que eso lo arreglaría todo.

Joe me miró con cara inexpresiva.

—¿Qué pasó cuando le contaste que Brian había cancelado la boda?

—Me dio un pañuelo de papel y me abrazó, y recuerdo que pensé: «Es mi padre y está aquí para apoyarme, y puedo contar con él cuando tengo problemas, y puede que incluso merezca la pena haber perdido a Brian para averiguarlo.» Pero después dijo...

—¿Qué? —me instó Joe al ver que el silencio se prolongaba.

—Dijo: «Avery, de todas maneras no iba a durar, nunca dura.» Me dijo que los hombres no estaban hechos para la monogamia... Ya sabes, todas esas tonterías de que estáis hechos para perseguir a las mujeres y demás. Y también me dijo que casi todos los hombres acaban decepcionados con su mujer. Me dijo que ojalá alguien le hubiera dicho hacía mucho tiempo que sin importar lo enamorado que se estuviera, sin importar lo seguro que se estuviera de haber encontrado al alma gemela, siempre se acababa descubriendo demasiado tarde que todo era un engaño. —Esbocé una sonrisa tristona—. Era el modo que tenía mi padre de ser amable. Intentó ayudarme al contarme la verdad.

—Era su verdad. No la de todo el mundo.

—También es mi verdad.

—Y una mierda. —La voz de Joe cambió, ya no era

tan paciente—. Te pasas gran parte del tiempo organizando una boda tras otra. Has creado una empresa que se dedica a hacer eso. Una parte de ti cree en el matrimonio.

—Creo en el matrimonio para algunas personas.

—Pero ¿no para ti? —Cuando quedó patente que no iba a contestarle, añadió—: Claro que no. Los dos hombres más importantes de tu vida te asestaron un golpe terrible en un momento en el que no podías protegerte. —Añadió con voz apasionada—: Me encantaría poder darles una paliza.

—No puedes. Mi padre ya no está y Brian no merece la pena.

—Puede que algún día le dé esa paliza. —Joe cambió de posición las manos y comenzó a acariciarme con descaro, íntimamente. El cielo había adquirido una tonalidad anaranjada y la calurosa brisa vespertina estaba cargada del olor a la lantana—. ¿Cuándo crees que estarás preparada para otra relación?

En el tenso silencio que siguió a sus palabras, no me atreví a confesarle lo que pensaba de verdad, que revisar los tristes y amargos recuerdos me había dejado claro lo mucho que quería evitar liarme con él.

—Cuando encuentre al hombre adecuado —contesté al final.

—¿Y cómo es?

Me tensé al sentir que sus dedos se colaban por debajo de mi sujetador.

—Independiente —contesté—. Alguien que coincida conmigo en que no tenemos que hacerlo todo juntos. Un hombre a quien no le importe que tengamos aficiones distintas y amigos distintos, y casas distintas. Porque me gusta pasar mucho tiempo sola...

—No has descrito una relación, Avery. Estás hablando de amigos con derecho a roce.

—No, no me importaría tener pareja. Pero no quiero que una relación se apodere de todo el espacio.

Nos detuvimos junto al borde de la piscina, y mi espalda quedó pegada a la pared. No conseguía hacer pie, de modo que tenía que aferrarme a sus duros hombros. Bajé la vista y me encontré mirando fijamente su pecho, hipnotizada por el modo en que el agua le oscurecía el vello y se lo agitaba.

—Se parece mucho a lo que tenías con Brian —escuché que decía Joe.

—No es exactamente igual —repliqué a la defensiva—. Pero sí, algo parecido. Sé lo que me conviene.

Sentí un certero tirón en la parte trasera del sujetador justo antes de que se me aflojaran las copas preformadas. Jadeé y agité las piernas en busca de tracción. Las manos de Joe se deslizaron sobre mis pechos, acariciándome por debajo del agua y jugueteando con mis pezones endurecidos. Me pegó a la pared y me introdujo un muslo entre las piernas.

—Joe... —protesté.

—Ahora me toca hablar a mí. —Su voz sonaba pecaminosa en mi oreja—. Soy el hombre que te conviene. Puede que no sea el que has estado buscando, pero soy lo que quieres. Ya has pasado bastante tiempo sola, cariño. Ya es hora de que te despiertes con un hombre en tu cama. Ya es hora de que disfrutes del sexo de verdad, de ese que te deja muerto, que te agota y que te deja las manos tan temblorosas que a la mañana siguiente no eres ni capaz de ponerte un café. —Me pegó con más fuerza a su muslo, y la caricia tan íntima hizo que el deseo se apoderase de mí y debilitó mis defensas—. Vas a disfrutarlo todas las noches, de la forma que quieras. Tengo tiempo de sobra para pasarlo contigo, y te juro que también tengo fuerzas de sobra. Haré que te olvides de todos los hombres con los que has estado antes. El truco está en que primero tienes que confiar en mí. Eso es lo más difícil, ¿verdad? No puedes permitir que nadie se acerque demasiado. Porque alguien que te conoce tan íntimamente puede hacerte daño...

—Ya basta. —Intenté empujarlo como pude, deseando que se callara.

Joe inclinó la cabeza y me besó en el cuello, acariciándome la piel con la lengua, provocándome un escalofrío. En medio del forcejeo, consiguió meter las dos piernas entre las mías y ponerme una mano en el trasero. Gemí cuando me pegó a esa parte de su cuerpo y sentí lo duro que estaba, lo preparado que estaba, y todos mis sentidos se concentraron en esa presión dura y tentadora.

Me enterró los dedos en el pelo y me besó con fuerza, con pasión, con ansia. Con la otra mano me instaba a pegarme más a él, me obligaba a frotarme contra él con un ritmo erótico. Yo no daba crédito a lo desinhibido que era, a lo mucho que me gustaba sentir su cuerpo cálido y duro contra el mío. Estaba haciendo lo que quería, estaba alimentando mis sensaciones con pura lujuria.

A medida que el placer crecía, fui incapaz de aguantarlo más tiempo y le rodeé las caderas con las piernas mientras mi cuerpo gritaba que sí, que lo deseaba en ese momento, y que solo importaban sus manos, su boca y su cuerpo; que solo importaba cómo me estaba dominando, cómo me provocaba cada vez más placer y cómo me saturaba los sentidos. Solo quería besarlo y retorcerme contra él, necesitaba con desesperación lo que había empezado a apoderarse de mí con una fuerza visceral...

—Nena, no... —dijo Joe con voz ronca al tiempo que se apartaba de mí con un estremecimiento—. Aquí no. Espera. No es... No.

Me aferré al borde de la piscina y lo miré fijamente echando chispas por los ojos. No podía pensar con claridad. El deseo corría por mis venas. Mi cerebro comenzaba a darse cuenta de que no íbamos a terminar lo que habíamos empezado.

—Eres... eres...

—Lo sé. Lo siento. Joder. —Entre jadeos, me dio la espalda y vi cómo sus músculos se tensaban con fuerza—. No quería que la cosa llegara tan lejos.

La rabia me impidió hablar durante un rato. De alguna manera, ese hombre había conseguido que le confesara mis secretos y que me expusiera más que con ninguna otra persona, y después de volverme medio loca de deseo, se echaba para atrás en el último segundo. «¡Sádico!», pensé. Nadé hasta la parte menos profunda de la piscina e intenté abrocharme el sujetador. Pero temblaba demasiado y la túnica mojada se me pegaba a la piel. Luché contra la ropa.

Joe se colocó detrás de mí y metió las manos por debajo de la túnica.

—Te prometí que iríamos despacio —masculló mientras me abrochaba el sujetador—. Pero parece que soy incapaz de mantener las manos lejos de ti.

—Pues ya no tienes que preocuparte por eso —repliqué con vehemencia—. Porque no pienso tocarte ni con un palo de tres metros a menos que estés colgado de un precipicio y use el palo para hacerte caer.

—Lo siento... —se disculpó Joe y me abrazó por la espalda, pero me zafé de él y me alejé hecha una fiera. Me siguió, sin dejar de disculparse—. Después de lo que pasó la primera vez, no podía permitir que la segunda vez fuera en una piscina.

—No va a haber una segunda vez. —Con esfuerzo, conseguí salir de la piscina. La ropa mojada pesaba como una cota de malla—. No voy a entrar en la casa con estas pintas. Necesito una toalla. Y mi bolso, que está en la encimera de la cocina. —Me senté en una tumbona mientras intentaba mantener la dignidad, aunque chorreaba agua.

—Iré a buscarlo. —Joe hizo una pausa—. En cuanto a la cena...

Lo fulminé con la mirada.

—Olvida la cena —se apresuró a decir—. Vuelvo enseguida.

Después de que me llevara toallas y me secase todo lo posible, eché a andar hacia mi coche, seguida de cerca por Joe. Tenía el pelo encrespado y la ropa húmeda. El aire seguía siendo cálido y yo estaba acalorada, casi echando humo. Al sentarme en el coche, me di cuenta de que la tapicería absorbía parte del agua de mi ropa. Si aparecía moho en los asientos, pensé, furiosa, iba a hacerle pagar la tapicería nueva.

—Espera. —Joe sujetó la puerta antes de que pudiera cerrarla. Me cabreé al darme cuenta de que no parecía arrepentido—. ¿Descolgarás si te llamo? —preguntó.

—No.

La respuesta no pareció sorprenderle.

—En ese caso, iré a tu casa.

—No, gracias, ya me he hartado de que me manosees.

A juzgar por el modo en el que se mordía el labio, me di cuenta de que estaba reprimiendo una pulla. Pero tras perder la lucha consigo mismo, dijo:

—Si te hubiera manoseado un poco más hace un ratito, cariño, ahora estarías mucho más contenta.

Extendí el brazo y cerré la puerta con fuerza. Le enseñé el dedo corazón a través del retrovisor. Cuando arranqué el coche, Joe se dio la vuelta... pero alcancé a ver la sonrisilla que lucía.

13

Joe no me llamó el domingo por la noche. Ni el lunes. Esperé con creciente impaciencia a que me llamara. No me despegué del teléfono móvil en ningún momento, y daba un respingo cada vez que recibía una llamada o un mensaje de texto.

Nada.

—Me importa un pimiento que me llames o no —musité, mirando furiosa el silencioso teléfono mientras se cargaba—. De hecho, no me interesas en lo más mínimo.

Una mentira, claro estaba, pero me sentí estupendamente al decirlo en voz alta.

La verdad era que no podía dejar de recordar los momentos que había pasado flotando en la piscina con Joe. Dichos recuerdos me provocaban un bochorno horroroso, me torturaban y al mismo tiempo me resultaban la mar de placenteros. Su forma de hablarme... con sinceridad, sin tapujos, tan sensible y erótica... En aquel momento, sentí que sus palabras penetraban mi piel y se deslizaban hasta mi interior. Y las promesas que me había hecho... ¿Sería alguna posible?

La idea de dejarme llevar, de estar con él, me resultaba

aterradora. Sentir hasta ese punto. Volar tan alto. Desconocía qué podía suceder a continuación, qué mecanismos internos podían estropearse con la altitud, cuánto oxígeno perdería mi sangre. Y tampoco sabía si habría opción a un aterrizaje seguro.

El martes por la mañana tuve que atender a Hollis Warner y a su hija, Bethany, que visitaban el estudio por primera vez. Ryan le había propuesto matrimonio a Bethany durante el fin de semana, y por lo que Hollis me había contado por teléfono, a su hija le había encantado la proposición con el castillo de arena. El fin de semana había sido romántico y relajante, y la recién comprometida pareja había hablado de posibles fechas para la boda.

Para mi consternación, y la de Sofía, las Warner querían celebrar la boda al cabo de cuatro meses.

—Tenemos poco tiempo —me dijo Bethany al tiempo que se llevaba una mano al abdomen, aún plano—. Cuatro meses es lo máximo para poder ponerme el tipo de vestido que quiero.

—Lo entiendo —repliqué con expresión impasible. No me atreví a mirar a Sofía, que estaba sentada muy cerca con su cuaderno de dibujo, pero supe que estaba pensando lo mismo que yo, que nadie era capaz de organizar una superboda en tan poco tiempo. Todos los lugares adecuados para llevarla a cabo estarían ya ocupados, y lo mismo podría decirse de los buenos proveedores y músicos—. Sin embargo —seguí—, un margen de tiempo tan pequeño limitará mucho nuestras opciones. ¿Habéis pensado en tener antes el bebé? De esa manera...

—¡No! —Los ojos azules de Bethany me miraron con una expresión gélida. Sin embargo, su expresión se relajó al instante y sonrió con dulzura—. Soy una chica muy tradicional. Para mí, la boda va antes que el bebé. Si para ello la boda tiene que ser algo más sencilla, Ryan y yo estamos de acuerdo.

—Pues yo no estoy de acuerdo con una boda sencilla —terció Hollis—. No consentiré que haya menos de cuatrocientos invitados. Esta boda le enseñará a la Vieja Guardia que somos una familia a tener en cuenta. —Me miró con una sonrisilla que no encajaba del todo con la mirada acerada y decidida de sus ojos—. Es la boda de Bethany, pero es mi momento. Y quiero que todos lo tengan presente.

Esa no era la primera vez que organizábamos una boda en la que los distintos miembros de la familia disentían al respecto. No obstante, era la primera vez que me encontraba con la madre de una novia que exponía sin tapujos su afán por lucirse.

Para Bethany no habría sido fácil crecer a la sombra de semejante madre. Los hijos de algunos padres dominantes acababan siendo tímidos e inseguros en un intento por no llamar la atención. Bethany, sin embargo, parecía haber sido creada con el mismo molde que su madre. Aunque quería una boda elegante, saltaba a la vista que lo importante para ella era la rapidez. No pude evitar preguntarme si le preocupaba la idea de que Ryan se le escapara.

La pareja se sentó en el sofá azul con las piernas cruzadas de forma idéntica, en diagonal al cuerpo. Bethany era una chica despampanante, delgada y alta, con una melena lacia rubio platino. En la mano izquierda, que había colocado con elegancia sobre el respaldo del sofá, llevaba un reluciente anillo de compromiso.

—Mamá —le dijo a Hollis—, Ryan y yo ya hemos acordado que solo invitaremos a personas con las que él o yo tengamos una relación personal.

—¿Y mis relaciones qué? Un ex presidente y una antigua primera dama...

—No vamos a invitarlos.

Hollis miró a su hija como si acabara de hablar en chino.

—Por supuesto que sí.

—Mamá, he asistido a bodas donde estaba presente el Servicio Secreto. Perros adiestrados para localizar explosivos, detectores de metales y un cordón de seguridad en ocho kilómetros a la redonda... Ryan no lo permitirá. Puedo presionarlo hasta cierto punto, pero no tanto.

—¿Y por qué nadie se preocupa de las presiones que yo sufro? —replicó Hollis, que soltó una carcajada furiosa—. Todo el mundo sabe que la madre de la novia es la anfitriona de la fiesta.

—Eso no significa que tengas que imponer tus preferencias a todos los demás.

—Yo no impongo nada. ¡Al contrario, me siento desplazada!

—¿Quién va a casarse? —preguntó Bethany—. Tú ya tuviste tu boda. ¿También tienes que ser la protagonista de la mía?

—La mía no fue nada comparada con esto. —Hollis me miró con incredulidad como si quisiera darme a entender que su hija era imposible—. Bethany, ¿eres consciente de todo lo que tienes y que yo jamás tuve?

—Por supuesto que soy consciente. No dejas de recordármelo.

—Nadie va a ser desplazado —me apresuré a asegurar—. Todos tenemos el mismo objetivo, que es que Bethany tenga la boda que se merece. Vamos a quitarnos de en medio las obligaciones contractuales y después empezaremos a elaborar una lista preliminar de invitados. Estoy segura de que encontraremos el modo de reducirla. Por supuesto, lo consultaremos con Ryan.

—¿No debería ser yo quien...? —empezó Hollis.

—Estoy segurísima de que podremos conseguir que Bethany sea la novia del mes en *Bodas Sureñas y Novias Modernas* —la interrumpí, con la esperanza de distraerla.

—Y en *Novias Tejanas* —añadió Sofía.

—Por no mencionar la cobertura que la prensa local le dará a la boda —seguí—. Pero antes debemos redactar la historia, algo apasionante que...

—Estoy al tanto de todo eso —me interrumpió Hollis, irritada—. Me han entrevistado montones de veces con motivo de las galas y los eventos que he organizado para recaudar fondos.

—Mi madre lo sabe todo —terció Bethany con un tono de voz almibarado.

—Uno de los aspectos más emotivos de esta historia —dije— es la relación madre/hija mientras planean una boda a sabiendas de que la hija está embarazada. Eso sería un buen gancho para...

—No vamos a mencionar el embarazo —sentenció Hollis.

—¿Por qué no? —quiso saber Bethany.

—Porque la Vieja Guardia no lo aprobaría. Resulta que antes estas cosas se ocultaban y se mantenían en secreto, algo que me parece ideal, por cierto.

—A nadie le interesa tu opinión —le soltó Bethany—. No he hecho nada de lo que avergonzarme y no pienso esconderme. Voy a casarme con el padre de mi hijo. Si a esa panda de cotillas no les gusta, que se modernicen un poco, que ya va siendo hora. Además, para la boda se me notará la barriga.

—Debes cuidarte para no engordar, cariño. Lo de comer para dos es un mito ridículo. Yo solo engordé siete kilos durante todo el embarazo. A ti ya se te nota que estás subiendo de peso.

—Bethany —dijo Sofía con fingida alegría—, necesitamos concertar una cita para hablar de distintas ideas y de las paletas de color.

—Contad conmigo —se ofreció Hollis—. Mis ideas os resultarán muy útiles.

Después de que las Warner se marcharan del estudio, Sofía yo nos dejamos caer en el sofá con sendos gruñidos.

—Me siento como si me hubiera atropellado un camión —dije.

—¿Va a ser así todo el tiempo?

—Y esto es solo el principio. —Clavé la vista en el techo—. Cuando empecemos a planear la colocación de los invitados en las mesas, la sangre llegará al río, ya lo verás.

—¿Qué es la Vieja Guardia? —preguntó Sofía—. ¿Y por qué la menciona tanto Hollis?

—Es un grupo de personas. Un grupo cerrado y conservador que aboga porque las cosas no cambien en absoluto. Puede haber una Vieja Guardia que se interese por cuestiones sociales, políticas, deportivas o cualquier otra cosa que se te ocurra.

—¡Ah! Pensaba que se refería a algún grupo militar o algo así.

Seguramente debido a la tensión que acabábamos de vivir durante el encuentro con las Warner y al alivio que sentía tras su marcha, el comentario de mi hermana me resultó muy gracioso. Me eché a reír.

De repente, un cojín surgido de la nada me golpeó en la cara.

—¿A qué ha venido eso? —quise saber.

—Te estás riendo de mí.

—No me estoy riendo de ti. Me estoy riendo de lo que has dicho.

Me lanzó otro cojín, así que me incorporé y respondí al ataque. Riéndose sin parar, Sofía saltó para esconderse detrás del sofá. Yo me incliné sobre el respaldo y le aticé con un cojín, tras lo cual me agaché cuando vi que se levantaba para golpearme de nuevo.

Estábamos tan enfrascadas que ninguna escuchó que la puerta principal se abría y se cerraba.

—Esto... ¿Avery? —dijo Val—. He traído sándwiches para el almuerzo y...

—¡Déjalos en la encimera! —exclamé al tiempo que me inclinaba sobre el respaldo del sofá para golpear a Sofía—. Estamos en una reunión importante.

¡Pum!

Sofía contraatacó mientras yo me protegía bajo los cojines del sofá.

¡Pum! ¡Pum!

—¡Avery! —insistió Val con un deje extraño que hizo que Sofía se detuviera—. Tenemos visita.

Levanté la cabeza y miré por el respaldo del sofá. Abrí los ojos como platos al ver a Joe Travis allí de pie.

Muerta de vergüenza, me agaché de nuevo. Me tumbé en el sofá con el corazón desbocado. Joe estaba en el estudio. Había aparecido, tal como dijo que haría. De repente, me sentí mareada. ¿Por qué no había elegido otro momento en el que yo proyectara una imagen profesional y comedida en vez de encontrarme en mitad de una pelea de cojines con mi hermana, como si tuviéramos doce años?

—Estábamos liberando tensión acumulada —escuché que decía Sofía sin aliento.

—¿Puedo mirar? —preguntó Joe, arrancándole una carcajada a mi hermana.

—Creo que hemos acabado.

Joe rodeó el sofá y se detuvo al verme tumbada de espaldas. Su mirada me recorrió lentamente de la cabeza a los pies. Me había puesto otro de mis vestidos anchos, aunque caro, de color negro y sin mangas. Si bien el bajo me llegaba a mitad de la pantorrilla, se me había subido hasta las rodillas al tumbarme en el sofá.

No podía mirarlo sin recordar la última vez que habíamos estado juntos. Sin recordar cómo me había retorcido de placer, cómo lo había besado y cómo se lo había contado todo. El bochorno hizo que me pusiera colorada de arriba abajo. Y lo peor era que Joe me miraba como si supiera exactamente de qué me avergonzaba.

—Tienes unas piernas preciosas —comentó mientras se agachaba y entrelazaba sus dedos con los míos. De repente, tiró de mí con todas sus fuerzas para levantarme—. Te dije que vendría —me recordó.

—Un aviso con un poco de antelación habría estado bien. —Me apresuré a zafarme de su mano y me tiré del vestido para bajármelo.

—¿Para darte tiempo a huir? —Me apartó un mechón de pelo que me había caído sobre los ojos y me colocó otro tras una oreja con una inconfundible familiaridad.

Consciente de las miradas interesadas de Sofía y Val, carraspeé y le pregunté con un deje profesional en la voz:

—¿En qué puedo ayudarte?

—He venido para invitarte a almorzar si te apetece. Conozco un restaurante cajún en el centro de la ciudad, no es muy elegante, pero la comida es buena.

—Gracias, pero Val ya ha traído sándwiches.

—Avery, no he traído nada para ti —replicó Val desde la cocina—. Solo para mí y para Sofía.

«¡Y una mierda!», pensé. Ladeé la cabeza para mirar por detrás de Joe y reprocharle la mentira a Val, pero ella seguía en la cocina como si pasara de mí.

Sofía me sonrió con un brillo travieso en los ojos.

—Hermanita, vete a almorzar. —Y añadió deliberadamente—: Tómate todo el tiempo que quieras, tienes el resto de la tarde libre.

—Tenía planes —repliqué—. Iba a repasar las cuentas de todos y...

Sofía miró a Joe con expresión implorante.

—Mantenla alejada todo el tiempo posible —dijo, y él le sonrió.

—De acuerdo.

El restaurante cajún consistía en una barra con taburetes a un lado y una hilera de mesas en el otro. El ambiente era alegre y ruidoso. Las conversaciones flotaban en el aire, acompañadas por el sonido de los platos de melamina y el tintineo de los cubitos de hielo en los vasos llenos de té helado. Las camareras iban de un lado para otro con humeantes bandejas de comida: estofado espeso con colas de cangrejo, servido sobre buñuelos de maíz fritos con mantequilla; rollitos *po'boy* con langosta y gambas.

Comprobé aliviada que manteníamos una conversación ligera y segura, sin mencionar nuestro último encuentro. Mientras le contaba lo sucedido con las Warner, Joe se rio y se compadeció de mí.

La camarera nos trajo la comida: dos platos de pescado relleno con gambas y carne de cangrejo, hechos en papillote con una salsa *velouté* de mantequilla y vino. Cada bocado era tierno y cremoso, y se derretía en la lengua.

—Tenía un motivo oculto para invitarte hoy a almorzar —confesó Joe mientras comíamos—. Necesito ir al refugio de animales y hacerles fotos a los perros recién llegados. ¿Quieres venir a ayudarme?

—Lo intentaré, pero no sé si me llevaré bien con los perros.

—¿Te dan miedo?

—No, es que nunca me he relacionado con ellos.

Después del almuerzo, condujimos hasta el refugio, un edificio pequeño de ladrillo con numerosas ventanas blancas. En un cartel con perros y gatos dibujados se leía: ASOCIACIÓN PELUDOS FELICES. Joe sacó una cámara de fotos y un macuto de la parte trasera del Jeep y entramos en el refugio. El vestíbulo era un lugar luminoso y alegre, y contaba con una pantalla interactiva donde los visitantes podían ojear las fotos y las descripciones de los animales en acogida.

Un hombre mayor con una abundante melena blanca salió de detrás del mostrador para saludarnos. Sus ojos azules mostraban un brillo alegre mientras intercambiaba un apretón de manos con Joe.

—¿Te ha llamado Millie por lo del último grupo?

—Sí, señor. Me ha dicho que cuatro vienen de un refugio de la ciudad.

—Y otro acaba de llegar esta mañana. —La afable mirada del hombre se posó sobre mí.

—Avery, te presento a Dan —dijo Joe—. Millie, su mujer, y él construyeron este sitio hace cinco años.

—¿Cuántos perros tienen aquí? —pregunté.

—Solemos tener alrededor de cien. Intentamos acoger a aquellos que no consiguen ser adoptados en otros lugares.

—Vamos a la parte de atrás para prepararnos —dijo Joe—. Dan, llévanos al primero cuando puedas.

—De acuerdo.

Joe me condujo hasta una zona donde los perros se ejercitaban, situada en la parte posterior del edificio. Era una estancia grande con suelo de goma blanco y negro. Frente a una de las paredes había un sofá bajo de vinilo rojo. También vi cestas llenas de juguetes para perros y una casita de plástico con una rampa a modo de tobogán.

Tras sacar la Nikon de la bolsa, Joe ajustó la lente y el objetivo, y se preparó. Lo hizo con la facilidad de alguien que había hecho lo mismo miles de veces.

—Antes de las fotos, me tomo unos minutos para familiarizarme con el perro —me dijo—. Algunos están muy nerviosos, sobre todo si han sufrido abusos y malos tratos. Lo importante es recordar que no te puedes acercar directamente a un perro e invadir su espacio. Porque lo percibirá como una amenaza. Tú eres el líder de la manada... y se supone que los demás deben seguirte y acercarse a ti. Nada de contacto visual al principio, tú relájate y pasa de él hasta que se acostumbre a tu presencia.

La puerta se abrió y Dan entró con un enorme perro negro que tenía las orejas peludas y desaseadas.

—Esta es *Ivy* —anunció—. Una mestiza de labrador. Está ciega de un ojo porque se clavó un alambre de espinas. Es imposible hacerle una foto buena porque es negra.

—El pelaje negro es difícil de fotografiar —comentó Joe—. ¿Crees que tolerará que ponga un flash colgando del techo?

—Claro, era una perra de caza. El flash no la molestará en absoluto.

Joe soltó la cámara y esperó hasta que *Ivy* se acercó para olerle la mano. Después, la acarició en el cuello. El animal cerró el ojo sano, en la gloria por las caricias, y empezó a jadear, encantada.

—¡Buena chica! —exclamó Joe al tiempo que se ponía en cuclillas sin dejar de acariciarla.

Ivy se acercó a la cesta de los juguetes y tras sacar un cocodrilo de peluche se lo llevó a Joe, que se lo lanzó para que fuera a por él. *Ivy* lo llevó de vuelta moviendo la cola con frenesí, y el proceso se repitió varias veces. Al final, la perra dejó el juguete y se acercó a mí para olisquearme con curiosidad.

—Quiere conocerte —dijo Joe.

—¿Qué hago?

—Quédate quieta y deja que te huela la mano. Después, acaríciala en el cuello, por debajo del hocico.

Ivy me olisqueó el vestido y después me rozó la mano con la húmeda trufa.

—Hola, *Ivy* —murmuré mientras le acariciaba el cuello. El animal se relajó y se sentó sobre los cuartos traseros, golpeando el suelo con la cola. Cerró el ojo sano de nuevo, encantada con las caricias.

Siguiendo las órdenes de Joe, mantuve en alto una pantalla reflectora mientras él le hacía varias fotos a la perra. Al final, resultó que era una modelo fantástica, y se tendió en el sofá rojo con un juguete entre las patas.

Tras ella fotografiamos a tres perros más. Un mestizo de beagle, un yorkshire terrier y un chihuahua de pelo corto que Dan aseguraba que sería el más difícil para dar en adopción. Era una hembra, beige y blanca, con una cara preciosa y unos ojos grandes. Sin embargo, tenía dos cosas en su contra: la edad, ya que tenía diez años, y su falta de dientes.

—Su dueña ha tenido que dejarla en acogida porque se ha marchado a una residencia de ancianos —nos explicó Dan mientras entraba en la estancia con el diminuto animal—. La pobre tenía todos los dientes mal y han tenido que extraérselos.

—¿Puede sobrevivir sin dientes? —pregunté, preocupada.

—Siempre que se alimente de comida blanda. —Dan dejó a la perrita en el suelo—. Bueno, *Coco*, allá vamos.

La perra parecía tan frágil que sentí una punzada de lástima.

—¿Cuál es la esperanza de vida de un chihuahua?

—Esta puede vivir otros cinco años o más. Tenemos un amigo cuyo chihuahua vivió hasta los dieciocho años.

Coco nos miró a los tres con recelo. Después, meneó la cola una vez, y otra, un gesto esperanzado que me provocó una punzada en el corazón. Para mi sorpresa, se acercó a mí en un despliegue de valor y contemplé asombrada cómo se movía sobre el suelo con esas patitas diminutas. Me agaché para cogerla. Apenas pesaba. Era como coger un pajarito. Sentía los latidos de su corazón en la mano. Estiró el cuello para lamerme la barbilla, y al verle la lengua distinguí una serie de grietas en ella.

—¿Por qué tiene la lengua agrietada? —quise saber.

—No puede mantenerla dentro de la boca por la falta de dientes. —Dan se marchó de la estancia mientras añadía por encima del hombro—: Os dejo para que trabajéis.

Llevé a *Coco* al sofá y la solté con mucho cuidado. El animal agachó las orejas y metió la cola entre las patas. Sin dejar de mirarme, empezó a jadear por la ansiedad.

—No pasa nada —le dije para tranquilizarla—. Quédate quieta.

Sin embargo, la ansiedad de *Coco* fue a peor, y el animal se acercó al borde del sofá como si estuviera preparada para saltar y seguirme. Volví al sofá y me senté a su lado. Mientras la acariciaba, saltó a mi regazo e intentó enroscarse.

—Eres muy mimosa —dije entre carcajadas—. ¿Cómo consigo que se siente?

—No tengo la menor idea —contestó Joe.

—¿No decías que sabías tratar con perros?

—Cariño, es imposible que yo sea capaz de convencerla de que un sofá de vinilo frío es más cómodo que tu regazo. Si la mantienes en el regazo, usaré el zoom para hacer las fotos y difuminaré el fondo todo lo posible.

—¿Seguro que saldré difuminada?

—Sí. Intenta que esté tranquila. Si echa las orejas hacia atrás, parece que está asustada.

—¿Cómo tienen que estar?

—Levantadas y un poco hacia delante.

Sostuve a *Coco* en distintas posturas, diciéndole cosas cariñosas como «cosita», «bichito» y «preciosa», y le prometí que si era buena le daría todas las chuches que quisiera.

—¿Ya tiene las orejas levantadas? —pregunté.

Vi que Joe esbozaba una sonrisa torcida.

—Las mías sí que lo están. —Se puso en cuclillas e hizo varias fotos, tal como delataba el chasquido del obturador.

—¿Crees que alguien la adoptará?

—Eso espero. No es fácil convencer a la gente de que adopte un perro viejo. No les queda mucho tiempo de vida y es normal que padezcan problemas de salud.

Coco me miraba con los ojos relucientes y una sonrisa desdentada. Sentí una punzada abrumadora al pensar en lo que posiblemente le sucediera a esa criatura tan vulnerable y poco atractiva.

—Si la vida fuera más fácil... —me escuché decir—. Si yo fuera otra clase de persona... me la llevaría conmigo a casa.

Los chasquidos del obturador cesaron.

—¿Quieres llevártela?

—Da igual lo que quiera. No puedo hacerlo. —Me sorprendió escuchar la nota lastimera de mi voz.

—No pasa nada.

—No tengo experiencia con mascotas.

—Lo entiendo.

Levanté a *Coco* y la miré a los ojos. El animal me observaba muy seriamente, con esa cara tan similar a la de una anciana, y las patitas colgando al tiempo que meneaba la cola en el aire.

—Tienes demasiados problemas —le dije.

Joe se acercó con expresión risueña.

—No tienes por qué llevártela.

—Lo sé. Es que... —Solté una carcajada incrédula—. Es que no soporto la idea de separarme de ella.

—Déjala en el refugio y consúltalo con la almohada —me aconsejó Joe—. Podrás volver mañana.

—Si no me la llevo ahora, no vendré después. —La mantuve en mi regazo, acariciándole el pelo mientras pensaba qué hacer.

Joe se sentó a mi lado y me pasó un brazo por los hombros. Se mantuvo en silencio para permitirme reflexionar.

—¿Joe? —dije al cabo de unos minutos.

—¿Hummm? —replicó él.

—¿Podrías darme un motivo de peso que justifique que me lleve a esta perrita a mi casa? ¿Algo concreto? Porque no es grande para defenderme, no la necesito como perro guía y tampoco tengo un rebaño de ovejas que pueda pastorear. Dame un motivo. Por favor.

—Te daré tres. Uno, un perro te dará amor incondicional. Dos, tener un perro reduce el estrés. Y tres... —Apartó el brazo de mis hombros y me instó a volver la cara para mirarlo mientras me acariciaba el mentón con el pulgar. Tras mirarme a los ojos, añadió—: Joder, hazlo porque quieres hacerlo.

Durante el camino de vuelta a casa, nos detuvimos en una tienda de animales para comprar lo más necesario. Además, también compré un bolso con el exterior de red y el interior acolchado. En cuanto metí a *Coco*, la perrita se sentó la mar de cómoda y sacó la cabeza por el agujero de la parte superior. Era una mujer con un perrito faldero, con la salvedad de que no era un pomposo pomerania ni un caniche enano, sino un chihuahua desdentado.

El estudio estaba vacío y silencioso cuando llegamos. Joe subió las compras, que incluían una jaula para mascotas y una caja de comida enlatada premium para perros. En cuanto coloqué el colchón de espuma y una abrigada mantita en la jaula, *Coco* entró en ella feliz y contenta.

—Me gustaría bañarla —dije—, pero ya ha tenido bastantes emociones por un día. La dejaré que se adapte primero a su nuevo entorno.

Joe colocó la caja de comida para perros en la encimera.

—Ya pareces toda una experta.

—Ja. —Empecé a colocar las latas de comida en la despensa—. Sofía me matará. Debería haberle preguntado qué le parecía antes de tomar una decisión. Pero me habría dicho que no, y yo habría pasado de ella y habría traído a *Coco* igualmente.

—Dile que yo te presioné.

—No, sabe que no lo habría hecho a menos que lo quisiera de verdad. Pero gracias por ofrecerte a recibir el castigo.

—De nada. —Joe guardó silencio un momento—. Me voy.

Me volví para mirarlo y lo observé acercarse a mí con los nervios a flor de piel.

—Gracias por el almuerzo —dije.

Su cálida mirada me recorrió por entero.

—Gracias por ayudarme en el refugio. —Me rodeó con sus brazos y me pegó a su musculoso cuerpo.

Mis manos ascendieron por su espalda. Ese olor a limpio que lo rodeaba comenzaba a resultarme familiar y era mil veces mejor que el olor a colonia. Tras un último apretón, se apartó de mí.

—Adiós, Avery —dijo con voz ronca.

Lo observé alejarse hacia la puerta con los ojos como platos.

—Joe...

Se detuvo con la mano en el pomo y volvió la cabeza para mirarme.

—¿No vas a...? —Me puse colorada sin haber terminado la pregunta—. ¿No vas a besarme?

Lo vi esbozar una sonrisa renuente y un poco burlona.

—Ni hablar. —Y se marchó, cerrando la puerta con suavidad.

Mientras yo observaba la puerta sin dar crédito, un poco indignada, *Coco* se atrevió a salir de su jaula.

—Pero ¿esto qué es? —pregunté en voz alta mientras caminaba en círculos por la estancia—. Me invita a almorzar, me trae a casa con un chihuahua de segunda mano y, por si eso no fuera bastante, se va sin darme un beso de despedida y sin mencionar siquiera si va a llamarme. ¿A qué está jugando? ¿Ha sido una cita o no?

Coco me observaba expectante.

—¿Tienes hambre? ¿Tienes sed? —Señalé hacia un rincón de la cocina—. Tu comedero y tu bebedero están allí.

La perrita no se movió.

—¿Quieres ver la tele? —pregunté.

El animal empezó a mover la cola con alegría.

Tras pasar varios canales, me decidí a ver el episodio

del día de una telenovela que Sofía y yo seguíamos. Pese al histrionismo de los actores y al estilismo ochentero, la historia era muy adictiva. Tenía que saber cómo acababa.

—Las telenovelas enseñan lecciones importantes de la vida —me había dicho Sofía en una ocasión—. Por ejemplo, si estás en mitad de un triángulo amoroso con dos hombres guapos que nunca llevan camisa, recuerda que aquel a quien rechaces se convertirá en un villano y planeará tu destrucción. Y si eres guapa pero pobre y la vida te ha tratado mal, hay muchas posibilidades de que te cambiaran al nacer por otro bebé que ocupa el lugar que te pertenece por derecho en una poderosa familia.

Me entretuve leyéndole en voz alta los subtítulos en inglés a *Coco*, exagerando los diálogos para imprimirles más emoción: «¡Te juro que pagarás muy caro semejante afrenta!» y «¡Ahora debes luchar por tu amor!».

Durante la pausa publicitaria, le humedecí la lengua a *Coco* con una botella de agua en spray y le dije:

—Un momento, no necesitas que te traduzca los diálogos. Eres un chihuahua. ¡Entiendes perfectamente el idioma!

Al escuchar que la puerta principal se abría y se cerraba, volví la cabeza. Vi que Sofía llegaba con expresión alicaída.

—¿Qué tal la tarde? —le pregunté.

—¿Recuerdas al chico de la clase de *spinning*?

—¿El de la bici número veintidós?

—Ajá. Pues hemos salido a tomar unas copas. —Suspiró con pesar—. Ha sido horrible. No sabíamos de qué hablar. Ha sido más aburrido que contar ovejas. Solo le interesa el ejercicio. No le gusta viajar porque interrumpe su rutina de entrenamiento. No lee libros ni está al día de las noticias. Y lo peor es que se pasó una hora mirando el móvil sin parar. ¿Qué tío se pasa una cita entera leyendo los mensajes que le envían? Al final, dejé un billete de veinte dólares en la mesa para pagar mis consumiciones y me fui después de decirle: «No quiero interrumpir tu rutina telefónica.»

—Lo siento mucho.

—Ahora ni siquiera podré entretenerme mirándole el culo durante la clase de *spinning* —se quejó mientras conectaba el móvil al cargador, que descansaba en la encimera de la cocina—. ¿Qué tal tu almuerzo?

—Hemos comido de maravilla.

—¿Y Joe? ¿Te lo has pasado bien con él? ¿Ha sido simpático?

—Me he divertido —admití—. Pero tengo que confesarte una cosa.

Me miró con expectación.

—¿Qué?

—Después de comer, fuimos a comprar.

—¿Qué comprasteis?

—Una cama y un collar de perro.

La vi enarcar las cejas.

—Un poquito exagerado para la primera cita.

—La cama y el collar son para un perro —añadí.

Sofía puso cara de incredulidad.

—¿De quién?

—Nuestro.

Mi hermana rodeó el sofá y me miró sin dar crédito. Su mirada descendió hasta el chihuahua que descansaba en mi regazo. *Coco* empezó a temblar y se pegó a mí.

—Te presento a *Coco* —dije.

—¿Dónde está el perro? Lo único que veo es una rata con ojos saltones. Y la huelo desde aquí.

—No le hagas caso —le dije a *Coco*—. Solo necesitas una sesión de peluquería.

—¡En una ocasión te pregunté si podía tener un perro y me dijiste que era una mala idea!

—Y tenía razón. Es una mala idea si estamos hablando de un perro de tamaño grande. Pero esta es perfecta.

—¡Odio a los chihuahuas! Tres de mis tías tienen chihuahuas. Necesitan comida especial y collares especiales y escaleras especiales para subirse al sofá, y hacen pipí quinientas veces al día. Si vamos a tener perro, prefiero uno con el que pueda salir a correr.

—Tú no sales a correr.

—Porque no tengo perro.

—Ahora tenemos uno.

—¡No puedo salir a correr con un chihuahua! Caería fulminada al primer kilómetro.

—Y tú también. Te he visto correr.

Sofía parecía enfadada.

—Yo también voy a comprarme un perro. Uno de verdad.

—Vale, por mí estupendo. Como si vuelves con seis.

—A lo mejor lo hago. —Frunció el ceño—. ¿Por qué saca la lengua así?

—Porque no tiene dientes.

Nuestras miradas se enfrentaron en un tenso silencio.

—No puede mantener la lengua en la boca —seguí—, así que padece de sequedad crónica. Pero una mujer que estaba en la tienda de animales me dijo que se la masajeara con aceite orgánico de coco todas las noches y que se la humedeciera con agua durante el día. ¿Por qué te ríes?

Sofía estaba tronchada de la risa. Hasta tal punto que ni siquiera podía hablar. Incluso se le habían saltado las lágrimas.

—Tienes un gusto exquisito para todo. Te encantan las cosas bonitas. Y vas y traes un perro feo, destartalado y... ¡madre mía, es un escuerzo! —Tras sentarse a mi lado, extendió un brazo y dejó que *Coco* le oliera la mano. La perrita la olisqueó con cautela y después dejó que Sofía la acariciara.

—No es un escuerzo —la corregí—. Es una dama interesante.

—Y eso ¿qué significa?

—Pues que no posee una belleza convencional, pero tiene algo único que la hace destacar. Como Cate Blanchett o Meryl Streep.

—¿Te ha convencido Joe de que lo hicieras? ¿Lo haces para que él piense que eres compasiva?

La miré con gesto altivo.

—Sabes que nunca he querido que la gente piense eso de mí.

Sofía meneó la cabeza, resignada.

—Ven aquí, Meryl Streep —le dijo a *Coco*, al tiempo que intentaba convencerla de que abandonara mi regazo—. Ven aquí, niña.

La perrita retrocedió y comenzó a jadear, ansiosa.

—Es un escuerzo asmático —concluyó Sofía, que se acomodó en el rincón del sofá con un suspiro—. Mi madre llega mañana —anunció al cabo de un momento.

—¡Por Dios! ¿Ya le toca la visita? —Hice una mueca—. ¿Tan pronto?

Cada dos o tres meses, Alameda, la madre de Sofía, conducía desde San Antonio para visitar a su hija durante una noche. Sus visitas consistían en horas de incansable interrogatorio sobre los amigos de Sofía, su salud y su actividad sexual. Alameda no le había perdonado a su hija que se marchara tan lejos de la familia, ni que pusiera fin a su relación con un chico llamado Luis Orizaga.

La familia al completo la había presionado para que se casara con Luis, cuyos padres eran respetables y tenían dinero. Según Sofía, Luis era un hombre controlador y egoísta, además de un desastre en la cama. Alameda me culpaba por haber ayudado a Sofía a dejar a Luis y empezar una nueva vida en Houston. En consecuencia, la madre de mi hermana no me tragaba y le era imposible disimularlo.

Sin embargo, por el bien de Sofía, yo siempre intentaba ser educada con su madre. En cierto modo la compadecía, tal como compadecería a cualquier persona que hubiera sufrido por culpa de mi padre. No obstante, me resultaba difícil tolerar el trato que le dispensaba a Sofía. Puesto que Alameda no podía ventilar su ira con su ex marido, había convertido a su hija en el chivo expiatorio. Yo sabía muy bien qué se sentía estando en esa posición. Demasiado bien. Sofía siempre pasaba un par de días deprimida después de las visitas de su madre.

—¿Se quedará aquí? —le pregunté a mi hermana.

—No, no le gusta dormir en el sofá cama. Dice que es incómodo y que luego le duele la espalda. Mañana por la tarde buscará un hotel y vendrá a cenar a las cinco.

—¿Por qué no la llevas a cenar fuera?

Sofía apoyó la cabeza en el respaldo del sofá y negó lentamente.

—Quiere que cocine para después poder señalarme todo lo que he hecho mal.

—¿Prefieres que me vaya o que me quede mientras esté aquí?

—Sería mejor que te quedaras. —Sofía esbozó una sonrisa torcida y añadió—: Se te da bien desviar algunos dardos.

—Todos los que pueda —le aseguré, abrumada por el amor que sentía por ella—. Siempre, Sofía.

14

Después de mucho debatir ideas y de sopesarlas, Sofía presentó dos conceptos para la boda Warner. El primero era una boda tradicional, totalmente factible e impresionante. Tras una pomposa ceremonia en la iglesia metodista Memorial Drive, una flotilla de limusinas blancas llevaría a los invitados a un banquete que se celebraría en el club de campo River Oaks, en un salón lleno de rosas y de cristal. Sería elegante y de buen gusto, el tipo de celebración que cabría esperar. Pero no la que queríamos que las Warner escogieran.

La segunda idea para la boda era espectacular. Se celebraría en el Filter Building, en el lago White Rock, cerca de Dallas. El edificio histórico era una construcción espectacular de diseño industrial ubicada en la orilla del lago, con voladizos de ladrillo y celosías de hierro, así como enormes ventanales con vistas al lago. Era casi seguro de que a Ryan le encantaría el lugar, ya que atraería su gusto por la arquitectura.

Inspirada por los edificios de la Gran Depresión, Sofía concibió una exuberante boda al estilo Gatsby en tonos crema, ocres y dorados, con damas de honor ataviadas con vestidos de talle bajo y sartas de cuentas, y los hombres, con esmoquin y pajarita. Las mesas estarían cubiertas por manteles con pedrería, y en los centros habría orquídeas y plumas. Los invitados serían llevados desde un hotel en Dallas hasta el lago en desfile de Rolls Royce y Pierce-Arrow de época.

—Haremos que sea novedoso —dijo Sofía—. Elegante pero moderno. Queremos que esté inspirado en la época dorada del jazz sin que sea demasiado fiel, porque si no, parecerá una fiesta de disfraces. —Al equipo le encantó la idea de inspirarse en Gatsby.

A todo el equipo menos a Steven.

—Sabes que la de Gatsby es una historia trágica, ¿verdad? —preguntó—. A mí no me gustaría una boda cuya idea principal girase alrededor del poder, de la avaricia y de la traición.

—Qué pena —replicó Sofía—. Porque sería perfecta para ti.

Val los interrumpió antes de que pudieran enzarzarse.

—*El gran Gatsby* es uno de esos libros que todos conocen pero que nadie se ha leído.

—Yo me lo leí —aseguró Steven.

—¿Te obligaron en el instituto? —preguntó Sofía con desdén.

—No, por entretenimiento. Hay algo que se llama «literatura». Deberías probarlo alguna vez si es que consigues desengancharte de esos culebrones sudamericanos que ves.

Sofía frunció el ceño.

—¿Quién te lo ha dicho?

—Yo —dije, contrita—. Lo siento, Sofía, no sabía que tuviera que ser un secreto.

—A partir de ahora —dijo ella—, no le cuentes nada sobre mí.

—Vale. —Le pedí disculpas con la mirada y fulminé a Steven a continuación.

Steven pasó de mí y cogió su móvil.

—Voy a hacer unas llamadas. Estaré fuera. No puedo oír nada con tanta cháchara.

—Dadle cuartelillo hoy —les aconsejó Tank en cuanto Steven se alejó lo suficiente—. Su novia y él cortaron este fin de semana.

Sofía puso los ojos como platos.

—¿Tiene novia?

—Habían empezado a salir hace un par de semanas. Pero el domingo estaban viendo un partido en su casa y de repente ella baja el volumen y le dice a Steven que cree que no deberían seguir viéndose porque él no está disponible emocionalmente.

—¿Qué contestó él?

—Dijo que si podían esperar a que terminara la primera parte. —Al ver nuestras caras de asco, Tank se defendió—: Estaban jugando los Cowboys.

En ese momento, sonó el timbre.

—Es mi madre —masculló Sofía.

—Todo el mundo a sus puestos —dije, y no del todo en broma.

Dado que todos los presentes ya conocían a Alameda de encuentros anteriores, se apresuraron a recoger sus cosas. Nadie tenía ganas de charlar con una mujer que carecía por completo de sentido del humor. Todas las conversaciones con ella eran iguales: una letanía de quejas envueltas en más quejas, como si fueran muñecas rusas.

Sofía se puso en pie, se dio un tironcito del top turquesa que llevaba puesto y se acercó a la puerta a regañadientes para saludar a su madre. Cuadró los hombros antes de abrir y preguntar con voz cantarina:

—¡Mamá! ¿Qué tal el viaje? ¿Cómo has...?

Se interrumpió de repente y retrocedió como si acabara de toparse con una cobra enfadada. Sin pensar siquiera, me puse en pie de un salto y me acerqué a ella. Mi hermana estaba blanca como el papel salvo por dos rosetones en las mejillas, como banderas rojas que avisaban de un ataque de pánico.

Alameda Cantera se encontraba en la puerta, con el mismo aspecto de siempre: mirada pétrea y el rictus amargo de una mujer defraudada por la vida. Alameda era atractiva, con un cuerpo menudo y delgado, que ese día cubría con una americana, una blusa rosa fucsia y unos vaqueros de marca. Llevaba la lustrosa melena negra recogida en una tirante coleta que se había enrollado en la nuca. Era un peinado muy poco favorecedor para alguien cuyas facciones habría que suavizar un poco. Claro que en su juventud, antes de que Eli la amargara, debió de ser guapísima.

Iba acompañada de un hombre de veintitantos años. Tenía el pelo negro, con un cuerpo que tiraba a rechoncho, e iba vestido con unos chinos con pinzas y una camisa blanca. Aunque era guapo, su cara tenía una expresión ufana, un tanto chulesca, que me desagradó en cuanto le vi.

—Avery, te presento a Luis Orizaga —murmuró Sofía.

«¡Joder!», pensé.

Ni siquiera conociendo a Alameda podía creer que

hubiera llevado al ex de su hija sin invitación previa, a sabiendas de que no era bienvenido. Aunque Luis nunca había maltratado físicamente a Sofía, la había dominado en todos los aspectos, decidido a sofocar cualquier chispa de independencia.

Al parecer, a Luis no se le pasó por la cabeza que Sofía no fuese feliz con su relación. De hecho, se llevó una tremenda sorpresa cuando Sofía cortó con él y se mudó a Houston para montar el negocio conmigo. Luis protagonizó un arrebato colérico que le duró un mes y que consistió en emborracharse, pelearse en bares y romper muebles. Antes del año, se casó con una chica de diecisiete años. Tuvieron un hijo, según le dijo Alameda a Sofía con retintín durante una de sus visitas, y luego le dijo que debería haber sido su nieto y que Sofía debería estar teniendo hijos.

—¿Por qué has venido? —le preguntó Sofía a Luis. Parecía tan joven y vulnerable que estuve tentada de ponerme delante de ella y ordenarle a la pareja de la puerta que la dejara tranquila.

—He invitado a Luis a que me acompañara —contestó Alameda, con una voz cantarina pero agresiva y mirada acerada—. Me habría sentido muy sola en el trayecto en coche, un trayecto que tengo que hacer porque tú nunca vas a visitarme, Sofía. Así que le dije a Luis que nunca había salido de tu corazón, que por eso seguías soltera.

—Pero te casaste —protestó Sofía, que miró a Luis con expresión perpleja.

—Nos hemos divorciado —repuso él—. Le di demasiado a mi mujer. Fui demasiado bueno con ella. La consentí tanto que solo logré que quisiera dejarme.

—Pues claro que sí —repliqué con desdén, incapaz de contenerme.

Pasaron de mi comentario.

—Tengo un hijo llamado Bernardo... —le dijo Luis a Sofía.

—Es el niño más precioso del mundo —comentó Alameda.

—Tiene casi dos años —continuó Luis—. Lo tengo los fines de semana alternos. Y necesito algo de ayuda para criarlo.

—Eres la chica más afortunada del mundo, hija mía —le dijo Alameda a Sofía—. Luis ha decidido darte una segunda oportunidad.

Me volví hacia Sofía.

—Te ha tocado el gordo —comenté con sorna.

Mi hermana estaba demasiado aturdida como para sonreír.

—Deberías haberme consultado antes, Luis —dijo—. Cuando me vine a Houston, te dije que no quería volver a verte.

—Alameda me lo ha explicado todo —replicó él—. Tu hermana te convenció de que te mudaras cuando estabas llorando la pérdida de tu padre. No sabías lo que hacías.

Abrí la boca para protestar, pero Sofía me hizo un gesto para que me callara sin mirarme siquiera.

—Luis —dijo—, sabes por qué me fui. No voy a volver contigo.

—Las cosas son distintas. He cambiado, Sofía. Ahora sé cómo hacerte feliz.

—Ya es feliz —exploté.

Alameda me miró con cara de asco.

—Avery, esto no es asunto tuyo. Es un asunto de familia.

—No le hables así a Avery —dijo Sofía, que se puso roja por la rabia—. Es parte de mi familia.

A continuación, se enzarzaron en una rápida conversación, hablando los tres a la vez en su lengua materna. Solo logré captar unas cuantas palabras. Algo alejados de nosotros, Ree-Ann, Val y Tank esperaban con sus bolsos y sus portátiles.

—¿Necesitáis ayuda? —preguntó Tank.

Agradecida por su presencia, murmuré:

—Todavía no estoy segura.

Sofía cada vez parecía más alterada mientras intentaba defenderse. Me acerqué más a ella, ya que ansiaba intervenir para ayudarla.

—¿Os importa cambiar de idioma? —pregunté con sequedad. Nadie pareció darse cuenta—. El asunto es que Sofía tiene una vida estupenda aquí —intenté de nuevo—. Una profesión de éxito. Es una mujer independiente. —Como nada de eso parecía surtir efecto, añadí—: Tiene a otro hombre.

Fue una satisfacción que se hiciera el silencio.

—Es verdad —aseguró Sofía, que se aferró a esa excusa—. Tengo a un hombre y estamos comprometidos.

Alameda entrecerró tanto los ojos que casi le desaparecieron.

—Nunca me has hablado de él. ¿Quién es? ¿Cómo se llama?

Sofía separó los labios.

—Es...

—Disculpad —dijo Steven, que entró de nuevo en el estudio a través de la puerta medio abierta. Se detuvo con el ceño fruncido y examinó nuestras caras en silencio—. ¿Qué pasa?

—¡Cariño! —exclamó Sofía antes de lanzarse a sus brazos.

Antes de que Steven pudiera reaccionar, le echó los brazos al cuello, lo obligó a agachar la cabeza y lo besó en la boca.

15

Tomado por sorpresa, Steven se quedó petrificado mientras Sofía lo besaba. Contuve el aliento, y deseé en silencio que no la apartara de un empujón. Sin embargo, sus manos, que en un principio dejó suspendidas en el aire como si fuese talmente una marioneta, descendieron poco a poco hasta posarse sobre los hombros de mi hermana.

«Ten compasión de ella, Steven —pensé—. Aunque sea por una vez en la vida.»

Sin embargo, su reacción no tuvo nada que ver con la compasión. La rodeó con los brazos y la besó como si no quisiera separarse de ella jamás. Como si fuera una sustancia peligrosamente adictiva que debiera consumir con cuidado y mesura, por el riesgo de morir de una sobredosis. La avidez del apasionado beso hizo que la temperatura de la estancia subiera bastante.

Escuché un golpe a mi espalda. Al mirar, comprobé que a Tank se le había caído el portátil al suelo. Tanto él como Val y Ree-Ann miraban a la pareja boquiabiertos por la incredulidad. Mientras se agachaba para recoger el portátil, Tank dijo:

—No ha pasado nada. Ha caído sobre la alfombra. No tiene la menor abolladura.

—¿A quién le importa? —soltó Ree-Ann, sin dejar de mirar alucinada a Steven y Sofía.

—Ya podéis iros —les dije mientras señalaba la puerta trasera.

—Se me ha olvidado limpiar la cafetera —replicó Val.

—Yo te ayudo —se ofreció Ree-Ann.

—¡Fuera! —les ordené.

Todos se marcharon a regañadientes hacia la cocina, donde se encontraba la puerta trasera, si bien miraron varias veces hacia atrás.

De repente, Steven puso fin al beso y sacudió la cabeza como si quisiera despejarse. Su mirada pasó del rostro sonrojado de Sofía a la pareja que aguardaba junto a la puerta.

—Pero ¿qué...?

—Mamá acaba de llegar —se apresuró a interrumpirlo Sofía—. Ha venido acompañada por mi ex novio, Luis.

Apreté los puños a la espera de la reacción de Steven. Conocía lo bastante el pasado de mi hermana como para comprender lo dura que era la situación para ella. Si quisiera humillarla, no encontraría mejor momento que ese. Porque no solo la humillaría, podría destruirla por completo si así lo quería.

—Ha sido un error —siguió Sofía, mirándolo con expresión desesperada—. Mamá ha pensado que existía la posibilidad de que volviera con Luis, así que lo ha invitado a acompañarla. Pero estaba explicándole que no es posible porque... porque...

—Porque estamos juntos —terminó Steven, si bien pronunció la última palabra con un deje interrogante.

Sofía asintió vigorosamente con la cabeza.

—Lo he visto antes —terció Alameda, dirigiéndose a Sofía con tono de reproche—. Trabaja aquí. ¡Ni siquiera te cae bien!

Aunque desde el sitio donde me encontraba no le veía la cara a Steven, me percaté del deje cariñoso y algo socarrón de su voz cuando reconoció:

—No fue un amor a primera vista. —Mantuvo un brazo en torno a la cintura de Sofía—. Pero la atracción estaba ahí desde el principio.

—Sí, en mi caso también —se apresuró a añadir Sofía.

—A veces, cuando los sentimientos son tan profundos, es difícil aprender a lidiar con ellos —siguió Steven—. Y, la verdad, Sofía no es el tipo de mujer de la que pensaba que podría enamorarme.

Sofía lo miró con el ceño fruncido.

—¿Por qué no?

Mirándola a los ojos, Steven comenzó a juguetear con un mechón de su pelo.

—Así a bote pronto: eres una optimista insufrible... empiezas a decorar el árbol de Navidad tres meses antes y espolvoreas purpurina sobre cualquier objeto que no se mueva. —Trazó la curva de una de sus orejas con la yema de los dedos y después siguió acariciándole la cara—. Cuando te emocionas por un proyecto, te frotas las manos como si fueras la mala de la historia y hubieras planeado algo diabólico. Sueles comer pimientos tan picantes que a una persona normal le producirían alucinaciones y pérdida de conocimiento. Hay ciertas palabras que no pronuncias bien. Como salmón o pijama. Cada vez que escuchas un teléfono, crees que es el tuyo... menos cuando lo es. El otro día te observé aparcar enfrente del estudio y era evidente que estabas cantando a pleno pulmón. —Sonrió despacio—. Al final, he aceptado que son motivos más que válidos para querer a una persona.

Mi hermana se quedó muda.

Como nos pasó a todos los demás.

Steven apartó la mirada de Sofía y le tendió una mano a Luis para saludarlo.

—Soy Steven Cavanaugh —dijo—. No te culpo por querer recuperar a Sofía, pero ya no está libre.

Luis se negó a darle la mano. En cambio, cruzó los brazos por delante del pecho y lo miró furioso.

—No me has pedido permiso —le soltó Alameda—. Y Sofía no tiene anillo. No hay compromiso sin anillo.

Steven miró a Sofía mientras asimilaba la información.

—Le has... le has hablado del compromiso —dijo muy despacio.

Sofía inclinó la cabeza, nerviosa.

—En realidad, están comprometidos para comprometerse —intervine—. Alameda, Steven había planeado hablar de esto contigo esta noche. Después de la cena.

—No puede cenar con nosotros —protestó Alameda—. He invitado a Luis.

—Yo invité a Steven primero —replicó Sofía.

—¡Ya vale! —exclamó Luis, malhumorado, al tiempo que extendía un brazo para agarrar a Sofía—. Quiero hablar contigo. A solas.

Steven se lo impidió con una rapidez sorprendente, y le apartó el brazo de un manotazo.

—Ni se te ocurra tocarla, joder —dijo con un tono de voz que me erizó el vello de la nuca. Ese no era el Steven que yo conocía, el que se preciaba de no perder jamás la compostura.

—Steven —lo interrumpió Sofía, en un intento por evitar que la situación se descontrolara—, cariño, no pasa nada. Haré... haré lo que dice. Hablaré con él.

Steven miró a Luis con expresión acerada.

—No le interesas.

Ambos se miraron con evidente antagonismo. En ese instante, me arrepentí de haberle dicho a Tank que se fuera. En el pasado había puesto fin a unas cuantas peleas, y esa prometía ser de las buenas.

—Luis —dijo Alameda, claramente incómoda—, quizá sería mejor que regresaras al hotel. Yo me encargo de mi hija.

—¡Nadie va a encargarse de mí! —estalló Sofía—. No soy una marioneta. Mamá, ¿cuándo vas a aceptar que soy capaz de tomar decisiones sin ayuda de nadie?

Los labios de Alameda empezaron a temblar y se le llenaron los ojos de lágrimas. Buscó un pañuelo en su bolso.

—Lo he dado todo por ti. Te he dedicado mi vida entera. Solo intento evitar que sigas cometiendo errores.

—Mamá —dijo Sofía, exasperada—, Luis y yo no nos compenetramos. —Alameda estaba sollozando tanto que ni siquiera escuchaba a su hija, de modo que Sofía se dirigió a Luis—: Lo siento. Te deseo lo mejor para ti y para tu hijo...

—¡Eres una cerda! —explotó Luis, hablando en su idioma, aunque intuí que se trataba de un insulto. Acto seguido, señaló a Steven con una mano—. Cuando descubra que eres idiota y que en la cama te limitas a abrirte de piernas sin hacer más, te pegará la patada. Te dejará cuando estés gorda y embarazada con su bastardo, igual que tu padre abandonó a Alameda.

—¡Luis! —exclamó la aludida, a quien la sorpresa la ayudó a dejar de llorar.

Luis siguió hablando con amargura:

—Algún día volverás a mi lado arrastrándote, Sofía, y entonces te diré que eso es lo que mereces por ser tan...

—No nos interesa seguir escuchando tu opinión —me apresuré a interrumpirlo, al comprender que Steven estaba a punto de perder los estribos. Caminé hasta la puerta y la abrí—. Si necesitas un taxi, estaré encantada de pedirte uno.

Luis salió hecho una furia, sin decir ni una palabra más.

—¿Cómo volverá al hotel? —preguntó Alameda con voz llorosa—. Hemos venido en mi coche.

—Ya se las apañará —contesté.

Alameda se secó los ojos, muy parecidos en ese momento a los de un mapache, porque se le había corrido el rímel.

—Sofía —gimoteó—, has logrado que Luis se enfade mucho. Estoy segura de que ni siquiera ha sido consciente de lo que decía.

Tras morderme la lengua para no soltar una bordería, le puse una mano en un hombro y la acompañé hasta la parte trasera del estudio.

—Alameda, pasando la cocina hay un aseo. Sigue el pasillo y gira a la izquierda. Creo que deberías retocarte el maquillaje.

Alameda se marchó al aseo tras soltar una exclamación ahogada.

Me volví y descubrí a Steven abrazando a Sofía.

—... siento mucho haberte involucrado —decía ella con voz contrita—. Fue lo único que se me ocurrió.

—No tienes por qué sentirlo. —Steven inclinó la cabeza y la besó. Una de sus manos descansaba en la nuca de Sofía con delicadeza.

Escuché el jadeo de mi hermana.

Alucinada por lo que veía, eché a andar hacia la cocina como si lo que sucedía no tuviera la menor importancia. De forma mecánica, empecé a colocar los platos limpios del lavavajillas.

—Te ayudaré a preparar la cena —escuché que decía Steven en un momento dado—. ¿Qué vamos a comer?

Sofía contestó aturdida:

—No lo recuerdo.

Durante el resto de la velada, Steven se comportó como el novio perfecto. Nunca lo había visto actuar de esa forma. Cariñoso. Relajado. Me era imposible saber hasta qué punto era real o una actuación. Insistió en ayudar a Sofía a cocinar, y en poco rato Alameda y yo estábamos observándolos, sentadas en los taburetes de la encimera.

Steven y Sofía habían pasado cientos de horas trabajando juntos, pero nunca me había parecido que estuvieran cómodos. Hasta ese momento. Habían descubierto algo nuevo. Estaban explorando el terreno, acostumbrándose el uno al otro.

Tras haber trabajado en el restaurante familiar, Sofía era una consumada cocinera. Esa noche estaba preparando pollo con mole, el plato preferido de Alameda. Como entrante, había dispuesto un cuenco con tortitas fritas caseras, muy finas y crujientes, junto con una salsa para mojar tan picante que sentía cómo me palpitaba la lengua.

Mientras Steven se encargaba de los margaritas, fui en busca de *Coco* para que conociera a Alameda. Aunque la madre de Sofía y yo apenas teníamos cosas en común, por fin habíamos encontrado algo de lo que hablar. Alameda y todas las tías de mi hermana adoraban a los chihuahuas. Se colocó a *Coco* en el regazo y empezó a hablarle en su idioma, alabando el collar de cuero rosa con sus relucientes brillantes. Tras descubrir que me interesaba todo lo relacionado con los chihuahuas, Alameda procedió a dispensarme un sinfín de consejos sobre alimentación y cuidados.

Steven preparó una ensalada con maíz recién tostado, queso blanco desmenuzado y cilantro picado, aderezada con una vinagreta de lima que le daba un toque ácido y cremoso a la vez.

—¿Tiene buena pinta? —le preguntó a Sofía.

Ella sonrió y le contestó mientras pasaba a su lado de camino al frigorífico.

—¿Cómo has dicho? —le preguntó él.

Sofía sacó el pollo, marinado con café.

—He dicho que le vendría bien un poco más de vinagreta.

—Eso lo he pillado. Me refería a lo que has dicho en tu idioma. ¿Qué significa?

—Ah. —Colorada, Sofía colocó una pesada sartén de hierro en el fuego—. No es nada. Una expresión.

Steven se acercó a ella y la atrapó contra la encimera apoyando las manos a ambos lados de su cuerpo. Tras acariciarle una mejilla con la nariz, murmuró:

—No me puedes decir cosas sin explicarme su significado.

El rubor de Sofía se acrecentó.

—No tiene importancia, es una expresión difícil de traducir.

Steven no dio su brazo a torcer.

—Dímelo de todas formas.

—He dicho que eres mi media naranja.

—¿Y qué significa eso?

—Pues que eres su pareja ideal —contestó Alameda con el ceño fruncido mientras cogía su cóctel—. Se le dice a esa persona que encaja contigo a la perfección.

La expresión de Steven no me resultó fácil de interpretar. Sin embargo, inclinó la cabeza y la besó en la mejilla antes de apartarse de ella. Sofía siguió removiendo el contenido de una olla cercana de forma distraída, como si no fuera consciente de lo que hacía.

Estaba segura de que cualquier duda que Alameda pudiera albergar acerca de la veracidad de la relación de su hija acababa de ser disipada en ese momento. Steven y Sofía se mostraban muy convincentes como pareja. Algo que me preocupaba. Con la boda Warner en el horizonte no nos convenía una relación tempestuosa con sus emociones y sus dramas.

También existía la posibilidad de que Steven recuperara la normalidad a la mañana siguiente. Aunque lo conocía muy bien, en ese instante me resultaba imposible descifrar sus intenciones. ¿Se limitaría a olvidar por completo la experiencia? Estaba segura de que Sofía también se preguntaba lo mismo.

El pollo resultó ser una obra de arte. Estaba bañado en una salsa oscura de chocolate de Oaxaca, especias y chile guajillo. Steven hizo un gran esfuerzo por mostrarse simpático y contestó de buena gana todas las preguntas de Alameda sobre sus padres, que vivían en Colorado. Su madre era florista y su padre, maestro jubilado, y llevaban casados treinta años. Por insistencia de Alameda, reconoció que no estaba interesado en pasarse la vida organizando eventos sociales y que en el futuro le gustaría dedicarse a organizar eventos empresariales o incluso trabajar como relaciones públicas. Sin embargo, confesó que de momento tenía muchas cosas que aprender en el estudio.

—Ojalá mi sueldo no fuera tan ridículo —añadió como si tal cosa, y tanto Sofía como yo estallamos en carcajadas.

—¿Te quejas después de haber recibido la última paga de beneficios? —pregunté con fingida indignación—. ¿Y después de haber aumentado la cobertura de tu seguro médico?

—Necesito más bonificaciones —contestó él—. ¿Qué os parece una clase de yoga? —Relajado, colocó un brazo sobre el respaldo de la silla de Sofía.

Mi hermana le puso un trozo de tortita en la boca para que se callara. Él aceptó el bocado sin rechistar.

Alameda esbozó una ligera sonrisa mientras los miraba. Llegué a la conclusión de que jamás le gustaría Steven. Estaba segura de que le recordaba a mi padre. Aunque no se parecían físicamente, era alto, rubio y compartían el mismo tipo de atractivo. Podría haberle dicho a Alameda que Steven era un hombre muy distinto de mi padre, pero habría resultado inútil. Alameda estaba decidida a no darle el visto bueno a un hombre que hubiera elegido Sofía.

De postre comimos flan y café aderezado con canela. Y por último Alameda anunció que se marchaba. El momento de la despedida fue incómodo, porque todos éramos conscientes de las cosas que dejábamos en el aire, sin decir. Alameda no pensaba disculparse por haberse presentado en Houston con Luis, y Sofía estaba que trinaba por el hecho de que le hubiera tendido semejante emboscada. Además, Alameda se mostró muy fría con Steven, quien por su parte se comportó con exquisita educación.

—¿Puedo acompañarla al coche, señora Cantera? —se ofreció.

—No, quiero que venga Avery.

—Por supuesto —accedí, pensando: «Cualquier cosa con tal de que te largues.»

Nos dirigimos al aparcamiento emplazado delante del estudio. Me detuve junto al coche de Alameda mientras ella se sentaba al volante con un enorme suspiro. No cerró la puerta de inmediato.

—¿Qué tipo de hombre es? —me preguntó sin mirarme a la cara.

Le respondí con seriedad:

—Es un buen hombre. Steven no huye cuando las cosas se ponen feas. Siempre mantiene la calma en los momentos difíciles. Es capaz de conducir cualquier cosa con ruedas, sabe hacer una reanimación cardiopulmonar y también tiene nociones básicas de fontanería. Es capaz de trabajar dieciocho horas seguidas sin quejarse, y más si es necesario. Alameda, puedo asegurarte una cosa: no es como mi padre.

La vi esbozar una sonrisa carente de humor pese a la oscuridad reinante en el aparcamiento.

—Todos son como tu padre, Avery.

—Entonces ¿por qué tanto empeño en emparejar a Luis y Sofía? —le pregunté, sorprendida.

—Porque al menos él la devolverá al seno de la familia —contestó ella—. A su verdadera familia.

Furiosa, me obligué a hablar con voz serena.

—Alameda, tienes la desagradable costumbre de atacar a tu propia hija y no sé exactamente qué esperas conseguir con eso. Si crees que de esa forma vas a animarla a estar más cerca de ti, me parece que no funciona. Tal vez deberías probar con otra táctica.

Alameda me miró echando chispas por los ojos, cerró la puerta del coche y arrancó el motor. Una vez que se alejó, regresé al estudio. Sofía estaba cerrando el lavavajillas y Steven, limpiando el vaso de la batidora. Ambos guardaban silencio. Me pregunté de qué habrían hablado, si acaso lo habían hecho, durante mi ausencia.

Cogí a *Coco* y la giré para mirarla.

—Esta noche te has portado muy bien —le dije—. Has sido muy buena. —Intentó darme un lametón—. En la boca no —la corregí—. Sé muy bien dónde ha estado esa lengua.

Steven cogió sus llaves de la encimera.

—Hora de irme —anunció—. Después de semejante cena, necesito tumbarme.

Le sonreí.

—Has sido nuestra tabla de salvación —dije—. Gracias, Steven.

—Sí, gracias —añadió Sofía con un hilo de voz. Su cara había perdido todo rastro de alegría.

Steven habló con voz neutra:

—No hay de qué.

Me pregunté de qué manera podía quitarme de en medio sin que resultara muy evidente.

—¿Queréis que me...?

—No —se apresuró a interrumpirme Steven—. Me voy. Nos vemos mañana.

—Vale —replicamos Sofía y yo a la vez.

Ambas seguimos haciendo cosas mientras Steven se marchaba. Yo cogí un trozo de papel de cocina y limpié la encimera, que ya estaba reluciente. Sofía le pasó una bayeta al fregadero, aunque ya estaba seco. Tan pronto como se cerró la puerta, empezamos a hablar.

—¿Qué te ha dicho? —le pregunté.

—Nada especial. Me ha preguntado si quería guardar la salsa que ha sobrado y que dónde guardábamos las bolsas de congelación. —Se tapó la cara con las manos—. ¡Lo odio! —exclamó y me sorprendí al escucharla sollozar.

—Pero... —repliqué, pasmada—, pero esta noche se ha portado muy bien contigo.

—¡Por eso! —me soltó Sofía con muy mala leche. Otro sollozo—. Es como un príncipe de Disney. Y yo me he dejado llevar y me he permitido creer que era real y que era... que era maravilloso. Pero ya ha acabado y mañana volverá convertido en una calabaza.

—El príncipe no se convierte en una calabaza.

—Pues entonces yo me convertiré en una calabaza.

Alargué el brazo para cortar otro trozo de papel de cocina del rollo.

—No, tú tampoco te convertirás en una calabaza. Es la carroza la que se transforma en una calabaza. Tú acabas yéndote a casa con un solo zapato y con un grupo de ratones traumatizados.

Escuché la trémula carcajada de mi hermana, a través de sus dedos. Aceptó el trozo de papel de cocina y se lo llevó a los ojos.

—Lo que ha dicho era en serio. Siente algo por mí. Sé que ha sido sincero.

—Sofía, todos nos hemos dado cuenta. Por eso se ha enfadado tanto Luis y se ha largado echando leches.

—Pero eso no significa que Steven quiera una relación.

—A lo mejor a ti tampoco te interesa —le solté con sequedad—. A veces empezar una relación es lo peor que puedes hacerle a la persona a la que quieres.

—Nadie mejor que una hija de Eli Crosslin para decir eso —la escuché decir a través del trozo de papel de cocina.

—Pero tiene pinta de ser cierto.

Sofía me miró por encima del empapado trozo de papel.

—Avery —soltó con vehemencia—, nada de lo que te dijo nuestro padre era cierto. Ni una sola de sus promesas. Ni uno solo de sus consejos. Él es lo peor de nuestras vidas. ¿Por qué tiene que ganar siempre? —Con un nuevo sollozo, se puso en pie de un salto y se marchó a su dormitorio.

16

Para mi satisfacción, por no decir la de Sofía, a Bethany Warner le encantó la idea de una boda ambientada en la época dorada del jazz en el Filter Building. Costó algo más convencer a Hollis, ya que le preocupaba que los elementos de *art déco* fueran demasiado fríos. Sin embargo, en cuanto Sofía le mostró los bocetos y las muestras de los adornos, incluidos los centros de mesa con flores frescas adornados con sartas de perlas y broches de cristal, Hollis se entusiasmó.

—Aun así, siempre he imaginado a Bethany con un vestido de novia tradicional —comentó Hollis, preocupada—. No con uno moderno.

Bethany frunció el ceño.

—No es moderno si es de los años veinte, mamá.

—No quiero que andes por ahí con algo que parezca un disfraz —insistió Hollis.

Me apresuré a intervenir y le quité el cuaderno de dibujo a Sofía antes de sentarme entre madre e hija.

—Lo entiendo. Queremos algo clásico pero no demasiado temático. No pensaba en un vestido de talle bajo para ti, Bethany. Pensaba en algo parecido a esto... —Cogí un lápiz y dibujé el boceto de un estilizado vestido de talle alto. Guiada por un impulso, añadí una falda abierta confeccionada con pliegues de seda y tul—. La mayor parte del corpiño será de pedrería y de lentejuelas alineadas. —Rellené el corpiño con un ligero dibujo geométrico—. Y en vez de un velo llevarías una tiara doble de diamantes y perlas en la frente. O si eso es demasiado exagerado...

—¡Eso es! —exclamó Bethany, emocionada, al tiempo que clavaba un dedo en el dibujo—. Eso es lo que quiero. Me encanta.

—Es precioso —admitió Hollis. Me miró con expresión complacida—. ¿Y se te acaba de ocurrir, Avery? Tienes mucho talento.

La miré con una sonrisa.

—Seguro que podemos conseguir que confeccionen algo parecido...

—No, parecido no —me interrumpió Bethany—. Quiero este vestido.

—Sí, diséñalo tú, Avery —dijo Hollis.

Meneé la cabeza, desconcertada.

—Llevo años sin diseñar. Y todos mis contactos están en Nueva York.

—Busca a alguien que colabore contigo, Avery —me indicó Hollis—. Volaremos a Nueva York todas las veces que sean necesarias para las pruebas del vestido.

Una vez terminada la reunión, cuando las Warner se fueron, Sofía exclamó:

—No puedo creer que les haya gustado la boda de la época dorada del jazz. Creía que había un cincuenta por ciento de posibilidades de que escogieran la boda en el club de campo.

—Yo estaba casi segura de que Hollis querría la opción más elegante. Quiere que la consideren moderna y a la moda.

—Pero no si así ofende a la Vieja Guardia —comentó Sofía.

Sonreí mientras iban en busca de *Coco*, que estaba en su jaula.

—Te apuesto lo que quieras a que algunas integrantes de la Vieja Guardia vivieron la época dorada del jazz.

—¿Por qué has tenido a *Coco* metida en la jaula mientras las Warner estaban aquí?

—Hay gente a la que no le gustan los perros.

—Creo que te avergüenzas de ella.

—No digas esas cosas delante de la niña —protesté.

—Esa perra no es mi niña —replicó Sofía con una sonrisa renuente.

—Vamos, ayúdame a pintarle las uñas.

Nos sentamos la una al lado de la otra en la encimera con *Coco* en mi regazo.

—Una de las dos debería llamar a Steven y decirle que a las Warren les gusta la boda Gatsby —dije. Destapé el lápiz de esmalte de uñas para cachorros en el mismo tono rosa que su collar de brillantes.

—Deberías hacerlo tú —aseguró Sofía.

De momento, Sofía y Steven estaban en punto muerto. Él se había mostrado muy amable con ella los dos últimos días, pero sin rastro de la ternura que le había prodigado la noche de la visita de Alameda. Tras animar a Sofía a que hablara con él, mi hermana me confesó que seguía intentando reunir el valor necesario.

—Sofía, por el amor de Dios, ve a hablar con él. Muestra un poco de iniciativa.

Cogió una de las delicadas patas de *Coco* y la sujetó para que no la moviera.

—¿Por qué no sigues tu consejo? —replicó—. No has hablado con Joe desde que te invitó a comer.

—Mi situación es distinta.

—¿En qué se diferencia?

Apliqué con cuidado una capa de esmalte en las uñas de *Coco*.

—En primer lugar, porque Joe tiene demasiado dinero. Es imposible que vaya a por él sin parecer una cazafortunas.

—¿Joe lo considera así? —preguntó Sofía, indecisa.

—Da igual. Lo que importa es lo que pensaría el resto del mundo. —La chihuahua nos miraba con seriedad mientras hablábamos. Tapé el esmalte y soplé con delicadeza las uñas rosas.

—¿Y si decide esperar a que tú muevas ficha? ¿Y si los dos sois demasiado tercos para hacer el siguiente movimiento?

—En ese caso, al menos me quedará el orgullo.

—El orgullo no compra carne en el mercado.

—Estás esperando que te pregunte qué quieres decir, pero no pienso hacerlo.

—Bien podrías empezar a acostarte con él —dijo Sofía—, dado que todo el mundo ya cree que lo haces.

Puse los ojos como platos.

—¿Por qué iban a pensar eso?

—Porque habéis comprado un perro juntos.

—¡De eso nada! Yo compré un perro. Joe estaba allí de casualidad.

—Es una señal de compromiso. Demuestra que los dos estáis pensando en un futuro juntos.

—*Coco* no es el perro de una pareja —repliqué, airada, pero, al mirarla, me di cuenta de que me estaba pinchando. Puse los ojos en blanco, me relajé y dejé a *Coco* en el suelo con mucho cuidado.

Mientras volvía a mi silla, Sofía me miró con expresión pensativa.

—Avery, he estado pensando en muchas cosas desde que vi a Luis el otro día. He llegado a la conclusión de que traerlo fue una de las cosas más bonitas que mi madre ha hecho por mí.

—Si es así —dije—, fue por pura casualidad.

Sofía esbozó una media sonrisa.

—Lo sé. Pero me ha ayudado. Porque enfrentarme a Luis después de tanto tiempo me ha ayudado a darme cuenta de algo: al no seguir con mi vida, le he estado dando a Luis poder sobre mí. Es como si me hubiera estado reteniendo como rehén. Luis pertenece a mi pasado, no puedo permitir que configure mi futuro. —Sus ojos castaños se clavaron en los míos, que la miraban espantados—. Tú y yo nos parecemos mucho, Avery. La gente con piel fina no debería sentir tanto como nosotras, porque nos llevamos demasiados golpes.

Mantuvimos un largo silencio.

—Cada vez que pienso en retomar mi vida —dije al final—, la idea me resulta tan aterradora como saltar en paracaídas. De noche. Sobre un terreno lleno de cactus. Me veo incapaz de obligarme a hacerlo.

—¿Y si el avión estuviera ardiendo? —sugirió Sofía—. ¿Podrías saltar en ese caso?

Una trémula sonrisa apareció en mi cara.

—Bueno, desde luego que eso me motivaría bastante.

—La próxima vez que estés con Joe intenta imaginarte en un avión en llamas —me aconsejó Sofía—. Así no tendrás más opción que saltar.

—¿Y qué hago con los cactus?

—Cualquier cosa es mejor que un avión en llamas —contestó con voz razonable.

—Bien dicho.

—A ver, ¿vas a llamar a Joe o no?

Titubeé, sorprendida por la punzada anhelante que sentí al pensar en hablar con él. Habían pasado dos días y lo echaba muchísimo de menos. No solo lo deseaba, sino que lo necesitaba. «Lo llevo crudo», pensé, y suspiré con resignación.

—No —contesté—. No voy a llamarlo. Ya se me ocurrirá algo para obligarlo a venir sin tener que pedírselo.

Me miró sin comprender.

—¿Algo como fingir tu secuestro?

Me eché a reír.

—No iría tan lejos. —Tras unos segundos meditándolo, añadí—: Pero me has dado una idea...

El sábado por la tarde cerré el estudio y me di un largo baño. Después, me dejé el pelo suelto para que cayera en ondas sobre mis hombros y me puse un poco de perfume en las muñecas y en el cuello. Me puse unos pantalones de seda lavanda con una camiseta lencera a juego que dejaba al descubierto más canalillo del que habría enseñado en público.

—Me voy para pasar una noche de chicas —dijo Sofía cuando bajé.

—¿Con quién vas?

—Con Val y con algunas amigas. —Sofía estaba rebuscando algo en su bolso—. Cenaremos, veremos una película y seguramente nos tomemos algo después. —Me miró y sonrió—. Puedo quedarme en casa de Val. Querrás tener la casa para ti sola en cuanto Joe te vea con ese modelito.

—A lo mejor me manda a la mierda por la bromita y luego se va.

—Lo dudo. —Sofía me lanzó un beso—. Acuérdate del avión —dijo antes de irse.

Deambulé por la casa vacía, apagué casi todas las luces, encendí unas velas en vasos de cristal y me serví una copa de vino. Cuando me senté en el sofá delante de la tele, *Coco* subió usando su escalera para sentarse a mi lado.

Habíamos visto un tercio de la película cuando sonó el timbre.

Coco se bajó del sofá y se acercó a la puerta principal con un solo ladrido. Presa de los nervios, me puse en pie y la seguí con la copa de vino en la mano. Inspiré hondo y abrí la puerta una rendija para encontrarme a Joe al otro lado. Estaba para comérselo con un traje oscuro, una camisa y una corbata.

—Ah, hola —dije, como si me sorprendiera, antes de abrir un poco más la puerta—. ¿Qué haces aquí?

—Se supone que tengo que hacer las fotos de una gala benéfica esta noche. Pero estaba a punto de irme cuando descubrí que la bolsa de mi cámara estaba vacía. Solo había esto.

Joe sostuvo en alto un papel lleno de letras recortadas de periódicos, a modo de nota de rescate. La nota rezaba: «Llámame o la cámara sufrirá las consecuencias.»

—¿Por casualidad sabes algo del tema? —me preguntó.

—Es posible. —Clavé la mirada en esos ojos oscuros como la melaza y me inundó el alivio al ver que no estaba enfadado. De hecho, me dio la impresión de que le hacía bastante gracia.

—Ha sido un trabajo desde dentro —continuó Joe—. Jack tiene llave de mi casa, pero sabe que no puede hacer algo así. De modo que ha tenido que ayudarte Ella.

—No pienso admitir nada. —Abrí la puerta del todo—. ¿Te gustaría pasar y tomarte una copa de vino?

Joe estaba a punto de contestar, pero su mirada descendió hasta mi canalillo y mis pechos medio expuestos, y fue como si no pudiera apartar la vista.

—¿Quieres vino? —insistí, aunque se me había desbocado el corazón.

Joe parpadeó y se obligó a mirarme a la cara. Tuvo que carraspear antes de contestar:

—Por favor.

Coco volvió al sofá mientras Joe y yo íbamos a la cocina.

—¿Esperas compañía? —preguntó Joe al ver la copa de vino limpia junto a la botella de vino.

—Nunca se sabe.

—Se sabe que hay muchas posibilidades cuando ha desaparecido una Nikon de tres mil dólares.

—Está a salvo. —Le serví una copa de pinot grigio y se la di.

Joe bebió un sorbo, y el pie de cristal brilló entre sus fuertes dedos.

Estar de nuevo con él, tenerlo tan cerca, me llenaba con una emoción rayana en la euforia. Para mí, la felicidad era tan esquiva y frágil como uno de los globos que Eli le llevó a Sofía. Sin embargo, en ese momento parecía que la llevaba cosida al cuerpo, que había calado en mis huesos y en mis músculos, que enriquecía mi sangre.

—Espero que no llegues tarde a tu cita por mi culpa —comenté.

—Se ha cancelado.

—¿Cuándo?

Esbozó una sonrisilla.

—Hace cosa de minuto y medio. —Soltó la copa y se quitó la chaqueta para dejarla sobre el respaldo de un taburete. A continuación, se quitó los gemelos y se enrolló las mangas, dejando al descubierto los antebrazos salpicados de vello oscuro.

Sentí cómo las mariposas revoloteaban en mi estómago al verlo quitarse la corbata.

Después de desabrocharse el primer botón de la camisa, Joe cogió de nuevo la copa de vino y me miró fijamente.

—No te he llamado porque he intentado darte espacio.

Intenté no parecer dolida.

—Una cosa es darle espacio a alguien y otra pasar de alguien.

—Cariño, no estoy pasando de ti. Intento no comportarme como un acosador.

—¿Por qué no me besaste cuando salimos el otro día?

Las arruguitas de sus ojos se marcaron cuando sonrió.

—Porque sabía que si empezaba, no podría parar. A lo mejor te has dado cuenta de que me cuesta echar el freno contigo. —Se incorporó y aferró mi silla con ambas manos, encerrándome entre sus brazos—. Ahora que tienes mi cámara como rehén... ¿de qué tipo de rescate estamos hablando?

Tuve que echar mano de todo mi valor antes de contestar:

—Creo que es mejor que negociemos arriba. En mi dormitorio.

Joe me miró en silencio un rato antes de menear la cabeza.

—Avery, cuando eso suceda, te pediré cosas que te costará entregar. Será distinto a la primera vez. No puedo arriesgarme a que no estés preparada.

Le puse las manos en los brazos, que estaban tensos y duros.

—Te he echado de menos —confesé—. He echado de menos hablar contigo por la noche y saber cómo te ha ido el día, contarte cómo me ha ido a mí. Incluso he estado soñando contigo, señal de que te has apoderado de mi cabeza. Y dado que ya estás metido en mi cabeza, bien podríamos acostarnos.

Joe estaba muy quieto, con la vista clavada en mi cara sonrojada. A esas alturas me conocía lo bastante bien como para saber lo mucho que me costaba admitir mis sentimientos.

—No sé si estoy preparada para esto —continué—, pero sé que confío en ti. Y sé que quiero despertarme con un hombre en mi cama. Concretamente, quiero que seas tú. Así que si...

Sin darme opción a terminar, Joe se inclinó y me besó. Me aferré a sus brazos con fuerza para mantener el equilibrio. Inspiré hondo unas cuantas veces mientras mis pulmones se afanaban por respirar pese a los alocados latidos de mi corazón. El beso se hizo más intenso, más voraz, y sus labios se abrieron sobre los míos. Sin ponerle fin al beso, me levantó de la silla y me pegó a la encimera de la cocina, como si necesitara estar anclada a un lugar, encerrada. Ese despliegue de agresividad tan masculina me resultó muy excitante.

—Joe —jadeé cuando su boca se deslizó por mi garganta—, tengo... tengo una cama enorme arriba... cubierta con sábanas de lino italiano y un cobertor de seda cosido a mano... y cojines de plumas y...

Joe apartó la cabeza para mirarme con un brillo travieso en los ojos.

—Cariño, no tienes que venderme la cama.

Se detuvo al escuchar su móvil, que sonaba desde el bolsillo de la chaqueta. Frunció el ceño y empezó a buscarlo.

—Lo siento —dijo mientras intentaba dar con él—. Es el tono que le tengo puesto a la familia.

—Claro.

Sacó el móvil y miró los mensajes de texto.

—Dios —dijo, y le cambió la cara.

Había pasado algo malo.

—Haven está en el hospital —anunció—. Tengo que irme.

—Voy contigo —dije de inmediato.

Joe negó con la cabeza.

—No hace falta que...

—Dame un minuto —dije al tiempo que volaba escaleras arriba—. Me pongo una camiseta y unos vaqueros. No te vayas sin mí.

17

De camino al hospital, se me ocurrió que a lo mejor me había pasado un poco al presionar a Joe para acompañarlo. Lo que le sucediera a Haven era un asunto familiar y quizá no les hiciera gracia la presencia de una persona ajena a la familia. Sin embargo, quería ayudar en la medida de lo posible. Y, sobre todo, quería estar junto a Joe por si me necesitaba. Puesto que a esas alturas había comprendido lo unidos que estaban los Travis, sabía que si le sucedía algo a su hermana, Joe se llevaría un golpe demoledor.

—¿Qué decía el mensaje sobre el estado de Haven? —pregunté.

Joe me pasó el teléfono sin contestar.

—Preeclampsia —dije, leyendo el mensaje de Ella.

—No lo había oído nunca.

—Yo sí, pero no estoy segura de lo que es. —Al cabo de unos minutos, estaba leyendo información sobre la preeclampsia en una página web—. Es una complicación del embarazo. Hipertensión, edemas e insuficiencia renal y hepática.

—¿Es serio?

Titubeé.

—Puede ser una complicación muy seria.

Lo vi aferrar el volante con más fuerza.

—¿Mortal?

—El Hospital Garner es uno de los mejores. Estoy segura de que Haven se pondrá bien. —El teléfono sonó y, al mirar quién era, vi que se trataba de Ella—. ¿Quieres...?

—Habla tú con ella mientras yo conduzco.

Respondí la llamada.

—¿Ella? Hola, soy Avery.

Aunque la voz de Ella era serena, percibí la tensión que la embargaba.

—Estamos en la sala de espera de la UCI neonatal. ¿Joe y tú venís de camino?

—Sí, estamos llegando. ¿Qué ha pasado?

—Haven se levantó esta mañana mareada y con náuseas, pero nada fuera de lo habitual para ella. Como no podía comer nada porque lo vomitaba todo, se acostó otra vez. Cuando se despertó de nuevo, le costaba respirar. Hardy la trajo al hospital y le hicieron unas pruebas. Tiene la tensión arterial por las nubes y los niveles de proteína en la orina triplican lo normal. Además, actúa como si estuviera confundida, algo que ha acojonado a Hardy. Lo bueno es que el latido del bebé es normal.

—¿Cuántas semanas faltan para que salga de cuentas?

—Cuatro, creo. Pero la niña estará bien aunque sea prematura.

—Un momento. ¿Me estás diciendo que Haven está de parto?

—Van a hacerle una cesárea. Vale, tengo que irme.

Liberty y Gage acaban de llegar y voy a ponerlos al día.

—Ella cortó la llamada.

—Van a hacerle una cesárea —le dije a Joe.

Lo escuché soltar un taco.

Miré de nuevo la página web en mi teléfono móvil.

—La preeclampsia remite unas cuarenta y ocho horas después del parto —le dije—. Le pondrán un tratamiento para la hipertensión y el bebé será prematuro, pero está lo suficientemente desarrollado como para que no tenga complicaciones a largo plazo. Así que todo saldrá bien.

Joe asintió con la cabeza, aunque no parecía convencido en absoluto.

La sala de espera de la unidad de cuidados intensivos neonatales estaba amueblada con sillones azules, agrupados en torno a mesas bajas, y un sofá. La desagradable luz de los tubos fluorescentes otorgaba una blancura lunar a la estancia. Los miembros de la familia Travis estaban tensos, algo comprensible, y muy serios cuando nos saludaron a Joe y a mí. Jack, por el contrario, dio muestras de su habitual buen humor.

—¡Hola, Avery! —exclamó mientras me abrazaba y añadió con fingida sorpresa—: ¿Sigues saliendo con Joe?

—He insistido en venir con él —contesté—. Espero no molestar, pero...

—En absoluto —me interrumpió Liberty con un brillo afectuoso en sus ojos verdes.

—Nos alegra que hayas venido —dijo Gage, cuya mirada se trasladó de mi cara a la de Joe—. Todavía no hay noticias de Haven.

—¿Cómo lo lleva Hardy? —preguntó Joe.

—De momento, aguanta —contestó Jack—. Pero si la cosa empeora más... se derrumbará.

—Eso nos pasará a todos —replicó Joe, y guardaron silencio.

Tras acercar unos cuantos sillones, nos acomodamos en la sala de espera. Joe y yo nos sentamos en el sofá.

—¿Seguro que quieres quedarte? —me preguntó Joe en voz baja—. Puedo hacer que te lleven a casa en el coche privado del hospital. Esto va para largo.

—¿Quieres que me vaya? ¿Prefieres que no haya nadie ajeno a la familia? Sé sincero, porque...

—Tú no eres ajena a la familia. Pero no tienes por qué sufrir en una sala de espera solo porque yo esté aquí.

—No estoy sufriendo. Y quiero quedarme si te parece bien. —Subí las piernas al sofá, las doblé y me acurruqué contra él.

—Quiero que estés a mi lado —me aseguró, estrechándome contra su cuerpo.

—¿A qué te referías con lo del coche privado del hospital? —pregunté—. ¿Tienen un servicio de taxi o algo que se le parezca?

—No exactamente. El hospital tiene un servicio VIP para los benefactores. Mi familia ha hecho varias donaciones en el pasado y mi padre incluyó al hospital en su testamento. Así que si algún Travis necesita atención médica, los demás debemos esperar en la sala VIP, que está en algún ala tranquila del hospital, donde nos agasajan a todas horas. Todos hemos acordado evitar ese trato en la medida de lo posible. —Hizo una pausa—. Pero si quieres volver a casa, me saltaré esa regla y pediré el coche.

—Si no quieres que te dispensen un trato especial —dije—, no intentes que lo hagan conmigo.

Joe sonrió y me besó la sien.

—Algún día te invitaré a salir y disfrutaremos de una cita normal y corriente —murmuró—. Sin dramas. Cenaremos en un restaurante como hace la gente civilizada.

Tras varios minutos de silencio, Jack anunció que iba a por café y preguntó si alguien quería algo. Todos negamos con la cabeza. Cuando regresó, traía una humeante taza de plástico en la mano.

Ella frunció el ceño, preocupada.

—Jack, no es bueno beber líquidos calientes en recipientes de plástico. Las sustancias químicas pueden pasar al café.

Jack la miró con sorna.

—He bebido café caliente en vasos de plástico casi toda mi vida.

—Eso lo explica todo —soltó Joe.

Aunque Jack le dirigió una mirada de advertencia, la sonrisa que apareció en sus labios, mientras tomaba asiento junto a Ella, lo traicionó. Entretanto le ofreció a su mujer unas galletas envueltas en un envoltorio de plástico.

—Son de una máquina expendedora, ¿verdad? —le preguntó Ella con recelo.

—No he podido evitarlo —contestó él.

—¿Qué tienen de malo las máquinas expendedoras? —pregunté.

—La comida es una porquería —respondió Ella—. Y las máquinas son letales. Al cabo del año, matan a más personas que los tiburones.

—¿Cómo es posible que una máquina expendedora mate a una persona? —quiso saber Liberty.

—Se caen y aplastan a quien tengan delante —contestó Ella con seriedad—. Sucede.

—No hay una máquina expendedora en el mundo que pueda cargarse a un Travis —le aseguró Joe—. Tenemos la cabeza demasiado dura.

—Estoy de acuerdo contigo —convino Ella, que cogió disimuladamente una galleta del paquete y empezó a mordisquearla.

Sonreí mientras apoyaba la cabeza en el hombro de Joe, que comenzó a acariciarme el pelo.

De repente, su mano se detuvo y percibí que su cuerpo se tensaba por completo. Levanté la cabeza y seguí la dirección de su mirada.

Hardy acababa de entrar en la sala de espera, perdido y como si no reconociera a nadie. Estaba demacrado y había perdido el color, de modo que sus ojos parecían más azules que nunca. Se dirigió al rincón más alejado y se sentó en un sillón con los hombros encorvados, como si tratara de recuperarse de una coz en el pecho.

—Hardy... —susurró alguien.

Él dio un respingo y meneó la cabeza.

En ese momento, apareció un médico. Gage se acercó a él y conversaron en voz baja unos minutos.

Cuando Gage volvió, su expresión era inescrutable. El grupo se inclinó hacia delante, ansioso por escuchar las noticias.

—En algunos casos de preeclampsia aparece una complicación llamada síndrome de Hellp. En resumen, sus glóbulos rojos se están descomponiendo. Haven puede sufrir una insuficiencia renal y un ictus. —Hizo una pausa para tragar saliva y miró a Liberty—. El primer paso es hacerle la cesárea —siguió con voz serena—. Después, le pondrán esteroides, plasma y seguramente necesite una transfusión sanguínea. Tendremos noticias dentro de una hora más o menos. De momento, solo podemos esperar.

—Mierda —dijo Joe en voz baja. Miró al rincón más alejado de la estancia, donde Hardy estaba sentado con los brazos apoyados en los muslos y la cabeza gacha—. Alguien debería sentarse con él. ¿Quieres que...?

—Yo lo haré, si no te importa —lo interrumpió Gage con decisión.

—De acuerdo.

Gage se puso en pie y se acercó a la solitaria figura del rincón.

Me sorprendió el deseo de Gage de acercarse a Hardy, sobre todo al recordar que Joe me había comentado que entre ellos no había el menor cariño. Aunque Joe no había entrado en detalles, insinuó que Hardy había ocasionado algún tipo de problema entre Gage y Liberty. Al parecer, Liberty y Hardy tenían un pasado en común, se conocían desde pequeños, e incluso salieron un tiempo durante la adolescencia.

—¿Cómo es que Hardy acabó casándose con Haven? —le pregunté.

—No sé cómo empezaron, la verdad —me contestó Joe—. Pero en cuanto lo hicieron, intentar separarlos fue como tratar de detener a un tren. Al final, todos comprendimos que Hardy la quería, que es lo importante. Sin embargo... Gage y Hardy guardan las distancias, menos en las ocasiones en las que la familia se reúne.

Miré con disimulo hacia el rincón y vi que Gage se

había sentado junto a Hardy y que incluso le daba una palmada fraternal en la espalda. Hardy ni siquiera pareció percatarse. Estaba atrapado en algún infierno personal, del que nadie podía sacarlo. No obstante, al cabo de unos minutos lo vi enderezar los hombros y suspirar. Gage le preguntó algo y él negó con la cabeza a modo de respuesta.

Durante la siguiente hora, Gage permaneció al lado de Hardy, murmurando de vez en cuando, pero en su mayor parte ofreciéndole compañía en silencio. Nadie se acercó a ellos, ya que era evidente que las emociones de Hardy estaban a flor de piel y que sería incapaz de tolerar la cercanía de más de una persona.

Que dicha persona fuera Gage me resultaba difícil de entender.

Miré a Joe con gesto interrogante. Él se inclinó hacia mí y murmuró:

—Haven siempre ha sido la niña de los ojos de Gage. Y Hardy sabe que si le pasa algo, Gage se llevará un palo casi tan gordo como él. Además... son familia.

Una enfermera muy joven entró en la sala de espera.

—¿Señor Cates?

Hardy se puso en pie con la cara demudada por la angustia. Pensé que ni la enfermera ni ninguno de los presentes lograríamos olvidar jamás su expresión. La chica corrió hacia él teléfono en mano.

—Tengo una foto de su hija —anunció—. Se la he hecho antes de que la metieran en la incubadora. Ha pesado un kilo ochocientos y mide cuarenta y tres centímetros.

Los Travis se reunieron en torno al teléfono y exclamaron, emocionados y aliviados.

Hardy miró la foto y preguntó con voz ronca:

—¿Mi mujer...?

—La señora Cates ha superado la cesárea sin problema alguno. Ahora mismo está en recuperación, aún tardará un poco. El médico vendrá dentro de un momento y les explicará...

—Quiero verla —la interrumpió Hardy con brusquedad.

Antes de que la sorprendida enfermera pudiera hablar, Gage intervino.

—Hardy, yo hablaré con el médico mientras tú estás con Haven.

Hardy asintió con la cabeza y salió de la sala de espera.

—No debería hacerlo —dijo la enfermera, nerviosa—. Será mejor que lo siga. Si quieren ver a la niña, está en la unidad neonatal.

Acompañé a Joe, a Ella y a Jack a dicha unidad mientras Gage y Liberty aguardaban al médico en la sala de espera.

—Pobre Hardy —murmuró Ella mientras caminábamos por el pasillo—. Está muerto de la preocupación.

—A mí me preocupa más Haven —replicó Joe—. Desconozco los detalles de lo que está pasando y prefiero no saberlo. Pero estoy seguro de que ha sido un infierno.

Entramos en la unidad neonatal, donde la recién nacida descansaba en una incubadora, conectada a un tubo de oxígeno y a un monitor. Tenía una especie de cinturón que emitía una luz azul en torno al abdomen.

—¿Qué es eso? —susurré.

—La están sometiendo a fototerapia —contestó Ella—.

A Mia también se lo hicieron cuando nació. Es para evitar la ictericia.

El bebé parpadeó y pareció dormirse. Abrió y cerró la boquita. Tenía el pelo oscuro y muy fino.

—Es difícil saber a quién se parece —comentó Jack.

—Será preciosa —aseguró Ella—. ¿Cómo no va a serlo si es hija de Haven y Hardy?

—Yo no diría que Hardy es guapo —comentó Jack.

—Si se te ocurriera decirlo —replicó Joe—, te llevarías una patada.

Jack sonrió y le preguntó a Ella:

—¿Te ha dicho Haven cómo van a llamar a la niña?

—No.

Regresamos a la sala de espera, donde Gage y Liberty acababan de hablar con el médico.

—Son optimistas, pero prefieren ser cautelosos —nos dijo Gage—. Las complicaciones del síndrome de Hellp tardarán tres o cuatro días en desaparecer. Ya le han hecho una transfusión y seguramente le harán otra para subirle las plaquetas. Van a ponerle un tratamiento de corticosteroides y a monitorizarla. —Meneó la cabeza con gesto preocupado—. Seguirán administrándole sulfato de magnesio para evitar las convulsiones. Por lo visto, son muy peligrosas.

Liberty se frotó la cara y suspiró.

—¿Por qué no hay bares en los hospitales? Normalmente, es el lugar donde más se necesita beber.

Gage rodeó a su mujer con los brazos y la estrechó contra su pecho.

—Necesitas volver a casa y ver cómo están los niños. ¿Quieres que Jack y Ella te lleven y yo me quedo aquí un poco más? Quiero hablar con Hardy.

—Me parece bien —contestó Liberty, con la cabeza enterrada en su hombro.

—¿Me necesitas para algo? —preguntó Joe.

Gage negó con la cabeza y sonrió.

—Creo que no. Vete con Avery y descansad un poco, que os hace falta.

18

Me desperté por la mañana aturdida, pero consciente de que no estaba sola. Traté de espabilarme y recordé lo sucedido la noche anterior: llegué a casa acompañada por Joe desde el hospital y lo invité a quedarse a dormir. Ambos estábamos agotados, doloridos tras haber pasado horas en los incómodos sillones de la sala de espera, y exhaustos emocionalmente. Me puse un camisón y me metí en la cama con Joe. Me resultó tan maravilloso que me abrazara y me estrechara contra su cálido y fuerte cuerpo, que me dormí en cuestión de segundos.

Joe estaba detrás de mí. Me había pasado un brazo bajo la cabeza y sentía sus piernas pegadas a las mías. Seguí acostada, escuchando la cadencia de su respiración. Mientras me preguntaba si estaría despierto, le acaricié un tobillo con los dedos de un pie. De repente, sus labios se posaron en mi cuello y descubrieron un lugar tan sensible que el ramalazo de placer me llegó al abdomen.

—Hay un hombre en mi cama —señalé al tiempo que extendía un brazo y tocaba un musculoso muslo cubierto de vello y una suave cadera. De repente, me aferró la muñeca con delicadeza y trasladó mi mano hasta cierta parte de su anatomía... dura, suave y muy masculina. Respiré hondo y abrí los ojos de par en par—. Joe... es muy temprano.

Su mano se posó en uno de mis pechos y lo acarició a través de la fina tela del camisón. Me pellizcó el pezón y siguió torturándolo hasta endurecerlo.

Intenté hacerlo razonar de nuevo, aunque era evidente que ni yo misma estaba convencida.

—No me gusta el sexo matutino.

Sin embargo, él siguió besándome el cuello y al instante me levantó el camisón, subiéndomelo por las rodillas.

Solté una risilla nerviosa y gateé hasta el borde de la cama.

Joe se incorporó de un brinco y me aprisionó sobre el colchón con una carcajada. Tras colocarse encima e inmovilizarme con los muslos, apoyó parte de su peso sobre mí para dejarme claro que estaba muy cachondo. Aunque el ambiente era juguetón, no me cabía duda de sus intenciones. Verlo tan decidido me dejó sin aliento.

—Por lo menos deja que me duche primero —le supliqué con voz lastimera.

—Me gustas así.

Me retorcí para librarme de él.

—Luego. Por favor.

Joe bajó la cabeza y murmuró:

—Aquí quien manda soy yo, no tú.

Me quedé petrificada. Por algún motivo, escuchar esas palabras murmuradas mientras me inmovilizaba de esa manera me excitó hasta un punto enloquecedor. Su voz me acarició el lóbulo de la oreja:

—Me perteneces y voy a hacerte mía. Ahora mismo.

Tenía la impresión de que no había suficiente aire para respirar. Jamás había estado tan excitada como lo estaba en ese momento. Se me humedecieron los ojos... al igual que sucedió con otra parte de mi cuerpo.

Joe se movió para deslizar una mano por debajo del camisón y la introdujo entre mis muslos, explorando ese lugar tan íntimo. Me estremecí mientras me acariciaba y me penetraba con dos dedos, algo que le resultó fácil porque estaba muy mojada. Empecé a mover las caderas al compás de su mano, frotándome contra él. La fricción aumentaba el placer, de modo que contraje los músculos internos.

En un momento dado, Joe me instó a tenderme de espaldas sobre el colchón y a doblar las rodillas. Me besó un tobillo y una pantorrilla y siguió subiendo por la pierna. Me mordí los labios y me retorcí a medida que los besos se acercaban a la ingle.

—No... —protesté, justo antes de sentir un ardiente beso donde más lo necesitaba. Escapar al asalto de su boca me resultó imposible. Empecé a gemir y mis defensas se desmoronaron bajo el ímpetu del placer.

Joe se mostró implacable, totalmente concentrado en darme placer con la lengua. Sus caricias adquirieron una cadencia enloquecedora que me llevaron al borde del abismo. Separé los muslos todo lo posible y grité como si estuviera herida, en las garras de un orgasmo cegador. El placer era demasiado intenso, tanto que los espasmos que sufría mi cuerpo me resultaban imposibles de controlar.

Joe siguió acariciándome con diabólica suavidad hasta que los estremecimientos cesaron, dispuesto a prolongar el orgasmo al máximo. Al final, levantó la cabeza y me besó en el abdomen. Estaba tan agotada que apenas fui consciente de que rodaba sobre el colchón para coger algo de la mesita de noche. Acto seguido, se colocó sobre mí y me instó a separar las piernas. Lo abracé, aunque casi no podía levantar los brazos. Me penetró con un único movimiento y salió de mí lo justo para volver a hundirse hasta el fondo. Poco a poco, me adapté a su ritmo y salí al encuentro de sus envites, alzando las caderas. De vez en cuando, la cadencia variaba y sus movimientos adoptaban un ritmo lento y enloquecedor, tras el cual retomaba el vigor del principio. En todo momento se mantuvo pendiente de mis respuestas, descubriendo qué me excitaba y qué me resultaba más placentero, aunque mi reacción fuera mínima. Me estaba haciendo el amor como ningún otro hombre lo había hecho antes, y si bien no estaba familiarizada con la sensación, no me cupo duda de lo que estaba sucediendo. Aturdida, cerré los ojos mientras él me penetraba hasta el fondo. Los gemidos surgían del fondo de mi garganta. Me era imposible contenerme, no existía el pudor ni era capaz de controlarme. Mi segundo orgasmo aumentó el placer de Joe, a quien escuché gemir justo antes de que se estremeciera entre mis brazos. Lo abracé y lo besé en el cuello, encantada de sentir su peso sobre mí.

Al cabo de un rato, se volvió y rodó sobre el colchón arrastrándome consigo. Así estuvimos durante un buen rato, abrazados. Me sentía aturdida y mi mente era incapaz de centrarse en un solo pensamiento. El olor del sexo y del sudor se mezclaban en mi olfato, conformando una erótica fragancia que lo permeaba todo. Bajo mi cabeza, sentía el torso de Joe subiendo y bajando con cada respiración, relajado. Una de sus manos me acariciaba perezosamente.

Lo besé en un hombro.

—Voy a ducharme ahora mismo —anuncié con voz ronca—. No intentes detenerme.

Él sonrió y se puso de costado, observándome mientras yo me levantaba.

Entré en el baño con piernas temblorosas y abrí el grifo de la ducha. Me dolía la garganta por el esfuerzo de contener las lágrimas. Era duro sentirse tan indefensa, tan expuesta, aunque, al mismo tiempo, era consciente del alivio que suponía.

El agua aún no salía lo bastante caliente como para meterme en la ducha, cuando Joe apareció en el cuarto de baño. Su penetrante mirada captó todos los matices de mi expresión antes de que pudiera ocultársela. Lo vi alargar un brazo para comprobar la temperatura del agua. Me invitó a entrar y juntos nos colocamos tras la mampara de cristal. Sin ser consciente de lo que hacía, le di la espalda y levanté la cara hacia el agua.

En silencio, Joe cogió el jabón y comenzó a lavarme. Sus caricias eran tiernas más que sexuales. Me apoyé en él y ni siquiera protesté cuando sus dedos se introdujeron entre los pliegues de mi sexo. Después, me volvió para que el agua me cayera en la espalda y me encontré pegada a la musculosa superficie de su torso.

—¿Demasiado pronto? —escuché que me preguntaba.

Negué con la cabeza y le rodeé la cintura con los brazos.

—No... pero ha sido diferente de la primera vez.

—Te dije que lo sería.

—Sí, pero... no estoy segura del porqué.

—Porque ahora significa algo —me dijo al oído.

Solo atiné a responder afirmando con la cabeza.

Tras un fugaz desayuno consistente en café, tostada y huevos, Joe anunció que tenía que irse. Debía pasarse por su casa para cambiarse de ropa antes de acudir a una cita con uno de los directores de la fundación benéfica de los Travis, con el que iba a discutir las últimas iniciativas que la familia quería apoyar.

—Después de lo que sucedió anoche —dijo Joe—, es posible que sea el único Travis que aparezca en la reunión. —Me robó un beso y me preguntó—: ¿Cenamos esta noche? —Un beso más antes de que yo pudiera contestar—. ¿A las siete? —Otro beso—. Tomaré eso como un sí.

Lo observé marcharse con una sonrisa boba en la cara.

Un poco después, mientras me bebía una segunda taza de café, Sofía bajó con una bata rosa y unas zapatillas a juego con forma de conejitos.

—¿Sigue Joe aquí? —susurró.

—No, ya se ha ido.

—¿Qué tal la noche?

Esbocé una sonrisa irónica.

—Memorable. La pasamos casi entera en una sala de espera del Hospital Garner.

Una vez que nos sentamos en el sofá, le conté a Sofía las complicaciones que había sufrido el embarazo de Haven y el parto, y cómo habían actuado los Travis en esos momentos.

—Fue una experiencia reveladora —confesé—. He visto a muchas familias celebrar los buenos momentos juntas y también las he visto llegar a los puños por los motivos más ridículos. Pero jamás había visto a una familia tan de cerca en una situación semejante. El apoyo que se ofrecen los unos a los otros... —Hice una pausa, ya que me resultaba difícil expresarlo con palabras—. Me sorprendió que Gage, que en el pasado tuvo problemas con Hardy, fuera quien se sentó con él para consolarlo, y también me sorprendió que Hardy se lo permitiera. Y todo por el vínculo que los une... esa... esa rara unión que es tan importante para ellos.

—No es rara —me corrigió Sofía—. Las familias son así.

—Sí, ya sé cómo son las familias. Pero nunca había visto actuar así a una. —Guardé silencio y fruncí el ceño—. Nunca he formado parte de una familia grande. No sé si me gustaría. Todos parecen conocerse muy bien. Demasiado bien. No creo que haya suficiente intimidad para mi gusto.

—Cuando formas parte de una familia, tienes obligaciones —comentó Sofía—. Y problemas. Pero cuidar los unos de los otros, la sensación de saber que perteneces a un lugar, es maravilloso.

—¿Echas de menos estar cerca de los tuyos? —le pregunté.

—A veces —admitió mi hermana—. Pero cuando no te aceptan como eres, no es una familia. —Se encogió de hombros y bebió un sorbo de café—. Cuéntame el resto —me invitó—. Cuando Joe te trajo a casa.

Sentí que me ponía colorada.

—Ha pasado la noche aquí, obviamente.

—¿Y?

—Y no pienso entrar en detalles —le dije, y mi hermana se echó a reír alegremente al ver que mi rubor aumentaba.

—Mirándote a la cara se puede deducir que ha estado bien —afirmó.

Intenté cambiar el tema de conversación.

—Vamos a planear el día. Esta tarde tenemos que repasar lo que hemos dispuesto para la boda Warner y enviarle un informe a Ryan. Creo que estará de acuerdo con casi todo, pero quiero estar segura. —Guardé silencio al escuchar que llamaban al timbre—. Debe de ser una entrega. ¿O tú esperas a alguien?

—No. —Sofía fue a la parte delantera y miró por una de las estrechas ventanas. Al instante, se volvió y pegó la espalda a la puerta como si fuera la ayudante de un lanzador de cuchillos—. Es Steven —dijo, con los ojos como platos—. ¿Qué hace aquí?

—Ni idea. Vamos a averiguarlo.

Sofía no se movió.

—¿Qué crees que quiere?

—Trabaja aquí —le recordé pacientemente—. Déjalo entrar.

Mi hermana asintió con la cabeza, aunque la tensión no la abandonó. Tras volverse hacia la puerta, la abrió con más ímpetu del necesario.

—¿Qué quieres? —le preguntó a Steven sin preámbulo.

Steven llevaba ropa informal: unos vaqueros y un polo. La miró con una expresión difícil de interpretar.

—Ayer me dejé la funda del móvil aquí —contestó con cautela—. He venido a recogerla.

—Hola, Steven —lo saludé—. Tu funda está en la mesa del sofá.

—Gracias. —Entró en el estudio con recelo, como si sospechara que pudiera haber explosivos por todos lados.

Coco subió las escaleras hasta el sofá y observó a Steven mientras este cogía la funda de su móvil. Se detuvo para acariciar la diminuta cabeza y el cuello del animal. Tan pronto como se detuvo, *Coco* le dio con la patita y le acercó la cabeza a la mano, exigiéndole que continuara.

—¿Cómo estás? —le pregunté.

—Bien —respondió él.

—¿Quieres un café?

Al parecer, era una pregunta complicada.

—No... no estoy seguro.

—Vale.

Mientras seguía acariciando a *Coco*, miró de reojo a Sofía.

—Llevas zapatillas con forma de conejo —comentó como si confirmara una sospecha que llevara mucho tiempo albergando.

—¿Y? —replicó Sofía con sequedad, a la espera de recibir un comentario sarcástico.

—Me gustan.

Sofía lo miró confundida.

Estaban tan pendientes el uno del otro que ninguno de los dos se percató de mi discreta salida de la cocina.

—Voy a comprar fruta al mercado —anunció Steven—. Estoy seguro de que tendrán buenos melocotones. ¿Te apetece venir?

Sofía contestó con una voz más aguda de lo normal:

—Vale, ¿por qué no?

—Bien.

—Solo tengo que quitarme el pijama y ponerme la ropa... —Sofía guardó silencio—. Pijama —repitió—. ¿Lo he dicho bien?

Incapaz de resistirme, me detuve en mitad de la escalera para mirarlos. Desde mi posición, le veía la cara a Steven perfectamente. Estaba mirando a Sofía con una sonrisa que le iluminaba los ojos.

—Siempre lo pronuncias como si la jota fuera una hache aspirada. —Titubeó, pero al final levantó una mano para acariciarle una mejilla con mucho tiento.

—Pijama —repitió mi hermana, pronunciando la palabra exactamente igual que antes.

Steven, ya abandonada toda precaución, la abrazó y le dijo algo al oído.

Tras un largo silencio, escuché que mi hermana inspiraba de forma entrecortada y decía:

—Yo también.

Steven la besó y Sofía se pegó a su cuerpo, tras lo cual le enterró las manos en el pelo. Ambos parecían comportarse con exquisita ternura, incluso con cierta torpeza, mientras se besaban en las mejillas, en la barbilla y en la boca.

No mucho tiempo antes, pensé mientras me apresuraba a subir el resto de la escalera, la idea de ver a Steven y a Sofía besándose apasionadamente me habría resultado inconcebible.

Las cosas estaban cambiando muy rápido. El largo y tranquilo camino que había previsto para Sofía y para mí estaba empezando a mostrar inesperadas curvas y cruces que me llevaban a pensar si acabaríamos en un destino muy distinto del que habíamos planeado en un principio.

Recibí frecuentes mensajes informándome de la evolución de Haven, que me enviaron Ella y Liberty, y por supuesto también Joe. Aunque la salud de Haven mejoraba rápidamente, no estaría en condiciones de recibir visitas ajenas a la familia hasta que regresara a su casa. Su hija, a la que habían llamado Rosalie, estaba bien y ganaba peso, y la llevaban a menudo junto a su madre para que disfrutara de frecuentes momentos de piel con piel sobre su pecho.

Mientras ojeaba las fotos tomadas por Joe que este había guardado en su tableta, me detuve al ver una tierna imagen de Hardy con su hija acunada en sus enormes manos. Él había inclinado la cabeza para mirarla con una sonrisa mientras una de las diminutas manos de la niña le tocaba la nariz.

—Tiene los ojos azules —comenté, ampliando la imagen.

—La madre de Hardy estuvo ayer en el hospital y dijo que su hijo los tenía de ese mismo tono cuando nació.

—¿Cuándo les darán el alta a Haven y a Rosalie?

—Creen que dentro de una semana. A Hardy le alegrará poder llevarse a casa a sus chicas. —Joe guardó silencio un instante—. Pero espero que mi hermana no quiera tener más hijos. Hardy asegura que sería incapaz de pasar otra vez por esto, aunque Haven quiera arriesgarse.

—¿Existe riesgo de preeclampsia si vuelve a quedarse embarazada?

Joe asintió con la cabeza.

—Tal vez Haven esté contenta con una sola hija —dije—. O quizás Hardy cambie de opinión. Nunca se sabe lo que la gente puede hacer. —Al llegar a la última foto, le devolví la tableta a Joe.

Estábamos en su casa, situada en Old Sixth Ward. Era una preciosa casa de una sola planta, con una pequeña edificación en la parte trasera. Joe había pintado el interior de ambos edificios con un tono crema, algo que contrastaba con las puertas y molduras en nogal. La decoración era sencilla y masculina, incluyendo unas preciosas piezas antiguas restauradas. Joe pasó más tiempo enseñándome el edificio más pequeño, donde trabajaba y guardaba su equipo fotográfico. Para mi sorpresa, incluso tenía un cuarto oscuro, que admitió usar rara vez, pero del que no quería prescindir.

—De vez en cuando, uso un rollo fotográfico para revelarlo después porque hay algo mágico en revelar las imágenes en la oscuridad.

—¿Algo mágico? —repetí con una sonrisa curiosa.

—Algún día te lo enseñaré. No hay nada comparable a ver cómo aparece una imagen en la bandeja de revelado. Y todo es manual. Es imposible saber si la exposición es la adecuada, no puedes saber si el negativo ha salido bien, tienes que seguir tu instinto y hacer lo que la experiencia te va enseñando.

—¿Prefieres eso al Photoshop?

—No. El Photoshop ofrece muchas ventajas. Pero me gusta la idea de esperar para revelar una imagen en la oscuridad. Me gusta que lleve su tiempo y ver después la imagen desde una nueva perspectiva. No es algo tan práctico como la fotografía digital, pero es más romántico.

Me encantaba que demostrara semejante pasión por su trabajo. Me encantaba que le pareciera romántica una habitación diminuta y sin ventanas, llena de bandejas con productos químicos.

Mientras ojeaba fotos en la pantalla de un ordenador, descubrí algunas que había hecho en Afganistán. Unas imágenes preciosas, austeras, hechizantes. Algunos de los paisajes parecían sacados de otro mundo. Un par de ancianos sentados delante de una pared azul turquesa. La silueta de un soldado parado en un camino montañoso, recortada contra un cielo rojo. Un perro, visto desde su misma altura, con la bota de un soldado al fondo.

—¿Cuánto tiempo estuviste allí? —quise saber.

—Solo un mes.

—¿Cómo es que decidiste ir?

—Un amigo de la facultad estaba grabando un documental. Su equipo de grabación y él acompañaban a las tropas destinadas en una base de apoyo de artillería en Kandahar. Pero el fotógrafo tuvo que irse antes de tiempo y me preguntaron si podía sustituirlo para acabar el trabajo. Tuve que someterme al mismo programa de entrenamiento de dos días que había hecho el resto del equipo, básicamente para no fastidiarla en caso de que nos viéramos en mitad de un combate. Los perros que están en el frente son increíbles. No se asustan de los disparos. Un día acompañábamos a una patrulla y vi a un labrador olfatear un artefacto explosivo que los detectores de metales habían pasado por alto.

—¡Pero eso es muy peligroso!

—Sí, pero era una perra muy lista. Sabía muy bien lo que estaba haciendo.

—Me refería a que era peligroso para ti.

—Ah. —Esbozó una sonrisa—. Se me da muy bien mantenerme alejado de los problemas.

Intenté devolverle la sonrisa, pero sentía una dolorosa punzada en el pecho al pensar que hubiera corrido semejante riesgo.

—¿Harías algo así otra vez? —Me fue imposible morderme la lengua—. ¿Aceptarías un trabajo en el que pudieras acabar herido... o algo peor?

—Todos podemos sufrir un accidente, estemos donde estemos —contestó—. Si te toca, te tocó. —Enfrentó mi mirada y añadió—: Pero no me pondría en una situación semejante si tú no quieres que lo haga.

La insinuación de que mis sentimientos podían hacerlo cambiar de opinión me resultó un poco inquietante. Sin embargo, una parte de mi ser reaccionó a sus palabras, la misma parte que ansiaba tener esa clase de influencia sobre él. Ser consciente de eso me inquietó aún más.

—Vamos —murmuró Joe mientras me acompañaba al exterior—. Volvamos a la casa.

Una vez dentro, exploré el lugar y entré en un pequeño dormitorio. La cama, que era de matrimonio, tenía sábanas blancas y un cobertor del mismo color. Me gustó el cabecero, hecho con tablones de madera colocados en vertical.

—¿Dónde lo has comprado?

—Me lo regaló Haven. Era la puerta del antiguo montacargas que existía en su bloque de apartamentos.

Tras examinar la pieza de cerca, vi una palabra con las letras casi desvaídas en un lateral: PELIGRO y sonreí. Pasé la mano sobre el embozo de la sábana.

—Son bonitas. Creo que tienen muchos hilos.

—No entiendo de esas cosas.

Me quité los zapatos usando los pies y me subí a la cama. Tras tumbarme de costado, le lancé una mirada provocativa.

—Al parecer, no compartes mi afición por las sábanas de lujo.

Joe se sentó a mi lado.

—Tú sí que eres un lujo, y no las sábanas. —Su mano trazó lentamente la curva de mi cintura y mi cadera—. Avery... quiero fotografiarte.

Enarqué las cejas.

—¿Cuándo?

—Ahora.

Recorrí con la mirada los vaqueros y el top sin mangas que llevaba puesto.

—¿Vestida así?

Joe me acarició el muslo muy despacio.

—En realidad... estaba pensando que deberías desnudarte.

Abrí los ojos de par en par.

—¡Madre mía! ¿De verdad me estás pidiendo que pose desnuda para ti?

—Puedes cubrirte con una sábana.

—No.

A juzgar por su mirada, supe que estaba sopesando la mejor manera de salirse con la suya.

—¿Para qué quieres hacerlo? —le pregunté, algo nerviosa.

—La fotografía y tú sois las dos cosas que más me gustan en esta vida. Quiero disfrutar de las dos cosas al mismo tiempo.

—¿Y qué harás después con las fotos?

—Son para mí. No se las enseñaré a nadie. Si lo prefieres, las borraré todas.

—¿Lo has hecho antes? —le pregunté, recelosa—. ¿Es un ritual que haces con todas tus novias?

Joe negó con la cabeza.

—Eres la primera. —Guardó silencio—. No, la segunda. En una ocasión, me contrataron para hacer las fotos del anuncio de un coche con una modelo que solo llevaba pintura plateada encima. Salí con ella un par de veces. En realidad, nunca fue mi novia.

—¿Por qué la dejaste?

—En cuanto se le fue la pintura plateada perdió el encanto.

Solté una carcajada en contra de mi voluntad.

—Déjame fotografiarte —insistió Joe—. Puedes confiar en mí.

Le dirigí una mirada suplicante y furiosa a la vez.

—¿Por qué me lo estoy planteando siquiera?

Sus ojos adquirieron un brillo satisfecho.

—Eso es un sí —replicó al tiempo que se levantaba de la cama.

—Eso es que te mataré como me traiciones —le aseguré. Al analizar lo que acababa de decir, puse los ojos en blanco—. Hablo como un personaje de telenovela. —Me desnudé con rapidez y me metí bajo las sábanas, estremeciéndome por su frío contacto.

Joe volvió un minuto después, con la Nikon y un flash externo. Abrió las contraventanas y dejó que los visillos filtraran la brillante luz de la tarde. Al ver que tiraba del cobertor, sujeté la sábana con fuerza y la subí hasta cubrirme con ella el cuello.

Joe me miraba de otra forma distinta mientras comprobaba la luz, las sombras y la composición de la imagen.

—No estoy cómoda desnuda —le dije.

—El problema es que no estás acostumbrada a la desnudez. Si fueras desnuda el noventa y cinco por ciento del tiempo, te acostumbrarías.

—Ya te gustaría a ti... —murmuré.

Joe sonrió y se inclinó para darme un beso en un hombro, que quedaba expuesto.

—Desnuda eres preciosa —susurró al tiempo que avanzaba hasta mi cuello—. Cada vez que te veo con una de esas túnicas holgadas, recuerdo todas las curvas que hay debajo y me pongo a cien.

Lo miré, inquieta.

—¿No te gusta mi forma de vestir?

Dejó de besarme lo justo para contestar:

—Eres preciosa te pongas lo que te pongas.

Lo curioso fue que estaba segura de que lo decía en serio. Sabía que decía la verdad, que desde el principio había pensado así. Mis defectos físicos no eran tales para él. Siempre había mirado mi cuerpo con una mezcla de admiración y deseo que me resultaba increíblemente halagadora.

Pensé que era posible que hubiera estado poniéndolo a prueba de forma inconsciente, intentando descubrir si los vestidos sueltos, las túnicas holgadas y los pantalones anchos suponían alguna diferencia para él. Era evidente que no. Joe pensaba que yo era guapa. Entonces ¿por qué tendría yo que verme de otra manera distinta de la suya? ¿Qué sentido tenía dejar colgada en el armario la preciosa ropa que acababa de comprarme?

—Hace poco me compré ropa muy estilosa con la ayuda de Steven —dije—. Lo que pasa es que no he encontrado el momento adecuado para estrenarla.

—No tienes que cambiar por mí.

De una forma perversa, su comentario me hizo desear haberme puesto algo nuevo y bonito, algo que le hiciera justicia a la imagen que él tenía de mí.

Siguiendo las instrucciones de Joe, me puse de costado, incorporada sobre el codo y con la mano apoyada en la cabeza.

Joe se agachó para colocar la cámara en el ángulo correcto. Escuché el chasquido del obturador al mismo tiempo que saltaba la luz del flash externo que había dejado en la mesilla de noche, cuyo destello equilibraría el brillo que entraba por la ventana situada a mi espalda.

—No tienes por qué sentirte tímida delante de la cámara —me dijo—. Tienes un cuerpo increíble. —Se detuvo un momento intentando ajustar el flash externo, hizo otra prueba y después me enfocó con la cámara. Acto seguido, me preguntó en voz baja—: ¿Me enseñas una pierna?

Dudé.

—Solo la pierna —me animó.

Con cuidado, saqué una pierna y la dejé sobre la sábana.

La mirada de Joe la recorrió y meneó la cabeza como si estuviera enfrentado a una tentación imposible de resistir para un hombre. De repente, soltó la cámara y se inclinó para besarme la rodilla.

Extendí un brazo y le acaricié el pelo oscuro.

—Vas a tirar la cámara al suelo.

—Me da igual.

—No te dará igual si acabas rompiéndola.

Su mano se deslizó sobre la sábana con claras intenciones de colarse por debajo.

—Quizás antes de hacerte fotos deberíamos...

—No —lo interrumpí—. Sigue concentrado.

Retiró la mano.

—¿Y después? —preguntó, esperanzado.

No pude contener la sonrisa.

—Ya veremos.

Mi sonrisa quedó capturada por la cámara, a juzgar por el chasquido del obturador. Joe siguió haciendo fotos desde distintos ángulos, ajustando el objetivo con precisión.

—¿Por qué lo ajustas todo de forma manual? —le pregunté al tiempo que me colocaba la sábana bajo los brazos.

—Con esta luz me es más rápido ajustar el enfoque a mano que si la pongo en modo automático.

Ver sus manos en la cámara, observar cómo la manipulaba y cómo la sostenía, me resultó muy erótico. Observar a un hombre haciendo algo en lo que era un experto reportaba un placer particular. Su expresión era intensa y seria mientras me fotografiaba tendida bocabajo, con las caderas cubiertas por la sábana pero la espalda al aire. Apoyé la cabeza sobre los brazos, que tenía cruzados, y lo miré de reojo. Escuché varios chasquidos del obturador.

—Joder, eres muy fotogénica —murmuró Joe, que se acercó a la cama—. Tu piel refleja la luz como si fuera una perla.

Siguió halagándome y coqueteando conmigo mientras me hacía fotos desde distintos ángulos, y me percaté de que me lo estaba pasando muy bien.

—Empiezo a pensar que esto es una excusa para excitarme —le solté.

—Es un efecto secundario muy beneficioso —replicó al tiempo que se colocaba a mi lado en la cama. Sin soltar la cámara, se puso a horcajadas sobre mis caderas, aprisionándome entre sus piernas, cubiertas por los vaqueros.

—Oye —protesté mientras me ajustaba la sábana al pecho.

Joe se puso de rodillas y me hizo unos cuantos primeros planos de la cara desde arriba. Estábamos tan cerca que me fue imposible no reparar en el bulto que se apreciaba en sus vaqueros. Con ánimo juguetón, le acaricié la entrepierna y metí los dedos entre los botones de la bragueta.

Joe intentó ajustar el objetivo.

—Avery, no me distraigas.

—Solo intento ayudarte —repliqué al tiempo que le desabrochaba el botón superior.

—Pues así no me ayudas nada. De hecho... —soltó una bocanada de aire al notar que le desabrochaba el segundo botón— ... es todo lo contrario. —Apartó mi mano de la bragueta—. Sé buena y déjame hacer unas fotos más. Me gusta esta postura.

Tras besarme la palma de la mano, me colocó el brazo por encima de la cabeza, en una pose relajada. Ajustó el ángulo del codo. Cada vez que se movía, sentía la presión de su cuerpo entre los muslos.

Joe cogió la cámara y se puso otra vez de rodillas. Clavé la vista en el objetivo mientras él me miraba y recordé el último polvo que habíamos echado. Lo recordé de pie al lado de la cama, levantándome las piernas hasta colocarlas sobre su torso para penetrarme muy despacio.

Dejé que el recuerdo me excitara y sentí una especie de serenidad, de lánguida relajación. Mis inhibiciones se habían esfumado y por una vez en la vida no estaba tratando de esconder nada. La experiencia era tan opuesta a lo que había esperado que esbocé una sonrisilla.

El chasquido del obturador se escuchó varias veces seguidas.

—Eso es —dijo Joe en voz baja y bajó la cámara.

—¿El qué?

—Ya tengo la foto que quería.

Parpadeé.

—¿Cómo lo sabes?

—A veces lo sé antes de verla siquiera. Todo encaja a la perfección y antes de hacer la foto sé que esa va a ser la correcta.

Mientras alargaba el brazo para dejar la cámara en la mesita de noche, mi mano voló de nuevo hasta su bragueta y lo escuché reír. Acto seguido, se quitó la camiseta y la arrojó al suelo. Decidida a cumplir mi objetivo, le desabroché los botones, dejando que mi pelo se derramara sobre su abdomen desnudo. Lamí la línea de vello que descendía y desaparecía bajo los vaqueros, encantada al sentir las distintas texturas de su cuerpo. Lo escuché gemir justo cuando me colocaba una mano en la nuca con dedos tembloroso. Otro botón, otro más y después le bajé los bóxers.

Joe me ayudó mientras le quitaba la ropa. Antes de que pudiera quitarse los vaqueros del todo, me lancé a por él y empecé a acariciársela con las dos manos. Su tacto era ardiente y la delicada piel se movía fácilmente arriba y abajo. En cuanto me la llevé a la boca, se quedó petrificado, con los vaqueros en las rodillas y respirando con dificultad. Lo devoré con la lengua, disfrutando del regusto salado de su piel, de su tacto satinado y de los alocados latidos de su corazón. El placer de Joe era tan intenso que yo misma lo sentía. Tras escuchar su súplica, levanté la cabeza muy despacio y me la saqué de la boca sin dejar de succionarla. Su cuerpo se tensó de repente y me percaté de que tenía la cara colorada.

Gateé sobre su cuerpo hasta que él me enterró una mano en el pelo y me bajó la cabeza para besarme. Se quitó los pantalones tirando de ellos con los pies mientras yo me colocaba a horcajadas sobre sus caderas y usé una mano para guiarlo hasta mi interior. Joe me cogió la mano con un gemido ronco y me ayudó.

Lo monté con un ritmo frenético, con un abandono absoluto. Ansioso por prolongar el momento, Joe me aferró las caderas y me obligó a ir más despacio. Sus manos me acariciaron con suavidad, invitándome a inclinarme sobre él. Una vez que me tuvo donde quería, levantó la cabeza y capturó con los labios un pezón, que procedió a chupar. Me retorcí de placer, porque las sensaciones me resultaban abrumadoras. Tiró de mí aún más e intentamos encontrar la manera de estar más cerca si cabía, usando los brazos, las piernas, las manos y las bocas, respirando el mismo aire e intercambiando besos, caricias y los latidos del corazón.

Mucho después, Joe me mostró la foto que había descargado en su portátil. La luz le otorgaba un brillo nacarado a mi piel y convertía el tono de mi pelo en un rojo intenso. Tenía los ojos entrecerrados y los labios un poco abiertos. La mujer de la foto era seductora, incitante, radiante.

Yo.

Observé la foto maravillada mientras Joe me abrazaba desde atrás y me susurraba al oído:

—Cada vez que te miro... esto es lo que veo.

19

—Callaos todos —ordenó Sofía al tiempo que subía el volumen del televisor—. No quiero perderme una sola palabra.

—Lo estás grabando, ¿no? —preguntó Steven.

—Creo que sí, pero a veces no le doy bien.

—Deja que lo compruebe —le dijo él, y Sofía le dio el mando.

Nos habíamos reunido todos en el estudio para ver la emisión del programa de reportajes de una cadena local. Los productores habían enviado un equipo de cámaras y una reportera a la boda Harlingen, de cuya organización nos habíamos encargado hacía poco. El especial sobre bodas ofrecía consejos sobre moda, tendencias y sobre todos los negocios relacionados con el sector que tenían sede en Tejas. La última parte del programa se centraba en consejos prácticos para organizar una boda. Una organizadora de Houston llamada Judith Lord iba a hablar acerca de cómo escoger las localizaciones y los proveedores. Después, intervendría yo, con consejos acerca de los preparativos del gran día y de la logística.

La parte de Judith Lord fue elegante y muy digna, justo como yo esperaba que fuera mi parte. Judith, una señora muy reconocida en el sector, poseía una compostura dulce y férrea a la vez, algo que yo admiraba muchísimo. La reportera le hizo unas cuantas preguntas y la entrevista acabó con escenas de Judith y una clienta viendo vestidos de novia y disfrutando de las pruebas de las tartas nupciales mientras sonaba música de Mozart de fondo.

Sin embargo, cualquier rastro de dignidad desapareció cuando comenzó mi parte. La música cambió a una de opereta.

—¿Por qué han puesto eso? —pregunté, sorprendida y asqueada.

Tank exclamó a la vez:

—¡A mí me gusta esa canción! Es la que sale en Bugs Bunny con las sillas de barbero.

—También conocida como la obertura de Rossini de *El barbero de Sevilla* —comentó Steven con sorna.

La reportera comenzó a hablar:

—Avery Crosslin ha conseguido abrirse un hueco en el elitista mundo de las bodas de la alta sociedad de Tejas y ha logrado una cartera de clientes de forma agresiva, con un estilo arrollador...

—¿De forma agresiva? —protesté.

—No es algo malo —dijo Steven.

—Para un hombre no. Pero es malo cuando se dice de una mujer.

—Ven aquí, Avery —murmuró Joe. Estaba medio sentado en el brazo del sofá, mientras que Sofía y el resto del personal del estudio se apiñaban delante de la tele.

Me acerqué a él y Joe me rodeó las caderas con un brazo.

—¿Soy agresiva? —pregunté con el ceño fruncido.

—Claro que no —contestó para tranquilizarme.

Sin embargo, al mismo tiempo, todos los demás dijeron al unísono:

—¡Sí!

Y después aparecí en pantalla resaltando la importancia de llevar a rajatabla el horario previsto durante el día de la boda.

Sofía apartó la vista de la tele un momento para sonreírme por encima del hombro.

—Estás genial en pantalla —dijo.

—Tienes una gran personalidad —añadió Ree-Ann.

—Y un culo más grande todavía —masculló cuando mi imagen en pantalla se alejó y la cámara mostró mi trasero.

Joe, que no iba a tolerar crítica alguna de mi trasero, me dio un pellizco en dicha parte del cuerpo.

—Chitón —susurró.

Durante los siguientes cuatro minutos, vi con creciente espanto cómo mi imagen de profesional acababa por los suelos gracias a una sucesión de escenas montadas con una música tonta. El documental me mostró como una actriz chiflada de comedia mientras recolocaba micrófonos, ajustaba centros de flores y salía a la calle para dirigir el tráfico de modo que el fotógrafo pudiera hacer fotos de la comitiva nupcial fuera de la iglesia.

La cámara me siguió mientras hablaba con un novio que insistía en ponerse un sombrero de vaquero con el esmoquin. El novio aferraba el sombrero como si temiera que se lo arrancara de las manos. Mientras yo discutía y gesticulaba, *Coco* miraba al terco novio con expresión gruñona, agitando las patas delanteras al ritmo de la música de opereta.

Todos se echaron a reír.

—Se suponía que no iban a grabarme con *Coco* —protesté con el ceño fruncido—. Lo dejé bien claro. Solo la llevé conmigo porque la guardería para mascotas no tenía sitio ese día.

Volvieron a la entrevista:

—Has dicho que parte de tu trabajo consiste en esperar lo inesperado —comentó la reportera—. ¿Cómo lo haces exactamente?

—Intento ponerme en el peor de los casos —contesté—. Que se estropee el tiempo, que los proveedores cometan un error, que haya dificultades técnicas...

—Dificultades técnicas como...

—Bueno, podría ser cualquier cosa. Problemas con la pista de baile, con cremalleras o botones... incluso con un adorno torcido de la tarta nupcial.

A continuación, me mostraron entrando en la cocina donde se preparaba el banquete, que fue declarada zona prohibida para las cámaras. Pero alguien me siguió con una cámara de acción, de las que se colocaban en la cabeza.

—No di permiso para que me grabaran con ese tipo de cámara —protesté—. ¡No lo han hecho con Judith Lord!

Todos me mandaron callar de nuevo.

En la tele, me acerqué a dos de los repartidores que estaban dejando la tarta nupcial de cuatro pisos en la encimera. Les había dicho que la habían sacado demasiado pronto, que deberían haberla dejado en la cámara frigorífica, porque si no, la crema se derretiría.

—Nadie nos lo ha dicho —replicó uno de ellos.

—Os lo digo yo. Lleváosla de vuelta al camión y...

—Puse los ojos como platos cuando vi que el último piso

de la tarta comenzaba a deslizarse hacia un lado. Extendí los brazos y me incliné hacia delante para evitar que se cayera y estropeara los restantes pisos.

Los técnicos de montaje habían suprimido todos los tacos que solté.

Tras percatarme de las ávidas miradas de los repartidores, las seguí y descubrí que al inclinarme tanto hacia la tarta, mis pechos habían quedado cubiertos por pegotes de crema blanca.

A esas alturas, todos se estaban partiendo de risa. Incluso Joe intentaba contener las carcajadas.

En la tele, la reportera me preguntaba por los desafíos que presentaba mi trabajo. Yo parafraseé al general Patton al contestar que había que aceptar los desafíos para poder experimentar la euforia de la victoria.

—Los novios proporcionan el romanticismo —respondí, muy segura—. Yo me preocupo de todos los detalles para que ellos no tengan que hacerlo. Una boda es la celebración del amor, y en eso es en lo que tienen que concentrarse los novios.

«Y mientras los demás celebran —dijo la voz en off de la reportera—, Avery Crossling se ocupa de todo.»

—Pero ¿qué pasa con el romanticismo de la boda en sí? —preguntó la reportera—. ¿No se pierde si la abordas como una campaña militar?

Tras la pregunta, me mostraron corriendo hacia la parte trasera de la iglesia, donde el padre de la novia deambulaba fumándose un cigarro. Sin mediar palabra, saqué la botella de Evian que llevaba en el bolso y apagué el cigarro mientras él me miraba alucinado. A continuación, salí arrodillada en el suelo, sujetando con cinta adhesiva el dobladillo descosido de una de las damas de honor.

Por último, la cámara mostró el sombrero vaquero del novio metido debajo de una silla, donde yo lo había escondido sin que nadie se diera cuenta.

Alguien le había dado la vuelta al sombrero y *Coco* estaba sentada en su interior. La perra miró fijamente a la cámara, con los ojos brillantes y la lengua fuera, mientras el reportaje concluía con un gran final de orquesta.

Cogí el mando a distancia y apagué la tele.

—¿Quién metió a *Coco* en el sombrero? —exigí saber—. Es imposible que se metiera sola. Sofía, ¿lo hiciste tú?

Mi hermana negó con la cabeza, aunque estaba muerta de la risa.

—¿Quién ha sido si no?

Nadie quería admitirlo. Los miré a todos. Nunca los había visto reírse de esa forma a todos a la vez.

—Me alegro de que os haga gracia, dado que seguramente en un par de días nos quedemos sin trabajo.

—¿Estás de coña? —preguntó Steven—. Van a llovernos tantos encargos gracias a esto que no podremos aceptarlos todos.

—Me han hecho parecer una incompetente.

—De eso nada.

—¿Y lo de la crema? —pregunté.

—Salvaste la tarta —señaló Steven—. Y al mismo tiempo subiste los niveles de testosterona de todos los hombres que hayan visto el programa.

—Es un programa sobre bodas —protesté—. Tank, Joe y tú sois los únicos heterosexuales de Houston que lo habéis visto.

—Dame el mando —me dijo Ree-Ann—. Quiero verlo de nuevo.

Meneé la cabeza con fuerza.

—Voy a borrarlo.

—Da igual —le dijo Tank a Ree-Ann—. La emisora lo pondrá en su página web.

Joe cogió el mando a distancia y me lo quitó con cuidado de la mano. Me miraba con una expresión compasiva y risueña a la vez.

—Quiero ser elegante como Judith Lord —protesté.

—Avery, hay un millón de mujeres iguales que Judith Lord ahí fuera, pero solo una como tú. Has estado genial y simpática en el programa, y has transmitido la energía de alguien que se lo estaba pasando en grande. Has conseguido hacer lo mismo que Judith Lord, pero tú lo has hecho muchísimo más entretenido. —Joe le dio el mando a distancia a Steven y me cogió de la mano—. Vamos, te llevo a cenar.

Cuando llegamos a la puerta principal, los demás ya estaban viendo de nuevo la entrevista.

Al volver al estudio un par de horas después, nos cruzamos con Sofía y Steven, que salían para almorzar.

Sofía estaba feliz y animada, casi como si tuviera una luz interior. Sin duda, se debía en parte al hecho de que se estaba acostando con Steven. Sofía me había confesado que, a diferencia de Luis, Steven sí sabía lo que eran los preliminares. A juzgar por el comportamiento que demostraban, podía decir que la cosa iba pero que muy bien. De hecho, Sofía y Steven se trataban con una dulzura que no me habría imaginado a tenor de la animosidad que antes existía entre ellos. Hasta hacía poco tiempo, buscaban mil y una maneras de hacerse daño, buscaban sus debilidades. En ese momento, parecían compartir una alegría sencilla al estar juntos sin las espadas en alto.

—¿Te sientes mejor? —preguntó Sofía, que me abrazó.

—La verdad es que sí —contesté—. He decidido olvidarme de ese ridículo programa y fingir que nunca ha pasado.

—Me temo que no vas a poder —replicó Sofía con una expresión traviesa en sus ojos verdosos—. Los productores han llamado y han dicho que no dejan de hablar del tema en su cuenta de Twitter, y que les has encantado a todos. Y un montón de gente ha preguntado si pueden adoptar a *Coco*.

Cogí a la chihuahua y la abracé como si la estuviera protegiendo. Su lengüecita me acarició la barbilla.

—Les dije que lo pensaríamos —continuó Sofía con mirada burlona.

En cuestión de una semana, el programa acabó emitiéndose en la cadena nacional a la que pertenecía el canal local. La agenda del estudio estaba llena de citas, y tanto Steven como Sofía insistían en que necesitábamos contratar más personal.

El viernes por la tarde, recibí un mensaje de texto de mi amiga Jasmine en el que me ordenaba que la llamase inmediatamente.

Aunque siempre me gustaba hablar con Jasmine y escuchar las anécdotas de su vida en Manhattan, no quería llamarla. Si había visto el programa, seguro que no le había gustado. Jazz siempre había dicho que era un imperativo que una mujer mantuviera en todo momento su fachada profesional. Nada de llorar, nada de berrinches, nada de perder la compostura. Un programa de televisión en el que salía soltando tacos y llevando a un chihuahua en brazos, y en el que acababa con el pecho lleno de crema, no sería lo que Jazz consideraría apropiado para una profesional.

—¿Lo has visto? —pregunté en cuanto Jasmine me saludó.

—Sí, lo he visto, celebridad.

Eso me sorprendió.

—¿No te ha defraudado?

—Ha sido increíble. Como el episodio de una comedia televisiva donde todo está sincronizado a la perfección. Te adueñaste de la pantalla al instante. Tú y esa perrita... ¿Cómo se llama?

—*Coco*.

—No sabía que te gustasen los perros.

—Yo tampoco.

—Lo de la tarta... ¿lo planeaste?

—Por Dios, no. Jamás lo superaré.

—No te interesa superarlo. Tienes que hacer más cosas así.

Fruncí el ceño, descolocada.

—¿Qué?

—¿Te acuerdas de la oportunidad de la que te hablé hace un tiempo? ¿Lo de *Marcha Nupcial*?

—El programa de Trevor Stearns.

—Sí. Les mandé tu currículo y tus trabajos, y el vídeo, y no se pusieron en contacto conmigo. Han entrevistado a decenas de candidatos y, según tengo entendido, les han hecho pruebas a tres. Pero ninguno los convence y Trevor va a poner el grito en el cielo como no encuentren a alguien rápido. El presentador no solo tiene que ser capaz de hacer el trabajo, sino que también tiene que contar con ese carisma especial. Con eso que hace imposible apartar la vista de él. Hace un par de días, una de las productoras, Lois, vio en YouTube el vídeo en el que sales con... Lo siento, ¿cómo me has dicho que se llama la perra?

—*Coco* —murmuré con un hilo de voz.

—Eso. Lois lo vio y le mandó el enlace a Trevor y a los demás, y casi se caen de espaldas. Le echaron otro vistazo a tu currículo y ahora creen que eres justo lo que andan buscando. Quieren entrevistarte en persona. Van a traerte aquí para una reunión. —Jasmine hizo una pausa—. No dices nada —comentó con impaciencia—. ¿Qué te parece?

—No puedo creerlo —conseguí decir. Tenía el corazón en la boca.

—¡Créetelo! —exclamó Jasmine con voz triunfal—. Ahora que te lo he contado, voy a darle tus datos a Lois para que ella organice el vuelo. Trevor está en Los Ángeles, pero los productores de *Marcha Nupcial* están en Manhattan, y será con ellos con quienes hables en primer lugar. Tenemos que buscarte un agente, no podremos encontrarte a nadie a tiempo para la primera reunión, pero ahora mismo eso no importa. No hagas promesas ni te comprometas a nada. Deja que te conozcan y escucha lo que tienen que decirte.

—No hace falta que me organicen el vuelo a Nueva York si pueden esperar unos días —dije—. Voy a ir el miércoles para la prueba del vestido de una de mis novias.

—¿Vas a venir y no me lo has dicho?

—He estado ocupada —me defendí.

—Seguro que sí. Por cierto, ¿cómo te van las cosas con Joe Travis?

Le había contado hacía poco mi relación con Joe, pero no le había explicado lo que sentía de verdad por él... la ternura, la felicidad y el miedo, y la dolorosa ambivalencia que sentía al pensar en depender todavía más de él. Jasmine no lo habría entendido. Cuando se refería a su vida amorosa, Jasmine escogía mantener relaciones que fueran convenientes y, a la postre, prescindibles. No se permitía enamorarse. «El amor no importa siempre que hagas tu trabajo», me dijo en una ocasión.

—Es la leche en la cama —dije, respondiendo a su pregunta.

Escuché la familiar carcajada ronca.

—Disfruta de tu semental tejano mientras puedas. Pronto te mudarás a Nueva York.

—Yo no lo daría por hecho —repliqué—. Trevor y su gente seguramente no quieran hacerme las pruebas. Además... tengo que pensar en muchas cosas.

—Avery, si esto sale bien, serás famosa. Todo el mundo te conocerá. Podrás conseguir la mejor mesa de cualquier restaurante, las mejores entradas, un apartamento de lujo... ¿Qué tienes que pensar?

—Mi hermana está aquí.

—Pues que se venga. Ya le encontrarán algo que hacer.

—No sé si eso le gustaría. Sofía y yo hemos trabajado muy duro para montar la empresa. Abandonarla no nos va a resultar fácil a ninguna de las dos.

—Muy bien. Piensa lo que tengas que pensar. Mientras tanto, voy a darle a Lois tus datos. Nos vemos la semana que viene.

—Tengo muchas ganas de verte —dije—. Jazz... no sé cómo agradecértelo.

—No tengas miedo de aprovechar esta oportunidad. Es lo que te conviene. Tu sitio está en Nueva York y lo sabes. Las cosas suceden en esta ciudad. Adiós, guapa. —Cortó.

Suspiré mientras devolvía el móvil al cargador.

—También suceden cosas aquí —dije.

20

—Siempre he sabido que estabas destinada a algo así —me dijo Sofía después de que le contara la conversación con Jazz. Su reacción a las noticias fue similar a la mía: parecía un poco descolocada y emocionada. Entendía lo que implicaba semejante oportunidad, lo que podría significar. Meneó la cabeza despacio y me contempló con los ojos desorbitados—. Vas a trabajar con Trevor Stearns.

—Solo es una posibilidad.

—Se va a cumplir. Lo presiento.

—Tendría que mudarme otra vez a Nueva York —señalé.

Su sonrisa se apagó un poco.

—Si lo haces, ya se nos ocurrirá algo.

—¿Te vendrías conmigo?

—¿Te refieres a... a mudarme a Nueva York contigo?

—No creo que pudiera ser feliz lejos de ti —aseguré.

Sofía extendió un brazo y me cogió de la mano.

—Somos hermanas —afirmó sin más—. Estamos juntas aunque no lo estemos, ¿lo entiendes, corazón? Pero Nueva York no es mi sitio.

—No voy a dejarte aquí sola.

—No estaré sola. Tengo la empresa, a nuestros amigos y a... —Se detuvo y se puso colorada.

—A Steven —terminé por ella.

Sofía asintió con la cabeza, con los ojos brillantes.

—¿Qué pasa? —le pregunté—. Dime.

—Me quiere. Me lo ha dicho.

—¿Y tú le has contestado?

—Sí.

—¿Le has dicho que lo quieres porque no te apetecía herir sus sentimientos, porque es el primer hombre con el que has vivido los preliminares o porque lo quieres de verdad?

Sofía sonrió.

—Se lo dije porque lo quiero por su corazón, por su alma y por su retorcido e interesantísimo cerebro. —Se detuvo—. Lo de los preliminares también ha ayudado un poco.

Solté una carcajada curiosa.

—¿Cuándo te diste cuenta de que lo querías?

—No fue en un momento concreto. Fue como descubrir algo que siempre había estado ahí.

—¿Eso quiere decir que vais en serio? ¿En plan iros a vivir juntos?

—En plan de vamos a casarnos. —Sofía titubeó—. ¿Tenemos tu aprobación?

—Pues claro que sí. Nadie es lo bastante bueno para ti, pero Steven se acerca todo lo posible. —Apoyé los codos en la mesa y me masajeé las sienes con los dedos—. Entre los dos podréis encargaros de la empresa —murmuré—. Steven puede hacer lo mismo que yo. Tú eres la única indispensable del negocio, tú eres el motor creativo. Solo ne cesitas a gente que pueda convertir las ideas en realidad.

—¿Qué significaría para ti presentar un programa como el de *Marcha Nupcial*? —preguntó Sofía—. ¿Tendrías que idear cosas nuevas?

Negué con la cabeza.

—Supongo que casi todo estaría organizado de antemano y pactado. Mi papel consistiría en ir desmantelando cosas como Lucy Ricardo para posteriormente montarlo todo al final. Habrá errores de bulto y crisis fingidas, e incontables tomas de mi canalillo y de mi perra rara.

—Va a ser un exitazo —dijo Sofía, asombrada.

—Lo sé —repliqué, y las dos chillamos.

Tras ponerse seria, me dijo:

—¿Qué pasa con Joe?

La pregunta me provocó un nudo en el estómago.

—No lo sé.

—Mucha gente tiene relaciones a distancia —dijo Sofía—. Si dos personas quieren que la cosa funcione, lo consiguen.

—Es verdad —repliqué—. Y Joe tiene dinero de sobra para viajar todo lo que quiera.

—Podría mejorar la relación —me animó Sofía—. Así nunca os cansaríais el uno del otro.

—El tiempo que pasáramos juntos sería de calidad, aunque no hubiera cantidad.

Sofía asintió con la cabeza.

—Todo saldrá bien.

En el fondo, sabía que eran gilipolleces, pero sonaban tan bien que quería creérmelas.

—No creo que haya que mencionarle el tema a Joe

hasta que vuelva de Nueva York, ¿no te parece? —pregunté—. No quiero preocuparlo sin necesidad.

—No diré nada hasta que lo sepas con seguridad.

Aguanté casi todo el fin de semana sin decirle una sola palabra a Joe, pero el tema me carcomía por dentro. Quería sincerarme con él aunque me daba miedo lo que pudiera decirme. Me costaba dormir y me despertaba varias veces durante la noche, de modo que al día siguiente estaba agotada. Ese ciclo se repitió durante dos días más, hasta que Joe acabó encendiendo la luz a medianoche.

—Tengo la sensación de estar durmiendo con un montón de cachorros —dijo con voz exasperada, pero expresión tierna—. ¿Qué pasa, cariño? ¿Por qué no puedes dormir?

Lo miré, iluminado por la lamparita, miré su cara preocupada y su pelo revuelto, y miré su fuerte torso. Se apoderó de mí un tremendo anhelo, como si tuviera la impresión de que jamás podría acercarme lo bastante a él por más fuerte que me abrazara. Me acurruqué contra su cuerpo, tras lo cual él colocó mejor las sábanas para taparnos y susurró:

—Cuéntamelo. Sea lo que sea, todo se arreglará.

Se lo conté todo. Hablé tan deprisa que fue un milagro que pudiera entenderme. Le conté todo lo que Jasmine me había dicho acerca de Trevor Stearns y de *Marcha Nupcial*, y le conté que era una oportunidad que no volvería a presentárseme, que era todo lo que siempre había soñado.

Joe me escuchó con atención y solo me interrumpió para hacerme alguna que otra pregunta. Cuando por fin me detuve para tomar aire, me apartó la cara de su pecho y me miró fijamente. Tenía una expresión inescrutable.

—Pues claro que tienes que hablar con los productores —dijo—. Tienes que averiguar cuáles son las opciones.

—¿No estás enfadado? ¿Molesto?

—Joder, claro que no, estoy orgulloso de ti. Si es lo que quieres, te apoyaré hasta el final.

Casi jadeé por el alivio.

—Dios, no sabes cuánto me alegra oírte decir eso. Estaba preocupadísima. Cuando lo piensas, una relación a larga distancia no tiene por qué ser mala. Mientras los dos...

—Avery —dijo con voz tierna—, no he accedido a mantener una relación a larga distancia.

Aturdida, me senté para mirarlo al tiempo que me colocaba bien los tirantes del camisón de seda.

—Pero acabas de decir que me apoyarás.

—Y lo voy a hacer. Quiero que consigas lo que te haga feliz.

—Sería feliz si pudiera conseguir el programa y mudarme a Nueva York a la par que conservar mi relación contigo. —Al darme cuenta de que eso sonaba muy egoísta, añadí con cierta timidez—: Así que básicamente quiero tener mi tarta y también quiero que mi tarta viaje para verme.

Joe sonrió, aunque la situación no parecía hacerle demasiada gracia.

—Las tartas no suelen aguantar bien los viajes.

—¿No vas a darle ni siquiera una oportunidad? —pregunté—. Con una relación a larga distancia, podrías tener los beneficios de la soltería, pero también tendrías la seguridad de...

—Ya lo intenté hace mucho —me interrumpió Joe en voz baja—. Nunca más. No hay beneficios, cariño. Te cansas de estar solo. Te cansas de los kilómetros que te separan de la otra persona. Y los momentos compartidos acaban siendo como los primeros auxilios para evitar que la relación acabe muriendo. Si es una separación por poco tiempo, ya es otra cosa. Pero esto de lo que hablas... de un contrato sin fecha de caducidad, sin final... No, imposible.

—Podrías mudarte. Tendrías unas oportunidades increíbles en Nueva York. Mejores que aquí.

—Mejores no —me corrigió con serenidad—. Solo distintas.

—Mejores —insistí—. Si piensas en...

—Para el carro. —Joe levantó una mano para silenciarme con una sonrisilla torcida en los labios—. Primero tienes que hablar con esa gente y averiguar si eres la persona indicada para el trabajo, y si el trabajo es el indicado para ti. De momento, durmamos un poco.

—No puedo dormir —masculé al tiempo que me dejaba caer de espaldas, resoplando por la frustración—. Anoche tampoco pude.

—Lo sé —dijo él—. Yo estaba contigo.

Apagó la luz y la habitación se sumió en la oscuridad más absoluta.

—¿Por qué no pasó todo esto hace tres años? —pregunté en voz alta—. Entonces era cuando me hacía falta. ¿Por qué ha tenido que pasar ahora?

—Porque la vida tiene un sentido de la oportunidad cabroncete. Deja de hablar.

Tenía los nervios a flor de piel.

—Me niego a creer que vayas a darme la patada porque no esté viviendo en Tejas, como a ti te conviene.

—Avery, deja de darle vueltas, que te vas a poner peor.

—Lo siento. —Intenté relajarme y respirar con normalidad—. Una pregunta: tu familia tiene un avión privado, ¿no?

—Un Gulfstream. Para la empresa.

—Sí, pero si quisieras usarlo por motivos personales, ¿tus hermanos protestarían?

—Protestaría yo. La hora de vuelo cuesta cinco mil pavos.

—¿Es un jet pequeño, de tamaño medio o...?

—Es un jet Gulfstream con una cabina de pasajeros enorme y de tamaño medio tirando a grande.

—¿Con cuánto tiempo de antelación tienes que avisar para que lo preparen?

—Para un viaje así, unas dos o tres horas. —Sentí que las sábanas se apartaban de mis piernas.

—¿Qué haces? —No podía verlo, pero sí podía percibir sus movimientos en la oscuridad.

—Dado que te interesa tanto mi avión, voy a contarte cosas sobre él.

—Joe...

—Chitón. —Me fue levantando el camisón y sentí un cálido y dulce beso en la cara interna de la rodilla—. El Gulfstream tiene internet, televisión y un sistema de comunicación por satélite, y también tiene la peor cafetera del mundo. —Me besó la otra rodilla, tras lo cual sentí un lametón travieso en el muslo—. Dos motores Rolls Royce mejorados —continuó— proporcionan un empuje de 68,4 kN cada uno. —Siseé al sentir su lengua en la cara interna del muslo.

Sentí su aliento sobre el vello púbico, algo que me provocó un escalofrío y me excitó al máximo.

—Consume unos 1.600 litros de combustible a la hora.

Un solitario y travieso lametón. Gemí, concentrada por completo en ese lugar. Me introdujo la lengua con más decisión.

—Con la carga completa de combustible puede recorrer sin repostar 430 millas náuticas. —Me separó los labios con los dedos y después me dio un húmedo y erótico lametón.

Estaba anonadada, y guardé silencio mientras levantaba las caderas. Justo cuando el placer estaba a punto de alcanzar cotas insospechadas, Joe se apartó.

—Está modernizado con inversores de impulso para acortar el aterrizaje —murmuró— y con un sistema de visión aumentada con cámaras infrarrojas que van montadas en el morro. —Me penetró con uno de sus largos dedos—. ¿Quieres saber algo más? —preguntó mientras dicho dedo me acariciaba con suavidad.

Negué con la cabeza, ya que era incapaz de hablar. Aunque era imposible que Joe hubiera visto el movimiento, debió de percatarse de él, porque escuché su risilla.

—Avery, cariño —susurró—, vas a dormir de maravilla esta noche.

Sentí su boca y su lengua de nuevo mientras me lamía con precisión, sin tregua, y me perdí en un mar de deseo. El placer fue aumentando hasta que me llevó a la cima. Cuando se hizo insoportable, intenté apartarme, pero Joe me lo impidió y siguió lamiéndome hasta que mis gemidos se convirtieron en largos suspiros entrecortados.

Cuando por fin terminó conmigo, no me quedé dormida, sino que acabé inconsciente. Dormí tanto y tan bien que apenas me di cuenta de que Joe se despedía de mí con un beso a la mañana siguiente. Se inclinó sobre la cama, ya duchado y vestido, y murmuró que tenía que marcharse.

Cuando por fin me desperté, Joe ya se había ido.

Dos días después, me subí a un Citatio Ultra, un jet privado, con Hollis Warner. Una azafata nos sirvió Dr. Pepper con hielo mientras esperábamos a Bethany, que se retrasaba. Vestida muy a la moda y delgadísima, Hollis se relajó en el asiento de cuero junto a mí. Me explicó que su marido David ofrecía planes de compensación para algunos de sus ejecutivos en sus casinos y en sus restaurantes para poder hacer uso del jet durante unas horas aunque pagase la empresa. Hollis y sus amigas solían utilizar el Citation Ultra para escapadas de compras y de vacaciones.

—Me alegro de que vayamos a quedarnos dos noches en vez de una —comentó Hollis—. He quedado para cenar con unas amigas mañana por la noche. Puedes venir si quieres, Avery.

—Te lo agradezco mucho, pero voy a cenar con unos amigos a los que llevo mucho tiempo sin ver. Y tengo que asistir a una reunión mañana por la tarde.

Le hablé de la reunión con los productores de *Marcha Nupcial* y también le dije que me iban a entrevistar como posible presentadora de un programa filial. Hollis pareció encantada con las noticias y me dijo que cuando me convirtiera en famosa iba a atribuirse el mérito de haber ayudado a lanzar mi carrera.

—Al fin y al cabo, si no te hubiera escogido como la organizadora de la boda de Bethany, no habrías salido en ese programa.

—Le contaré a todo el mundo que fue cosa tuya —le aseguré y brindamos.

Tras dar un sorbo, Hollis se colocó un mechón de pelo detrás de la oreja y preguntó con tono indiferente:

—¿Sigues saliendo con Joe?

—Sí.

—¿Qué le parece esta oportunidad?

—Ah, me está apoyando en todo. Se alegra por mí.

Sin necesidad de que me lo dijera, sabía que Joe nunca intentaría forzar mi decisión en caso de que el proyecto saliera adelante. No me pediría que renunciara a nada ni que me quedase. Sobre todo, no haría promesas. No había garantías sobre lo que iba a pasar con nuestra relación ni sobre el tiempo que iba a durar. Aunque sí habría garantías, firmadas por contrato, si me contrataba la productora del programa de Trevor Stearns. Incluso en caso de resultar un fracaso, conseguiría unos beneficios increíbles. Dinero, contactos y un currículo de fábula.

Me libré de contestar gracias a la llegada de Bethany. Llevaba una vistosa túnica de Tory Burch y unos chinos, y acababa de hacerse las mechas.

—¡Hola! —exclamó—. ¿A que es una pasada?

—Mírala qué guapa está —dijo Hollis con una mezcla de orgullo y envidia—. Es la chica más guapa de todo Tejas, eso es lo que siempre dice su padre. —Hollis puso cara de póquer cuando vio que otra persona embarcaba tras Bethany—. Veo que te has traído a Kolby.

—Dijiste que podía traer a un amigo.

—Claro que sí, cariño. —Hollis abrió una revista y comenzó a hojearla de forma metódica, con los labios apretados. Tal parecía que Kolby, un chico musculoso de veintepocos años, no era la clase de amigo que Hollis había tenido en mente.

El acompañante de Bethany llevaba unas bermudas, una camisa de Billabong y una gorra de la que sobresalían mechones de pelo rubio por detrás. Estaba muy moreno, tenía ojos azules y unos dientes blanquísimos. Desde un punto de vista muy objetivo, era guapo, pero le faltaba esa chispa de la que carecían las personas con facciones perfectas y simétricas.

—Bethany, estás guapísima, como siempre —afirmé cuando ella se inclinó para abrazarme—. ¿Estás preparada para el viaje? ¿Cómo te encuentras?

—¡Claro que sí! —exclamó—. Me siento de maravilla. Mi ginecólogo dice que soy su mejor paciente. El bebé se mueve muchísimo, tanto que a veces ves los bultitos en mi barriga.

—Qué bien —dije con una sonrisa—. ¿Se emocionó Ryan al sentir que el bebé se movía?

Bethany torció el gesto.

—Ryan es demasiado serio. No quiero que venga a mis revisiones porque siempre me deprime.

Hollis intervino sin soltar la revista.

—A lo mejor deberías esforzarte en hacerle sonreír más a menudo, Bethany.

La aludida se echó a reír.

—No, voy a dejar que siga jugando con sus dibujos y con sus diseños por ordenador... Yo tengo a alguien que sabe cómo pasarlo de maravilla. —Le dio un apretón a Kolby en el brazo y me sonrió—. Avery, no te importa que me haya traído a Kolby a nuestra excursión de chicas, ¿verdad? No va a molestar.

Kolby la miró con una sonrisa ladina.

—A ti voy a molestarte muchísimo —replicó él.

Bethany estalló en carcajadas y arrastró a Kolby al bar, donde rebuscaron en las bebidas enlatadas. Con expresión inquieta, la azafata intentó convencerlos para que tomaran asiento y dejaran que les sirviera ella.

—¿Se puede saber quién es Kolby? —me atreví a preguntarle a Hollis.

—Nadie —murmuró—. Un instructor de esquí acuático que Bethany conoció el verano pasado. Solo son amigos. —Se encogió de hombros—. A Bethany le gusta estar rodeada de gente simpática. Por mucho que quiera a Ryan, debo admitir que es un sieso.

Dejé correr el comentario, aunque estuve tentada de decirle que no era justo juzgar a Ryan y decir que no era agradable cuando se estaba preparando para casarse con una mujer a quien no quería y para ser el padre de un bebé que no deseaba.

—No hace falta mencionar el tema —me aconsejó Hollis al cabo un momento—. Sobre todo a Joe. Podría contarle algo a Ryan y crear problemas sin motivo alguno.

—Hollis, si hay alguien que desea más que tú que esta boda siga adelante sin problemas, soy yo. Créeme, no voy a hablarle de Kolby a nadie. No es asunto mío.

Satisfecha, Hollis me miró con expresión afable.

—Me alegro de que nos entendamos —comentó.

En el mostrador de admisión del hotel se produjo otro momento desconcertante, cuando me estaba registrando. Mientras el encargado de recepción pasaba mi tarjeta de crédito y esperábamos que la operación fuera autorizada, miré al otro recepcionista, que acababa de registrar a Bethany y a Kolby en la misma habitación. Supuse que una parte de mí quería creer que Bethany y Kolby solo eran amigos de verdad. Se habían comportado como adolescentes durante el vuelo desde Boston, sin dejar de susurrar y de reírse por lo bajo mientras veían una película juntos, pero no hubo nada sexual en su comportamiento.

Sin embargo, lo que acababa de presenciar no dejaba lugar a dudas.

Miré de nuevo al recepcionista que me estaba atendiendo. Me devolvió la tarjeta de crédito y me entregó un recibo para que lo firmara. Aunque le había dicho en serio a Hollis que no pensaba contárselo a nadie, participar de ese secreto hacía que me sintiera culpable y sucia.

—Nos vemos —dijo Bethany—. No nos esperéis a Kolby y a mí para el almuerzo, vamos a pedir al servicio de habitaciones.

—Propongo que nos encontremos en el mostrador de recepción dentro de dos horas —dije—. Tenemos cita para probarte el vestido a las dos en punto.

—Dos en punto —repitió Bethany al tiempo que se dirigía a los ascensores, seguida de cerca por Kolby. Se detuvieron para mirar un escaparate lleno de brillantes joyas.

Hollis se puso a mi lado mientras guardaba el móvil en el bolso.

—Ya verás si alguna vez tienes una hija —dijo, con voz cansada, como a la defensiva—, ya me contarás si es fácil o no. Le enseñas a diferenciar entre el bien y el mal, le enseñas a comportarse, le enseñas a saber qué creer. Haces todo lo que está en tu mano. Pero un día, tu inteligente hija cometerá una estupidez. Y tú harás cualquier cosa para ayudarla. —Hollis suspiró y se encogió de hombros—. Bethany puede hacer lo que quiera hasta que se case. Todavía no ha pronunciado los votos matrimoniales. Cuando lo haga, espero que los mantenga. Hasta ese momento, Ryan disfruta de la misma libertad.

Mantuve la boca cerrada y asentí con la cabeza.

A las dos en punto, nos recibieron en el estudio de diseño que Finola Strong tenía en el Upper East Side. El salón estaba decorado con tonos empolvados y los sillones de las zonas privadas estaban tapizados en terciopelo. Jasmine me había recomendado a Finola, quien a su vez había accedido a convertir mis rudimentarios bocetos en un diseño adecuado. Conocida por su predilección por las líneas rectas y la exquisitez en los detalles, Finola era perfecta para confeccionar la pedrería bordada que llevaba el vestido de talle imperio. Su equipo no tenía rival en cuanto a la confección de vestidos de fiesta, unos vestidos con precios de salida de treinta mil dólares.

Dos meses antes, una ayudante del estudio se había trasladado a casa de los Warner, en Houston, para probarle un patrón en muselina, que ajustó a su cuerpo con alfileres de forma metódica. Dado que Finola estaba al tanto del embarazo, había diseñado un vestido que pudiera ser alterado sin problemas para acomodar la cambiante silueta de Bethany.

Esa prueba sería la primera que harían con el vestido de verdad, con gran parte de la pedrería ya bordada. Ese día, ajustarían el vestido de modo que la tela se amoldara y cayera a la perfección. Una de las ayudantes de Finola viajaría con el vestido terminado unos pocos días antes de la boda para una última prueba. En dicho momento, se harían los ajustes pertinentes en caso de ser necesario.

Mientras esperábamos en el probador con un enorme espejo de tres caras y una zona privada con asientos, una ayudante nos trajo champán a Hollis y a mí, y una copa de agua con gas y zumo para Bethany. Finola apareció al punto. Era una mujer delgada y rubia, de unos treinta años, con una sonrisa agradable y una mirada vivaracha y penetrante. La había visto unas cuatro o cinco veces durante los años que estuve dedicada al diseño, pero apenas fueron encuentros de unos segundos durante algún desfile o alguna gala abarrotada de gente.

—Avery Crosslin —me dijo Finola—. Te felicito por el programa.

Me eché a reír.

—Gracias, pero no estoy tan segura como Jazz de que vaya a conseguirlo.

—No se te da bien ser modesta —replicó—. Pareces muy ufana. ¿Cuándo vas a reunirte con los productores?

La miré con una sonrisa.

—Mañana.

Después de presentarle a las Warner, Finola aseguró que Bethany sería la novia más guapa a la que había vestido.

—Me muero por verte con el vestido —le dijo—. Es una creación internacional: la seda es de Japón, el forro de Corea, la pedrería de la India, la capa interior de Italia y el encaje antiguo de Francia. Nos iremos mientras te lo pones. Chloe, mi ayudante, te echará una mano.

Tras dar una vuelta por el salón de Finola, volvimos al probador. Bethany estaba delante del espejo, esbelta y reluciente.

El vestido era una obra de arte. El corpiño estaba confeccionado con encaje bordado a mano formando un diseño geométrico y la pedrería era pequeñísima y sumamente delicada. Estaba sujeto por dos finos tirantes de cristal que relucían sobre los hombros morenos de Bethany. La falda, adornada con cristalitos que reflejaban la luz como si fueran una nebulosa, caía al suelo desde el talle alto. Era imposible imaginarse una novia más guapa.

Hollis sonrió y se llevó los dedos a la boca.

—¡Magnífica! —exclamó.

Bethany sonrió y agitó las faldas.

Sin embargo, había un problema con el vestido, uno que Finola y yo vimos enseguida. El pliegue de las tablas delanteras no estaba bien. Se separaban sobre su barriga más de lo que yo había previsto en el boceto. Me acerqué a Bethany con una sonrisa.

—Estás deslumbrante, pero tenemos que hacer unas pequeñas modificaciones.

—¿Dónde? —preguntó Bethany, incrédula—. Ya es perfecto.

—Es por la caída de la tela —explicó Finola—. Durante los meses que faltan hasta la boda, aumentarás de tamaño y, al final, la sobrefalda te rodeará la barriga como si fuera una cortina de dos hojas, un detalle que no resultará favorecedor por preciosa que sea tu barriga.

—No sé por qué razón estoy cogiendo peso tan deprisa —dijo Bethany, preocupada.

—Cada embarazo es único —le explicó Hollis.

—No has aumentado mucho de peso —la tranquilizó Finola—. Estás muy delgada salvo en la zona delantera, algo totalmente normal. Nuestro trabajo es conseguir que el vestido te quede como un guante, y lo conseguiremos. —Se acercó a Bethany y cogió la sobrefalda, adaptando el ancho de la tabla y cambiando la posición de la tela al tiempo que sopesaba la caída de esta.

De repente, Bethany dio un respingo y se llevó una mano a la barriga.

—¡Ah! —Soltó una carcajada—. Me ha dado una buena patada.

—Ya lo creo —convino Finola—. La he visto. ¿Necesitas sentarte, Bethany?

—No, estoy bien.

—Estupendo. Voy a ver qué hago con esto. No tardo. —Finola miró a Bethany con expresión interrogante, aunque amable—. Estoy tratando de imaginar cuánto te crecerá la barriga en un mes... Por casualidad no estarás esperando gemelos, ¿verdad?

Bethany negó con la cabeza.

—Gracias a Dios. Una de mis hermanas tuvo gemelos y eso sí que fue un cambio radical. Y la fecha en la que sales de cuentas... ¿ha variado?

—No —contestó Hollis en su nombre.

Finola miró a su ayudante.

—Chloe, por favor, ayuda a Bethany a quitarse el vestido mientras yo hablo con Avery de los posibles cambios. Bethany, ¿te importa que tu madre se quede contigo?

—Claro que no.

Finola se acercó a Hollis y cogió la copa vacía que estaba en la mesita auxiliar junto a ella.

—¿Más champán? —preguntó—. ¿Una taza de café?

—Café, por favor.

—Se lo diré a una de mis ayudantes. Volveremos enseguida. Avery, acompáñame.

Obediente, seguía a Finola cuando esta salió del probador. Le dio la copa vacía a un ayudante que pasaba y le ordenó que preparase café para la señora Warner. Enfilamos un silencioso pasillo para llegar a un despacho situado en una esquina de la planta y que disponía de grandes ventanales.

Me senté en el sillón que Finola me indicó.

—¿Va a costar mucho arreglar el diseño? —pregunté, preocupada—. No tendrás que deshacer toda la falda, ¿verdad?

—Les diré a mi patronadora y a mi mercero que le echen un vistazo. Con lo que están cobrando, reharemos el dichoso vestido de arriba abajo si es necesario. —Rotó los hombros y se frotó la nuca—. Sabes cuál es el problema de las tablas delanteras, ¿no?

Negué con la cabeza.

—Tendría que examinar el vestido al detalle.

—Te voy a decir una regla inquebrantable cuando se diseña para una novia embarazada: nunca te fíes de la fecha en la que sale de cuentas según ella.

—¿Crees que se ha equivocado un poco?

—Creo que se ha equivocado en dos meses por lo menos.

La miré sin comprender.

—Es algo muy común —continuó Finola—. La maternidad es el departamento con más auge en el negocio de los vestidos de novia confeccionados. Una de cada cinco novias que visto están embarazadas. Y muchas de ellas mienten en cuanto a la fecha en la que salen de cuentas. Incluso hoy en día, a algunas mujeres les preocupa lo que piensen sus padres. Y también hay otros motivos... —Se encogió de hombros—. No estamos en posición de juzgar ni de hacer comentarios. Si estoy en lo cierto con la fecha en la que va a salir de cuentas, la barriga de Bethany estará muchísimo más grande de lo que esperamos cuando se case.

—En ese caso, deberíamos olvidarnos de las tablas delanteras y reemplazar toda la sobrefalda —dije, sin prestarle demasiada atención—. Aunque tal vez no haya tiempo suficiente para que rehagan todo el trabajo con la pedrería.

—Conseguiremos que lo haga alguien aquí por una suma exorbitante. ¿Cuánto tiempo se va a quedar Bethany en la ciudad? ¿Podemos organizar otra prueba para mañana?

—Por supuesto. ¿Por la mañana viene bien?

—No, vamos a necesitar más tiempo. ¿Qué te parece por la tarde después de tu reunión?

—No sé cuánto tiempo va a durar.

—Si no puedes venir tú, dile a Bethany que venga a las cuatro y ya está. Haré fotos y te las mandaré para que puedas ver lo que hemos hecho.

—Finola... ¿estás completamente segura con respecto a lo que me has comentado de la fecha?

—No soy médico. Pero te garantizo que esa chica está de más de cuatro meses. Ya le sobresale el ombligo, algo que no suele pasar hasta el final del segundo trimestre. ¿Y has visto las patadas que da el bebé? Impresionante para un feto que se supone que apenas mide quince centímetros. Aunque Bethany haya estado controlando su peso, la barriga no miente.

Esa noche, salí a cenar con Jasmine y un grupo de antiguos amigos de la industria de la moda. Nos sentamos a una mesa para doce en un restaurante italiano, y mantuvimos al menos tres o cuatro conversaciones a la vez. Como de costumbre, estaban al tanto de los mejores cotilleos del mundo, de modo que intercambiaban rumores acerca de diseñadores, de famosos y de ilustres personajes de la alta sociedad. Se me había olvidado lo emocionante que era estar en la vorágine de la actualidad, enterarte de las cosas antes que el resto del mundo.

Nos sirvieron *carpaccio* de ternera, con las lonchas de carne cruda cortadas más finas incluso que el queso parmesano rallado sobre ellas. Aunque el camarero intentó llevarnos cestitos con pan junto con la ensalada, todos los presentes negaron con la cabeza al unísono. Miré con cara de cordero degollado el pan que se alejaba, que dejó un delicioso aroma a su paso.

—Podríamos habernos comido una sola rebanada por cabeza —protesté.

—Nadie come carbohidratos —comentó Siobhan, la directora de la sección de belleza de la revista de Jasmine.

—¿Todavía sigue la moda? —pregunté—. Esperaba que ya se hubiera pasado.

—Los carbohidratos se han ido para no volver —me aseguró Jasmine.

—Por Dios, no digas eso.

—Está demostrado científicamente que comer pan blanco es malísimo para la salud, tanto que es preferible echarte paquetes de azúcar refinado en la boca.

—Mándale a Avery una copia del plan KPD —le dijo Siobhan a Jazz. Me dirigió una mirada elocuente—. Perdí cinco kilos en una semana.

—¿De dónde? —pregunté al tiempo que miraba su cuerpo, que era un palo.

—Te va a encantar KPD —me aseguró Jasmine—. Todo el mundo la hace. Es una modificación de tres dietas: la cetogénica, la paleo y la de desintoxicación. Empieza con una fase depurativa similar a la de las dietas proteínicas. Se pierde peso tan pronto que parece que tienes una tenia.

Cuando llevaron los entrantes, me di cuenta de que era la única del grupo que había pedido pasta.

Jett, un diseñador de accesorios de una marca muy conocida, miró mis macarrones y dijo con un suspiro:

—No he comido pasta desde que Bush era presidente.

—¿El padre o el hijo? —preguntó Jasmine.

—El padre. —Jett tenía expresión nostálgica—. Recuerdo esa última comida. Salsa carbonara con extra de beicon.

Consciente de que me miraban fijamente, dejé el tenedor a medio camino de mi boca.

—Lo siento —me disculpé—. ¿Queréis que me lo coma en otra mesa?

—Dado que técnicamente eres una invitada foránea —dijo Jasmine—, puedes conservar tus macarrones. Pero que sepas que cuando te mudes tendrás que renunciar a tus carbohidratos refinados.

—Si me mudo —repliqué—, tendré que renunciar a muchas cosas.

A la una del día siguiente, cogí un taxi que me llevó al centro y entré en las oficinas de los productores de Stearns. Tras cinco minutos de espera, una chica con una melenita despeinada y un ajustado traje de chaqueta negro me acompañó a un ascensor. Subimos unos cuantos pisos y salimos a una sala de recepción con un techo espectacular, suelos de azulejos lavandas y plateados, y mobiliario tapizado en un color berenjena intenso.

Me recibieron tres personas demostrándome tanto entusiasmo que me relajé al punto. Todas eran jóvenes e iban impecablemente vestidas, y sonreían cuando se presentaron. La mujer era Lois Ammons, productora y ayudante ejecutiva de Trevor Stearns. Luego estaban Tim Watson, productor del casting y Rudy Winters, productor y ayudante del director.

—¿No te has traído a tu perrita? —preguntó Lois con una carcajada mientras entrábamos en un espacioso despacho con una vista impresionante del Chrysler Building.

—Me temo que *Coco* es un poco mayor y demasiado quisquillosa para un viaje tan largo —contesté.

—Pobrecilla. Seguro que te echa de menos.

—Está en buenas manos. Mi hermana Sofía la está cuidando.

—Trabajas con tu hermana, ¿no es así? ¿Por qué no nos cuentas cómo empezó todo? Espera, ¿te importa que grabemos la conversación?

—Claro que no.

Las siguientes tres horas pasaron volando, como si hubieran sido tres minutos. Empezamos hablando de mis años en el mundo de la moda y de lo que significó para mí abrir el estudio con Sofía. Mientras contaba anécdotas de algunas de las bodas más curiosas que habíamos organizado, tuve que hacer varias pausas, ya que el trío se reía a carcajadas.

—Avery —dijo Lois—, Jasmine me ha dicho que sigues buscando agente.

—Sí, aunque ni siquiera estaba segura de que fuera necesario, así que no...

—Es necesario —me aseguró Tim, que me miró con una sonrisa—. Si la cosa sale bien, Avery, tendremos que negociar temas como apariciones públicas, derechos sobre mercaderías, anuncios de productos, libros, derechos por reemisiones y cosas así... Así que necesitas un agente ya.

—Entendido —repliqué, tras lo cual saqué mi tableta del bolso y tomé nota—. ¿Eso quiere decir que vamos a reunirnos de nuevo?

—Avery —intervino Rudy—, en lo que a mí respecta, eres perfecta. Tendremos que hacer más pruebas y tal vez enviar a un equipo de grabación a la boda Warner.

—Tendré que preguntárselo primero a toda la familia —dije con voz entrecortada—, aunque no creo que se opongan.

—Este programa y tú estáis hechos el uno para el otro —aseguró Tim—. Creo que podrías adoptar el concepto de Trevor y hacerlo tuyo. Aportarás muchísima energía. Nos encanta la imagen de pelirroja sexy, nos encanta lo natural que eres delante de la cámara. Tendrás que aprender sobre la marcha, pero seguro que puedes hacerlo.

—Tenemos que verla con Trevor, ver si conectan —dijo Lois. Me sonrió—. Ya te adora. En cuanto consigas un agente, podemos empezar a hablar sobre cómo adaptar el programa a tu personalidad y a intercambiar ideas sobre el programa piloto. En el primer episodio, nos gustaría lanzar la idea de que Trevor te está enseñando el negocio... orquestaremos algunos dilemas para los que tendrás que llamar a Trevor y pedirle consejo, aunque no los seguirás necesariamente. En principio, tiene que haber tensión en la dinámica... Trevor y su atrevida pupila, con muchas batallas verbales... ¿Qué te parece?

—Suena bien —respondí sin pensar, aunque me inquietaba la idea de que estuvieran creando un papel que yo tendría que representar.

—Y tiene que haber un perro —añadió Tim—. A los de la oficina de Los Ángeles les encantó verte con esa perrita en brazos. Pero tendrá que ser una perra bonita. ¿Cómo se llaman esos peludos y blancos, Lois?

—¿Los pomerania?

Tim negó con la cabeza.

—No, creo que no son esos...

—¿Un cotón de Tulear?

—A lo mejor...

—Recopilaré un listado para que le eches un vistazo —dijo Lois, que tomó notas.

—¿Me vais a buscar otro perro? —pregunté.

—Solo para el programa —contestó Lois—. Pero no tendrás que llevártelo a casa. —Soltó una carcajada—. Seguro que *Coco* tendría algo que decir al respecto.

—Bueno... ¿eso quiere decir que el perro sería un profesional?

—Otro miembro más del equipo —aseguró Tim.

Mientras los dos hombres hablaban, Lois extendió un brazo y me cogió una mano sin dejar de sonreírme.

—Vamos a ponerlo todo en marcha —dijo.

Esa noche, me senté en mi habitación del hotel con la vista clavada en el móvil y me puse a ensayar qué iba a decirle a Joe. Pronuncié unas cuantas frases en voz alta e incluso escribí unas palabras en un bloc de notas.

Cuando me di cuenta de lo que estaba haciendo, de que estaba ensayando una conversación con él, aparté el bloc de notas y me obligué a marcar.

Joe descolgó al primer tono. Escuchar esa voz ronca tan conocida hizo que me sintiera bien y al mismo tiempo me provocó un anhelo insoportable.

—Avery, cariño. ¿Cómo estás?

—Bien. Te echo de menos.

—Yo también te echo de menos.

—¿Puedes hablar?

—Tengo toda la noche. Cuéntame qué has estado haciendo.

Me apoyé en los cojines y crucé las piernas.

—Bueno... he tenido la gran reunión hoy.

—¿Qué tal ha ido?

Se la describí con todo detalle, le conté todo lo que se había dicho, todo lo que pensé y todo lo que sentí. Mientras yo hablaba sin pausa, Joe guardaba silencio de forma premeditada, ya que se negaba a expresar su opinión.

—¿Habéis hablado ya de números? —preguntó al rato.

—No, pero estoy segurísima de que habrá mucha pasta. Tal vez una cantidad de las que te cambian la vida.

—No sé si el dinero te cambiará la vida, pero el trabajo desde luego que sí —replicó con sorna.

—Joe... Es la oportunidad con la que siempre he soñado. Parece que puede hacerse realidad. Me han dejado muy claro que querían que funcionase. De ser así... no sé si voy a poder rechazarla.

—Ya te he dicho que no pienso interponerme en tu camino.

—Sí, lo sé —repliqué, molesta—. No me preocupa que

intentes interponerte en mi camino. Me preocupa que no intentes siquiera seguir en mi vida.

Joe contestó con la impaciencia y el cansancio de quien no encontraba una solución por más que pensase, lo mismo que me pasaba a mí.

—Avery, si tu vida acaba teniendo lugar a más de dos mil kilómetros de distancia, no me va a resultar fácil continuar en ella.

—¿Qué te parece mudarte aquí conmigo? Podríamos compartir apartamento. Nada te ata a Tejas. Podrías hacer las maletas y...

—Nada salvo mi familia, mis amigos, mi casa, mi negocio, la fundación que he accedido a dirigir...

—La gente se muda, Joe. Y se encuentra el modo de permanecer en contacto con los demás. Empieza de cero. Es porque soy una mujer, ¿no? Casi todas las mujeres se mudan cuando sus novios o sus maridos consiguen un trabajo mejor, pero si es al contrario...

—Avery, no me vengas con gilipolleces. Mi decisión no tiene nada de sexista.

—Podrías ser feliz en cualquier parte si te lo propusieras...

—Tampoco se trata de eso. Cariño... —Escuché un tenso y corto suspiro—. No se trata de que vayas a escoger un trabajo, es que vas a escoger una vida. Una profesión absorbente y agotadora. No vas a tener ni un puto minuto libre. No voy a mudarme a Nueva York para verte medio día durante el fin de semana y veinte minutos todas las noches, que será el tiempo que pase entre que llegues a casa y te metas en la cama. No veo sitio en esa vida para mí, ni para tener niños.

Se me cayó el alma a los pies.

—Niños —repetí, entumecida.

—Sí. Algún día quiero tener hijos. Quiero sentarme en el porche delantero y verlos corretear entre los aspersores. Quiero pasar tiempo con ellos, enseñarles a lanzar la pelota. Te estoy hablando de formar una familia.

Tardé bastante en poder replicar.

—No sé si sería una buena madre.

—Nadie puede saberlo.

—No, de verdad que no lo sé. Nunca he tenido una verdadera familia. He vivido con retazos de familias rotas. Una vez, volví a casa del colegio y me encontré con un hombre nuevo y unos niños en la casa, y descubrí que mi madre se había vuelto a casar sin decírmelo siquiera. Y luego, un día, todos desaparecieron sin previo aviso. Como si fuera un truco de magia.

—Oye, Avery... —dijo Joe con voz tierna.

—Si intentara ser madre y fracasara, nunca me lo perdonaría. Es un riesgo demasiado alto. Y es demasiado pronto para hablar de esto. Por el amor de Dios, si ni siquiera hemos dicho que... —Dejé la frase a la mitad porque el nudo que tenía en la garganta me impidió seguir.

—Lo sé. Y desde luego que no voy a decirlo ahora mismo, Avery. Porque ahora mismo parecería que intento presionarte.

Tenía que cortar la llamada. Tenía que retirarme.

—Al menos —dije—, podemos aprovechar al máximo el tiempo que nos queda. Falta un mes para la boda de Bethany y después...

—Un mes ¿para qué? ¿Para intentar no quererte más de lo que ya lo hago? ¿Para intentar renunciar a lo que siento? —Algo fallaba con su respiración, como si se le quebrara. Aunque bajó la voz, el tono siguió siendo igual de vehemente—. Un mes para ir contando los días que faltan para el final... Joder, Avery, no puedo hacerlo.

Se me llenaron los ojos de lágrimas, unas lágrimas que se deslizaron por mis mejillas dejando un sendero ardiente a su paso.

—¿Qué quieres que diga?

—Dime cómo dejar de desearte —contestó él—. Dime cómo dejar de... —Se interrumpió y soltó un sonoro taco—. Prefiero cortar ahora por lo sano a alargar las cosas.

Me temblaba la mano que sujetaba el móvil. Estaba aterrada. Más aterrada que en toda mi vida.

—No le demos más vueltas esta noche —murmuré—. No ha cambiado nada. No hay nada decidido, ¿vale?

Más silencio.

—¿Joe?

—Ya hablaremos cuando vuelvas —replicó con voz gruñona—. Pero quiero que pienses en algo, Avery. Quiero que sepas que te equivocaste de parte a parte con la metáfora cuando me contaste la anécdota de tu madre con ese bolso de Chanel. Tienes que averiguar cuál es su verdadero significado.

21

Agotada y nerviosa después de haber pasado la noche en vela, me apliqué una capa de maquillaje más generosa de lo habitual a la mañana siguiente. Pensé distraída que si estuviera de moda lucir ojeras, mi aspecto sería perfecto. Hice la maleta y bajé unos minutos antes de lo acordado para reunirme con Hollis, Bethany y Kolby en el vestíbulo. Desde allí iríamos al aeropuerto Teterboro en limusina, un trayecto de unos veinte kilómetros. El pequeño aeropuerto, situado en New Jersey Meadowlands, se utilizaba mucho para los vuelos privados.

Mientras me dirigía a unos sofás situados en el vestíbulo, vi que Bethany estaba sentada sola a una mesita junto a una ventana.

—Buenos días —la saludé con una sonrisa—. ¿Tú también has madrugado?

Bethany me devolvió la sonrisa, pero parecía cansada.

—No he podido dormir bien con el ruido de la ciudad. Kolby se está duchando. ¿Quieres sentarte conmigo?

—Sí, pero antes voy a por un café.

Al cabo de un minuto, regresé con mi café y me senté enfrente de ella.

—He mirado las fotos que me mandó Finola anoche —dije—. ¿Qué te han parecido los cambios en el diseño de la falda?

—Ha quedado bonito. Finola dice que llevará pedrería.

—¿Te gustan entonces?

Bethany se encogió de hombros.

—Me gustaba más el diseño anterior. Pero si me crece tanto la barriga, no hay otra solución.

—Será un vestido divino —le aseguré—. Y parecerás una reina. Siento mucho no haberte acompañado ayer.

—No hacía falta. Finola fue muy agradable conmigo y con mi madre. —Guardó silencio—. No dijo nada... pero lo sabe. Me resultó evidente.

—¿El qué? —le pregunté con expresión impasible.

—La fecha en la que salgo de cuentas. —Bethany cogió una cuchara y comenzó a remover su café de forma distraída—. Estoy a punto de entrar en el último trimestre. A lo mejor ni siquiera me cabe el vestido el día de la boda.

—Para eso está la última prueba —repliqué al instante—. Todo saldrá bien, Bethany. —Bebí un sorbo de café y clavé la mirada al otro lado de la ventana. Observé a los peatones que caminaban abrigados con estilosas bufandas. A una mujer que pasó en bici. A un par de hombres mayores con sendos sombreros—. ¿Tu madre lo sabe? —le pregunté.

Bethany asintió con la cabeza.

—Se lo cuento todo. Siempre juro que me voy a callar ciertas cosas, pero después acabo diciéndoselo, y siempre me arrepiento. Pero lo hago de todas formas. Supongo que siempre lo haré.

—A lo mejor no —dije—. En serio, yo no hago muchas de las cosas que siempre creí que haría.

Bethany dejó la cuchara y soltó la taza.

—Mi madre dice que guardarás silencio sobre Kolby —comentó—. Gracias.

—Por favor, no me lo agradezcas. Lo que suceda no es asunto mío.

—Tienes razón. No lo es. Pero sé que Ryan te cae bien, y seguramente le tienes lástima. De todas formas, no deberías. Estará bien.

—¿El niño es suyo? —le pregunté en voz baja.

Bethany me miró con expresión desdeñosa.

—¿Tú qué crees?

—Que es de Kolby.

Su sonrisa se esfumó, pero guardó silencio.

No hacía falta que hablara.

Ambas nos mantuvimos calladas durante un minuto.

—Quiero a Kolby —confesó Bethany por fin—. Da lo mismo, pero lo quiero.

—¿Lo has hablado con él?

—Por supuesto.

—¿Y qué dice?

—Chorradas. Me dijo que quería casarse y vivir en Santa Cruz, en una casa al lado de la playa. Como si estuviera dispuesta a llevar a nuestro hijo a un colegio público. —Soltó una carcajada seca—. ¿Me imaginas casada con un instructor de esquí acuático? Kolby no tiene dinero. Nadie me invitaría a sus eventos. Caeré en el olvido.

—Estarías con el hombre al que quieres. Con el padre de tu hijo. Tendrías que trabajar, pero tienes una licenciatura y contactos...

—Avery, trabajando no se gana dinero. No se amasa una fortuna. Aunque consigas ese programa de televisión, jamás ganarás un sueldo que se equipare al dinero que tienen los Travis o los Chase o los Warner. No me educaron para vivir entre el uno por ciento más rico del mundo. Me educaron para formar parte de los diez primeros apellidos que conforman ese uno por ciento. Así soy yo. Y no puedo cambiar. Nadie renunciaría por amor al tipo de vida al que estoy acostumbrada.

No pronuncié palabra alguna.

—Piensas que soy una zorra —comentó Bethany.

—No.

—Pues lo soy.

—Bethany —dije—, ¿qué vas a decirle a Ryan cuando el bebé nazca dos meses antes de la cuenta y sea evidente que no es prematuro?

—Entonces dará igual. Estaremos legalmente casados. Aunque Ryan decida negar la paternidad y divorciarse, tendrá que pagarme. Lo amenazaré con llevarlo a los tribunales para impugnar el acuerdo prematrimonial. Mi madre dice que Ryan preferirá pagar antes que sufrir una humillación pública.

Me esforcé por mantener una expresión serena.

—¿Estás segura de que Kolby no dirá nada? ¿Seguro que no te causará problemas?

—No, le he dicho que solo tiene que esperar. Una vez que el divorcio esté listo y yo tenga el dinero, Kolby podrá vivir conmigo y con el niño.

Por un instante, me fue imposible hablar.

—Un plan perfecto —conseguí decir al final.

Guardé silencio durante gran parte del vuelo de regreso, ya que mi mente era un hervidero de pensamientos. Me puse unos auriculares para ver una película en el portátil, aunque clavé la vista en el monitor sin prestarle la menor atención.

Todo rastro de compasión o lástima que pudiera haber sentido por Bethany se había esfumado tras revelarme que la boda solo era un medio para extorsionar a Ryan Chase y sacarle dinero. Bethany y sus padres ya sabían que el matrimonio no duraría mucho. Sabían que él no era el padre del niño. Se estaban aprovechando de la decencia innata de Ryan, que acabaría jodido mientras Bethany y Kolby vivían gracias a su dinero.

Estaba convencida de que sería incapaz de vivir con ese peso en mi conciencia.

Con el rabillo del ojo vi que Bethany le hacía un gesto a Hollis, que se acercó a su hija y se sentó a su lado en el cómodo sofá situado al fondo. Conversaron en voz muy baja durante casi veinte minutos, si bien la conversación se fue animando poco a poco, como si el tema fuera importante. Supuse que Bethany se había arrepentido de haberme contado tantas cosas antes y se lo estaba confesando a su madre. En un momento dado, Hollis alzó la vista y nuestras miradas se encontraron.

Sí. Me habían etiquetado como un problema potencial que debían atajar.

Devolví la mirada a la pantalla del portátil.

La diferencia horaria hizo que llegáramos al aeropuerto Houston Hobby a las once de la mañana.

—¡Qué bien! —exclamé con una sonrisa forzada al tiempo que guardaba el portátil en su funda—. Tenemos por delante casi todo el día.

Hollis esbozó una sonrisa tensa. Bethany no reaccionó.

Les di las gracias al piloto y a la azafata mientras Bethany y Kolby bajaban del avión. Cuando me volví hacia la salida, vi que Hollis me estaba esperando.

—Avery —me dijo con voz agradable—, antes de que bajemos del avión, quiero hablar contigo un momento.

—Por supuesto —repliqué, empleando su mismo tono de voz.

—Tengo que explicarte unas cuantas cosas porque no sé si entiendes del todo nuestro modo de vida. Nuestro círculo social se rige por unas reglas distintas. Si tienes algún tipo de ilusión sobre Ryan Chase, permíteme decirte una cosa: es exactamente igual que el resto de los hombres. ¿Crees que Ryan no va a buscar a alguna jovencita a la que mantener a escondidas? Un hombre con su aspecto físico y su dinero pasará al menos por tres o cuatro matrimonios. ¿Qué más te da si Bethany es la primera de ellas? —Me miró con los ojos entrecerrados—. No se te paga para que juzgues o interfieras en la vida privada de tus clientes. Tu trabajo es organizar la boda. Si algo sale mal... me aseguraré de que nadie más te contrate. Haré lo que sea necesario para echar por tierra cualquier posibilidad de que consigas ese programa de televisión. David y yo tenemos amigos que controlan varios medios de comunicación. Ni se te ocurra enfrentarte a mí.

Mi expresión cordial no varió ni un ápice mientras ella hablaba.

—Tal como comentaste al inicio del viaje, Hollis, nos entendemos muy bien.

Tras enfrentar mi mirada en silencio unos segundos, pareció relajarse.

—Le he dicho a Bethany que no serías un problema. Una mujer en tu situación no puede permitirse actuar en contra de sus intereses.

—¿En mi situación? —repetí, pasmada.

—Con un trabajo.

Solo Hollis Warner podría pronunciar esa frase como si fuera un insulto.

De forma deliberada, regresé a casa por el camino más largo desde el aeropuerto Houston Hobby, ya que necesitaba tiempo para pensar. Por regla general, en el coche era donde mejor reflexionaba, sobre todo durante los trayectos largos. De algún modo, el torbellino que se había adueñado de mi mente a doce mil metros de altura se había despejado de forma milagrosa nada más pisar tierra firme.

No podía negar la importancia de tener una profesión satisfactoria, o más bien la necesidad de tenerla. Pero el trabajo no era nunca lo importante. Las personas estaban por encima de todo lo demás.

El hecho era que tenía una profesión que adoraba. Había empezado de la nada junto con mi hermana, y el negocio era nuestro. Yo lo controlaba y nos iba muy bien. Éramos las dueñas de nuestras decisiones.

La entrevista con los productores de Trevor Stearn me había ayudado a vislumbrar lo que sería trabajar con alguien por encima que tomara todas las decisiones y controlara mis pasos. ¿Un precioso pomerania blanco? No, gracias. Prefería mi chihuahua desdentada que, aunque no era bonita, al menos no era una actriz consumada.

Comprendí que me había dejado obnubilar hasta tal

punto por la idea de conseguir la gran oportunidad con la que siempre había soñado, volver a Nueva York de forma triunfal, que no me había parado a pensar si ese seguía siendo mi sueño.

En ocasiones, los sueños cambian sin apenas darnos cuenta.

Mis logros y todo aquello que había aprendido, e incluso perdido, me habían ayudado a ver el mundo de otra manera. Pero lo más importante era que yo misma había cambiado gracias a la gente que había elegido querer. Era como si mi corazón se hubiera abierto y pudiera sentirlo todo con más intensidad. Como si...

—¡Por Dios! —exclamé al tiempo que tragaba saliva porque acababa de comprender la metáfora del bolso de Chanel.

Mi corazón era ese objeto que guardaba celosamente en la balda superior del armario. Había intentado mantenerlo a salvo de todo daño, había intentado usarlo solo cuando era estrictamente necesario.

Sin embargo, algunas cosas mejoraban con el uso. Los arañazos, el desgaste y las grietas, las reparaciones, las costuras estiradas... significaban que dicho objeto ya había cumplido con su propósito. ¿Para qué servía un corazón que apenas se había usado? ¿Qué valor tenía si jamás se arriesgaba a sentir algo por alguien? Mis intentos por no sentir algo por los demás jamás habían sido la solución de mis problemas, precisamente habían sido el problema.

La felicidad y el miedo se entrelazaban en mi interior como si fueran ambas caras de una misma moneda que no dejaba de girar. Quería correr al lado de Joe en ese mismo momento para asegurarme de que no lo había perdido. Quería cosas sobre las que seguramente fuera mejor no pensar en ese instante.

La vida que Joe había descrito... Que el Señor me ayudara, pero eso era lo que yo deseaba. Por completo. Hasta la parte de los niños. Sin embargo, siempre me había dado miedo admitirlo, incluso ante mí. Me asustaba demasiado la posibilidad de acabar pareciéndome a mi padre.

Pero jamás me parecería a él.

A diferencia de Eli, se me daba bien querer a la gente. Algo de lo que acababa de darme cuenta.

Tuve que quitarme las gafas, porque las lágrimas me humedecieron la parte inferior de los cristales.

En ese instante, tenía que ocuparme de otros asuntos más acuciantes. Después, iría a ver a Joe, cuando encontrara un momento para estar juntos. Sus sentimientos y los míos eran demasiado importantes como para hablar de ellos de forma apresurada.

Me detuve tras la hilera de coches que esperaban para pedir comida en una hamburguesería y pedí un Dr Pepper Light. Después, saqué el móvil y marqué un número.

—¿Diga? —me contestó una voz brusca.

—¿Ryan? —repliqué mientras me limpiaba las lágrimas—. Soy Avery.

Al reconocerme, dijo con voz más suave:

—¿Ya has vuelto de la gran ciudad?

—Pues sí.

—¿Qué tal el viaje?

—Más interesante de lo que esperaba —contesté—. Ryan, necesito hablar contigo en privado. ¿Puedes hacer un descanso para vernos en algún sitio? Preferiblemente en un bar, si es posible. No te lo pediría si no fuera importante.

—330—

—Claro, te invito a almorzar. ¿Dónde estás?

Le dije dónde estaba y él me dio la dirección de un bar donde preparaban comida a la brasa no muy lejos de Montrose.

Tras pagar el refresco, bebí un largo y efervescente trago e hice una última llamada antes de abandonar el aparcamiento.

—¿Lois? Hola, soy Avery Crosslin. —Intenté parecer compungida—. Me temo que debo tomar una decisión muy difícil con respecto a *Marcha Nupcial*...

Para conseguir un mínimo de privacidad en un bar con asador, el lugar tenía que estar completamente lleno o casi vacío. La zona del restaurante estaba tan atestada que Ryan y yo tuvimos que sentarnos en dos taburetes situados en un extremo de la barra y pedir allí el almuerzo. Siempre me había gustado disfrutar del almuerzo directamente en la barra de un bar, y para la conversación que tenía en mente, sería lo ideal. Podíamos sentarnos cerca sin necesidad de mirarnos a los ojos, la forma perfecta de hablar de un tema tan peliagudo.

—Antes de empezar —le dije a Ryan—, debería decirte que tengo malas noticias. O tal vez sean buenas noticias disfrazadas de malas noticias. En cualquier caso, va a parecerte horrible cuando te lo diga. Si prefieres no saberlo, te pido perdón por haberte hecho perder el tiempo, y yo pagaré el almuerzo, pero al final te enterarás de todo, así que...

—Avery —me interrumpió—, preciosa, más despacio. Has puesto el turbo y no te sigo.

Esbocé una sonrisa torcida.

—Nueva York —dije a modo de explicación. Aunque me sorprendió el término cariñoso, me gustó porque lo había dicho de modo fraternal, como si fuéramos familia.

El camarero trajo una copa de vino para mí y una cerveza para Ryan, y aprovechamos para pedir el almuerzo.

—En cuanto a las malas noticias —dijo Ryan—, prefiero que me las digan sin más. No me gusta que traten de suavizarlas. Y no vayas a decir que tienen un aspecto positivo. Si el beneficio no es evidente, no hay nada positivo.

—Tienes razón. —Pensé cuál era la mejor manera de comunicarle las noticias y me pregunté si debía empezar por la presencia de Kolby en el avión o por la falsa fecha que le había dado Bethany para el nacimiento del bebé—. Estoy intentando encontrar la manera de explicártelo todo.

—Intenta usar cinco palabras o menos —sugirió Ryan.

—El niño no es tuyo.

Ryan me miró sin pestañear.

Repetí la frase más despacio.

—El niño no es tuyo. —Me pregunté si de verdad era una mala noticia, porque yo sentí un gran alivio al decírselo.

Ryan aferró con sumo cuidado el vaso de cerveza y se la bebió de golpe. Después, le hizo un gesto al camarero para que le sirviera otra.

—Continúa —susurró al tiempo que apoyaba los brazos en la barra y clavaba la vista al frente.

Ryan me escuchó durante veinte minutos, mientras yo hablaba. Me resultó imposible interpretar cómo se estaba tomando las noticias, porque era muy bueno ocultando sus emociones. Sin embargo, poco a poco me di cuenta de que se estaba relajando, como aquel que había llevado un peso sobre los hombros durante meses y por fin le permitían librarse de él.

Al final, dijo:

—La amenaza de Hollis, sobre arruinar tu negocio... no te preocupes. Yo me encargo de los Warner, de modo que tú...

—¡Por Dios, Ryan! No tienes por qué preocuparte por mí. Lo importante eres tú. ¿Estás bien? Me daba miedo que sintieras algo por Bethany y...

—No, lo intenté, pero lo más que he podido hacer es ser agradable con ella. Nunca la he querido. —Ryan alargó un brazo y me estrechó contra su costado sin que nos levantáramos de los taburetes. Fue un abrazo intenso y sentido—. Gracias —susurró contra mi pelo—. ¡Dios mío, gracias!

No supe muy bien si me lo decía a mí o si era una especie de oración.

Cuando se apartó de mí, me miró con esos ojos azules tan increíbles.

—No tenías por qué decírmelo. Podrías haber seguido adelante con la boda y cobrar tus honorarios.

—¿Y ver después cómo los Warner te convertían en un pelele? Ni hablar. —Lo miré, preocupada—. ¿Qué vas a hacer ahora?

—Hablaré con Bethany lo antes posible. Haré lo que debería haber hecho desde el primer momento: esperar a que el bebé nazca para hacerle una prueba de ADN. Mientras tanto, exigiré concertar una cita con su ginecólogo para averiguar de cuánto está exactamente.

—Así que la boda se cancela —aventuré.

—Detenlo todo —confirmó él con desdén—. Compensaré a Hollis por el dinero que no puedas devolverle. Además, quiero pagarte a ti y a tus empleados por el tiempo que habéis invertido en esto.

—No es necesario.

—Sí que lo es.

Hablamos un rato más, mientras la multitud acababa de almorzar y el local se despejaba. El personal trajinaba de un lado para otro llevando la cuenta a los clientes y cobrando con las tarjetas de crédito o con el dinero en efectivo. Ryan pagó el almuerzo y le dejó una sorprendente propina al camarero.

Una vez en la puerta, la sostuvo para que yo saliera.

—No has mencionado nada sobre tu entrevista con los productores del programa de televisión.

—Ha ido bien —le aseguré como si tal cosa—. Me dio la impresión de que querían hacerme una buena oferta. Pero les he dicho que no. Es imposible que me ofrezcan algo que supere lo que tengo aquí.

—Me alegro de que te quedes. Por cierto, ¿vas a ver pronto a Joe?

—Eso espero.

—Ha estado de muy mala leche durante tu ausencia. Jack dice que la próxima vez que te vayas tienes que llevártelo. No hay quien lo aguante cuando se pone así.

Me eché a reír y sentí un millar de mariposas en el estómago.

—No estoy segura de cómo están las cosas entre Joe y yo ahora mismo —confesé—. Nuestra última llamada telefónica no acabó muy bien.

—Yo no le daría importancia. —Ryan sonrió—. Pero no tardes mucho en hablar con él. Por el bien de todos nosotros.

Asentí con la cabeza.

—Iré a avisar a mi equipo de que la boda se cancela y después lo llamaré. —Nos separamos, pero de camino a mi coche me detuve para llamarlo—. ¡Ryan! —exclamé, y él se volvió para mirarme—. Algún día me contratarás para organizar otra boda. Y la siguiente será por los motivos correctos.

—Avery —replicó él con expresión sincera—, lo que voy a hacer es contratar a alguien para que me pegue un tiro si alguna vez vuelvo a comprometerme.

22

En cuanto crucé la puerta principal, escuché a *Coco* ladrar como una loca. Se acercó corriendo a mí desde la zona de estar, desatada por la emoción.

—¡*Coco*! —exclamé al tiempo que soltaba el bolso para cogerla en brazos.

Me lamió e intentó acurrucarse contra mí mientras seguía ladrando como si me estuviera regañando por haber estado tanto tiempo fuera.

Escuché un coro de bienvenidas procedentes de diferentes partes del estudio.

Me encantaba estar en casa.

—Los perros no saben medir el tiempo —dijo Sofía, que se acercó a mí al instante—. Cree que has estado fuera dos semanas en vez de dos días.

—Me han parecido dos semanas —le aseguré.

Me besó en ambas mejillas mientras *Coco* se retorcía emocionada entre las dos.

—¡Me alegro de que hayas vuelto! Aunque me has mandado unos cuantos mensajes de texto, ayer estuviste muy callada y anoche no me mandaste nada.

—Los acontecimientos de estos dos días superarían a

la telenovela más rocambolesca —dije—. Prepárate para llevarte un sorpresón.

Steven se echó a reír y se acercó para abrazarme. Después de darme un fuerte achuchón, se apartó para mirarme con una expresión traviesa en sus ojos azules.

—Ahora mismo estoy sorprendidísimo —dijo—. He visto suficientes episodios de esas pamplinas para reconocer una vuelta de tuerca en el argumento a un kilómetro de distancia.

—Créeme, esto te va a costar incluso a ti. —Fruncí el ceño mientras *Coco* me besaba la mejilla y me di cuenta de lo áspera que tenía la lengua—. ¿Nadie le ha puesto aceite de coco en la lengua mientras he estado fuera? —preguntó—. Es como una hoja de lija.

—No ha dejado que nadie se la toque —protestó Sofía—. Lo he intentando. Díselo, Steven.

—Lo ha intentado —convino él—. Yo lo vi.

—Se rio tanto que acabó en el suelo —apostilló Sofía.

Meneé la cabeza y miré los ojos expresivos de *Coco*.

—No quiero ni pensar en lo que has tenido que soportar.

—No ha sido tan espantoso... —me aseguró Sofía.

—Cariño —la interrumpió Steven—, creo que le está hablando a la perra.

Después de ocuparme de la lengua de *Coco*, les pedí a todos que dejaran lo que estuvieran haciendo y que se sentaran a la amplia mesa.

—Durante el resto del día —comencé— vamos a estar muy ocupados con un proyecto especial.

—Suena divertido —dijo Val con voz cantarina.

—No lo va a ser, te lo aseguro. —Miré a Ree-Ann—.

¿Has enviado ya las invitaciones de la boda, Warner? —pregunté, mientras pensaba: «Por favor, dime que no, por favor, dime que no...»

—Las mandé ayer —anunció, orgullosa.

Solté un taco que hizo que pusiera los ojos como platos.

—Me dijiste que lo hiciera —protestó—. Solo he hecho lo que tú...

—Lo sé. No pasa nada. Por desgracia, eso significa trabajo extra, pero podemos apañárnoslas. Necesito que imprimas la lista completa, Ree-Ann. Tenemos que ponernos en contacto con todos y obtener confirmación verbal de que saben que se ha cancelado.

—¿Qué? ¿Por qué? ¿Qué dices?

—Tenemos que cambiar la planificación de la boda Warner-Chase.

—¿Hasta qué punto? —preguntó Steven.

—Hasta eliminarla.

Tank estaba de piedra.

—¿Se ha pospuesto?

—Se ha cancelado —contesté—. Definitivamente.

Todos me miraron antes de preguntar al unísono:

—¿Por qué?

—Lo que voy a decir no puede salir de esta habitación. No cotilleamos de los clientes. En la vida.

—Sí, ya lo sabemos —dijo Steven—. Avery, desembucha.

Dos horas más tarde, mi equipo parecía seguir atontado por el rumbo de los acontecimientos. Tuve que asegurarles que seríamos compensados por el tiempo trabajado. Habría otras bodas, otras oportunidades para dejar nuestra huella. Sin embargo, ese era un triste consuelo cuando tenían que desmontar una boda para la que faltaba apenas un mes. Steven había conseguido cancelar la flotilla de Rolls Royce y uno de los encargos para los regalos a los invitados. Sofía se había puesto en contacto con las empresas de catering y del alquiler de sillas y mesas, y estaba esperando que le devolvieran la llamada. Val y Ree-Ann tenían la labor de llamar a todos los integrantes de la lista de invitados y ponerlos al corriente de que se había cancelado la boda, dejando claro que desconocían el motivo.

—¿Cuánto tiempo tenemos que seguir haciendo esto? —se quejó Ree-Ann—. Son las cinco. Quiero irme a casa.

—Me gustaría que trabajarais hasta las seis si es posible —contesté—. Dependiendo de cómo vaya el asunto, tendremos que trabajar horas extra esta semana, así que a lo mejor... —Me detuve al escuchar una llave en la puerta principal.

Aparte de mí, solo tenían llave Sofía, Steven... y Joe.

Que entró sin anunciarse. Su mirada me encontró al punto.

Se hizo un tenso silencio en la habitación.

Joe tenía un aspecto espantoso, como si no hubiera dormido y estuviera cabreado, como si su paciencia se hubiera agotado. Era grande y testarudo... y mío.

Solo podía escuchar los latidos de mi corazón, erráticos.

—Ryan me ha llamado. —La voz de Joe sonaba muy ronca.

El estudio siguió en silencio. Todos escuchaban con atención, sin fingir siquiera que estaban atareados. Incluso *Coco* se había subido al respaldo del sofá y nos miraba con mucho interés.

—¿Te ha dicho que...? —comencé.

—Sí. —Era evidente que a Joe le importaba muy poco quién estuviera presente y qué podían ver, estaba totalmente concentrado en mí. Tenía la cara colorada y los dientes apretados, y pese al esfuerzo que estaba haciendo por controlarse, me di cuenta de que estaba a un paso de perder el control.

Tenía que echarlos a todos del estudio. Y deprisa.

—Deja que me encargue de un par de cosillas —dije, nerviosa— y luego podremos hablar.

—No quiero hablar. —Joe se acercó a mí y yo retrocedí de forma instintiva—. En treinta segundos —anunció con voz tajante—, vas a ser mía. Y te aseguro que te apetecerá estar arriba cuando eso pase. —Miró el reloj.

—Joe... —Meneé la cabeza al tiempo que soltaba una trémula carcajada—. Por favor, no puedes...

—Veinticinco segundos.

«Joder», pensé. No bromeaba.

Les lancé una mirada aterrada a Ree-Ann y a Val, que se lo estaban pasando en grande.

—Marchaos a casa —les ordené con sequedad—. Habéis hecho un buen trabajo. Volved mañana a primera hora.

—Pienso quedarme a trabajar hasta las seis —declaró Ree-Ann con voz remilgada.

—Y yo la ayudaré —apostilló Val.

Tank meneó la cabeza y me miró con una de sus escasas sonrisas.

—Ya me las llevo yo, Avery.

Steven recogió sus llaves.

—Vamos a cenar fuera —le sugirió a Sofía con voz tranquila, como si no estuviera pasando nada raro. Como si yo no estuviera a punto de ser devorada en mitad del estudio.

—Dieciocho segundos —dijo Joe.

Espantada y emocionada, corrí hacia la escalera, presa del pánico.

—Joe, es una tontería que...

—Quince. —Empezó a seguirme con paso tranquilo.

El corazón parecía a punto de salírseme del pecho mientras subía los escalones, que parecían haberse vuelto automáticos.

Cuando por fin llegué a mi dormitorio, Joe me alcanzó. Entré corriendo y me volví para mirarlo mientras él cerraba la puerta. Se tensó, preparado para atraparme si intentaba escabullirme en cualquier dirección. Sin embargo, al ver las ojeras tan oscuras que tenía, el corazón me dio un vuelco y fui derecha hacia él.

Me abrazó con fuerza. Su boca se apoderó de la mía y gruñó por lo bajo, de agonía o de placer. Durante unos minutos, imperaron la oscuridad y las sensaciones, esos besos abrumadores que borraban cualquier pensamiento coherente. No supe muy bien cómo acabamos en la cama. Rodamos por el colchón vestidos, mientras nos abrazábamos y nos besábamos, y solo nos apartábamos cuando necesitábamos respirar. Joe me besó el cuello mientras le daba tirones a mi camisa, más agresivo que nunca; tanto que escuché cómo se saltaba un botón.

Con una trémula carcajada, le tomé la cara entre las manos.

—Joe, tranquilo. Oye...

Volvió a besarme, presa de los estremecimientos al intentar contenerse. Lo sentí duro y preparado contra mi cuerpo, y lo deseé con tantas ganas que se me escapó un gemido. Pero antes teníamos que decirnos unas cuantas cosas.

—He elegido la vida que quiero —conseguí decirle—. No estás obligado a nada. Me quedo porque este es mi hogar y porque aquí puedo convertir mis sueños en realidad, con mi hermana, con mis amigos, con mis trabajadores y con mi perra, y todas las cosas que...

—Y yo ¿qué? ¿He influido para que tomes esa decisión?

—Bueno...

Frunció el ceño cuando titubeé.

—Joe, lo que intento decir es... es que no espero que te comprometas por esto. No quiero que te sientas presionado. Puede que pasen años hasta que averigüemos lo que sentimos el uno por el otro, así que...

Me silenció con los labios, besándome hasta que la cabeza me dio vueltas por su sabor y por sus caricias. Levantó la cabeza.

—Ya lo sabes —susurró sin apartar esa intensa mirada de mis ojos. Tenía una sonrisa tierna en los labios. Ese era el Joe al que estaba acostumbrada, el Joe al que le encantaba pincharme sin compasión—. Y vas a decírmelo.

El corazón empezó a palpitarme con fuerza, una sensación nada agradable. No estaba segura de poder hacer lo que me pedía.

—Luego.

—Ahora. —Dejó descansar su peso contra mí, como si estuviera preparado para un largo asedio.

Renuncié al orgullo.

—Joe, por favor te lo pido, no me obligues a...

—Dilo —murmuró—. O en cosa de diez minutos vas a gritarlo a pleno pulmón conmigo dentro.

—¡Por Dios! —Me debatí nerviosa—. Eres el tío más...

—Dímelo —insistió.

—¿Por qué tengo que decirlo yo primero?

Me inmovilizó con su impenetrable mirada.

—Porque quiero que lo hagas —respondió en voz baja.

Al darme cuenta de que era inútil discutir, comencé a jadear como si acabara de correr una maratón. De alguna manera, conseguí pronunciar las palabras con respiración trémula.

Me cabreé cuando Joe se echó a reír.

—Cariño... lo has dicho como si acabaras de confesar un crimen.

Fruncí el ceño y me moví debajo de él.

—Si vas a reírte de mí porque...

—No —aseguró con ternura al tiempo que usaba el cuerpo para inmovilizarme de nuevo. Me tomó la cara entre las manos. Soltó una última carcajada y después me miró a los ojos, viéndolo todo y sin ocultar nada—. Te quiero —dijo. Sus labios acariciaron los míos, suaves como el terciopelo—. Ahora inténtalo de nuevo. No hay de qué tener miedo.

—Te quiero —conseguí decir, aunque el corazón me seguía latiendo a mil.

Joe me cubrió la boca con la suya, explorando.

—No me canso de besarte —dijo—. Voy a besarte un millón de veces durante nuestra vida, y no será bastante.

«Nuestra vida.»

Nunca había sentido semejante felicidad, una felicidad que se instaló en esa parte de mi corazón donde solía residir la pena, una felicidad que me arrancó lágrimas.

Joe secó las lágrimas con los dedos y me besó las mejillas, saboreando el salado sabor de la alegría.

—Vamos a practicar un poco más —susurró.

Y descubrí que, con la persona adecuada, pronunciar esas palabras no era difícil.

De hecho, era lo más fácil del mundo.

Epílogo

El local de la Protectora Peludos Felices ya estaba decorado para la Navidad, con tiras de luces en el techo y un árbol en la recepción, adornado con galletas para perros con forma de hueso. Aunque Millie y Dan se regían por la norma de no ceder animales en adopción durante las semanas previas a las fiestas para evitar impulsos de los que después la gente pudiera arrepentirse, el refugio y la web habían seguido estando muy ocupados. Las visitas estaban permitidas y quien quisiera podía reservar a un animal para adoptarlo el uno de enero, fecha en la que se activaban de nuevo las adopciones.

Joe colocó su equipo fotográfico en la sala de ejercicio mientras yo sacaba unos cuantos juguetes de la caja. Era nuestra visita mensual para fotografiar a los recién llegados. Más tarde, iríamos al centro comercial Galleria para comprar los regalos, algo que Joe odiaba en la misma medida que a mí me gustaba.

—Comprar es un deporte competitivo —le había dicho—. Tú no te separes de mí y te enseñaré cómo se hace.

—Comprar no es un deporte.

—Pues así es como yo lo hago —le aseguré, y Joe confesó que a lo mejor valía la pena ir de compras con tal de verme en acción.

Antes incluso de que Dan abriera la puerta para llevarnos al primer perro, se escucharon unos ladridos agudos. Fingí que me asustaba e hice una mueca.

—¿Qué pasa ahí fuera? —pregunté.

Joe meneó la cabeza y se encogió de hombros con gesto inocente.

Cuando se abrió la puerta, apareció una camada de cachorros de golden retriever. Al ver las peludas criaturas que nos rodearon moviendo las colitas y mirándonos con esos resplandecientes ojos, me eché a reír encantada. Había cinco.

—¿Todos a la vez? —pregunté—. Me parece que es imposible que... —Dejé la frase en el aire al ver que cada perrito llevaba una placa en torno al cuello. ¿Sus nombres? Perpleja, cogí a uno de ellos y miré la placa mientras el cachorro intentaba lamerme. Era un signo de interrogación. Cogí a otro perrito y leí en voz alta—: Conmigo.

—Miré a Joe, que me ofreció otro perrito. Leí la placa—: Quieres.

Y entonces lo comprendí.

Parpadeé porque de repente todo estaba borroso.

—¿Dónde están los que faltan? —pregunté y sorbí por la nariz mientras trataba de localizar a los dos cachorros que faltaban.

—Chicos —dijo Joe, dirigiéndose a la juguetona camada—, vamos a hacerlo tal y como lo hemos ensayado. —Tras sentarse en el suelo, cogió a los cachorros y los puso en fila, si bien no logró colocarlos en el orden correcto.

«Casarte Conmigo ¿Quieres», se podía leer.

El quinto perrito, que llevaba el signo de cierre de interrogación se había alejado para investigar qué había en la caja de los juguetes, mientras los demás corrían en círculo.

—¿Acaso me estás proponiendo matrimonio con cachorros? —pregunté al tiempo que esbozaba una sonrisa torcida.

Joe se sacó un anillo del bolsillo.

—¿Mala idea? —me preguntó a su vez.

Mi amor por ese hombre no tenía límites.

Me sequé las lágrimas con la manga.

—No, es maravillosa... torpe desde el punto de vista gramatical, pero tú no tienes la culpa de ser un pésimo entrenador de perros. —Aparté a los perritos para poder sentarme a horcajadas sobre Joe y echarle los brazos al cuello—. ¿Cómo digo que sí? ¿Tienes más placas?

—Había otro cachorrito que iba a llevar una placa con un «Sí» por un lado y un «No» por el otro, pero lo adoptaron la semana pasada.

Lo besé con pasión.

—La opción del «No» habría sido innecesaria.

—Entonces...

—¡Sí, por supuesto que sí!

Joe me colocó el anillo de diamantes en el dedo y contemplé encantada el gélido brillo de las piedras preciosas.

—Te quiero —me dijo, y yo lo repetí con la voz trémula por la emoción.

Me incliné hacia delante para intentar tumbarlo de espaldas en el suelo.

Joe se dejó hacer y me abrazó mientras yo lo besaba en la boca. Al cabo de un minuto, rodó sobre el suelo llevándome consigo y el beso adquirió un tinte mucho más erótico. El apasionado momento llegó a su fin cuando los cachorritos comenzaron a trepar sobre nosotros y descubrimos que era imposible besarse entre carcajadas.

Aunque lo intentamos de todas formas.